COLLECTION FOLIO

Marc Dugain

Ultime partie

Trilogie de L'emprise, III

Gallimard

© Éditions Gallimard, 2016.

Marc Dugain est né au Sénégal en 1957. *La chambre des officiers*, son premier roman, paru en 1998, a reçu dix-huit prix littéraires, dont le prix des Libraires, le prix Nimier et le prix des Deux-Magots. Il a été traduit en Allemagne, en Grande-Bretagne et aux États-Unis. Adapté au cinéma par François Dupeyron, ce film a représenté la France au Festival de Cannes et a reçu deux Césars. Après *Campagne anglaise* et *Heureux comme Dieu en France*, prix du meilleur roman français 2002 en Chine, il signe avec *La malédiction d'Edgar* un portrait fascinant de J. Edgar Hoover qu'il a adapté et réalisé lui-même en anglais en 2013 pour la télévision. En 2010, il porte à l'écran *Une exécution ordinaire*. Après un recueil de nouvelles salué par la critique, *En bas, les nuages*, dont il a adapté une nouvelle à la télévision en 2011, Marc Dugain signe *L'insomnie des étoiles* en 2010 et *Avenue des géants* en 2012. En 2014, il inaugure avec *L'emprise* une trilogie du même nom. *Quinquennat*, paru en 2015, en est le deuxième tome et *Ultime partie*, paru en 2016, le troisième. Il signe la même année *L'homme nu : la dictature invisible du numérique* avec Christophe Labbé.

1

Éveillé, attentif, serein, impénétrable, le sphinx semblait hors d'atteinte. Cette posture, Launay l'avait longuement étudiée chez un de ses prédécesseurs avant qu'elle ne devienne naturelle. Il s'enfermait progressivement, se verrouillait dans sa fonction présidentielle.

Harry Pecker, l'ambassadeur des États-Unis en France, lui paraissait un stéréotype de la classe dirigeante américaine, convaincue que le monde est peuplé d'enfants qui doivent à l'Amérique, seule nation authentiquement adulte, de ne pas se brûler. La civilisation américaine avait mis à mal l'esprit critique au cours des quarante dernières années. Son représentant faisait face à Launay, un homme installé au sommet d'une société aux incertitudes péremptoires.

Plutôt qu'une relation de vassalité, l'ambassadeur cherchait la connivence, que Launay, vexé d'être sous l'emprise américaine, refusait. Launay pensait. Que son interlocuteur ne connaissait rien à la France. Ce dernier, généreux donateur démocrate, s'était vu récompensé de ses largesses par une ambassade dans la ville où il avait fait son voyage de noces trente ans plus tôt.

La France passait aux États-Unis pour une nation peu fiable parce que l'argent n'y était pas l'unique moteur reconnu. Aimé, parfois très aimé, il n'y était pas adoré. Dieu non plus, d'ailleurs. La France était réputée pour ses sursauts d'indépendance même si elle semblait parfois prompte à se soumettre. L'enregistrement des conversations des principaux dirigeants français par la NSA dont il avait lu la transcription laissait Harry Pecker circonspect. L'idéologie héritée de l'extrême gauche des années soixante-dix pesait encore sur le pouvoir, plus que sa véritable proportion dans l'opinion. L'extrême droite, sa poussée constante et son rapprochement avec la Russie, inquiétait le cousin d'outre-Atlantique. Ses positions antilibérales aussi. Launay était devenu leur premier choix dès qu'il avait émergé dans les sondages, un an plus tôt, et ils avaient décidé d'en faire leur marionnette. De leur point de vue, Launay leur appartenait. Leur connaissance précise des conditions de financement de sa campagne et des événements dramatiques qui y étaient liés suffisait à en faire, sous couvert d'alliance, l'exécuteur zélé de leurs desseins.

Harry Pecker s'inquiétait avant toute chose de l'entrée d'un fonds d'investissement émirati dans le capital de Beta Force, la première société française d'armement. Pecker fit état des relations entre cet Émirat et le terrorisme sunnite. Launay trouva le sujet inconfortable mais n'en montra rien.

— Ces gens ont posé comme condition pour l'achat de plusieurs milliards de matériel de défense leur entrée dans le capital de Beta Force. Je pouvais difficilement refuser, d'autant qu'ils restent minoritaires.

Il était délicat pour Launay d'avouer qu'il n'était pour rien dans cette transaction fomentée par Lubiak, son ministre des Finances et néanmoins ennemi intime.

— Quant à leurs rapports avec le terrorisme, on me dit qu'ils cotisent pour qu'on leur laisse la paix. D'ailleurs, vous remarquerez que la plus grosse partie du contrat que nous venons de signer concerne du matériel de surveillance.

Pecker prit l'air de celui qui se contente de la réponse qu'on vient de lui faire, puis il poursuivit :

— J'ai d'autres informations qui pourraient vous être utiles, monsieur le président.

Launay resta silencieux un temps assez long pour intriguer son interlocuteur par son manque de curiosité. Il finit par réagir :

— Dites.

— Il semblerait que Charles Volone, dont je croyais qu'il était votre allié, ait décidé de prendre la présidence de Beta Force avec l'appui des Émiratis et de votre ministre des Finances. D'ailleurs, pardon d'évoquer cet aspect un peu trivial, ils envisagent de se partager un montant conséquent de rétrocommissions.

— Comment le savez-vous ? demanda Launay d'un ton neutre.

— Il s'est tenu une réunion le week-end dernier entre les différents protagonistes. Nos écoutes ont révélé des choses intéressantes.

Launay prit le temps de la réflexion.

— Vous pourriez me fournir un peu plus de détails ?

— Certainement. Si ceux-ci peuvent vous convaincre de ne pas mener ce contrat à son terme… Les États-Unis en seraient froissés, je dois vous le dire.

— J'avais compris, mais je vais être franc avec vous. Ce contrat nous est trop précieux sur le plan industriel pour ne pas le mener à son terme. J'ajoute que leur politique d'investissement en France est très volontaire et nous ne pouvons que nous en réjouir. Vous êtes une grande nation pour laquelle j'ai beaucoup de respect, et nous avons, vous et moi, une relation particulière, mais je tiens à vous dire que je ne ferai jamais rien qui aille contre les intérêts de la France. Vous pouvez le comprendre, vous qui ne faites jamais rien contre vos intérêts économiques. Alors écoutez-moi bien, monsieur l'ambassadeur : je reconnais que vous avez sur moi des moyens de pression, mais je sais aussi que si je venais à être discrédité dans le pays par telle ou telle affaire, vous n'auriez plus personne sur qui compter. Vous n'avez aucun intérêt à me déstabiliser, d'aucune manière. Je ne suis pas dupe sur les Émiratis. Je les surveille moi aussi comme le lait sur le feu. Faites-moi confiance. Je suis votre allié, mais je ne serai jamais votre agent, dites-le clairement à qui de droit. Ce serait de la haute trahison et je n'ambitionne pas de figurer dans l'histoire pour cela. Un dernier point : je sais que vous écoutez tout le monde, moi et mon entourage en particulier. Il s'agit là de pratiques que je désapprouve. Une nation aussi pudibonde que la vôtre devrait comprendre l'inconfort qu'il y a à se balader nu devant d'autres personnes cachées par un miroir sans tain. Personnellement, je ne prise pas cette forme d'exhibitionnisme.

Launay n'avait pas proclamé son indépendance, seulement les limites de sa dépendance, dont l'affaire Sternfall était l'unique motif.

L'entretien n'avait pas duré un quart d'heure. L'ambassadeur quitta le bureau du président, déférent et contrarié.

La nuit tombait sur Paris plus vite qu'à l'accoutumée. Elle aurait voulu se débarrasser de cette journée, elle ne s'y serait pas prise autrement.

Le départ de l'ambassadeur laissa Launay seul face à l'humiliation causée par la nouvelle du départ de Volone pour Beta Force. En abandonnant la présidence d'Arlena contre son avis, Volone le mettait en danger, et il ressentit ce brusque changement d'alliance comme un camouflet. Dans la meute dont il était supposé être le mâle alpha, on le donnait pour mourant, voilà ce que signifiait ce brutal revirement. Il en fut affecté un moment, durant lequel il sombra dans un de ces profonds accès de mélancolie qui ponctuaient son existence. Bien qu'il fût incapable d'amitié, quand un prétendu ami le lâchait, de sourdes angoisses d'abandon le paralysaient un court instant avant qu'il ne remonte à l'assaut, avec une énergie aussi considérable que la dépression qui l'avait précédée.

2

Terence, en journaliste d'investigation scrupuleux, avait déplié sur la table de son salon l'organigramme de ses enquêtes en cours. Une lampe en verre feuilleté, émeraude, aux contours dorés, illuminait des papiers assombris par une écriture droite et minuscule. Toutes ses recherches semblaient englouties dans une même conspiration de l'opacité. Les trois fondamentalistes exécutés entre les deux tours de la présidentielle ne l'avaient pas été par des extrémistes de droite comme on le laissait entendre, il en avait désormais la certitude, sans être capable pour autant de prouver le contraire. Il en allait de même pour Deloire, l'ancien numéro deux d'Arlena. Le responsable de sa mort accidentelle était lié aux services de renseignement intérieur, la DGSI, et son commanditaire direct était un ancien des renseignements généraux. Ensuite s'élevait un mur, qui demandait pour être percé des centaines d'heures de travail.

La piste d'Agathe Bellinville ne lui apportait pas plus de satisfaction. Elle prétendait avoir été violée par Lubiak, l'actuel ministre des Finances, à l'époque où il passait les grands concours. Un mélange d'alcool, de cocaïne et de profonde brutalité aurait provoqué le crime au crépuscule embrumé d'une fête moribonde. Il aurait ensuite, quelques années plus tard, épousé un sosie de la victime, pour nier ses méfaits dans un processus de dissociation. Une telle histoire révélée tardivement prenait les atours d'une fiction, mais Terence savait d'expérience que l'invraisemblable tutoyait souvent la vérité. Même vérifiée, l'affaire remontait à plus de vingt-cinq ans et la prescription interdisait d'en remonter le fil.

Après ces divers constats, il se laissa tomber dans un fauteuil, démoralisé. Le système était peut-être sur le point de triompher.

Il se servit un verre en regardant par la fenêtre qui donnait sur le passage d'Enfer. Le soleil du matin s'invitait obliquement à travers la large verrière, unique mais substantiel puits de lumière de cet atelier d'artiste aux parois si fines que tous les bruits du voisinage le traversaient naturellement. Deux verres plus loin, il avait retrouvé sa motivation à tracer sa mère et les meurtriers de son père, un de ces rares journalistes d'investigation assassinés dans l'histoire de la presse française. À Paris, on savait les combattre, les discréditer, les décourager. Outre-mer, on manquait de patience, de manières, et la justice n'était pas aussi entêtée, raison pour laquelle on la craignait moins. Depuis sept ans qu'il travaillait sur le meurtre de son père, Terence était parvenu à en identifier le contexte, les acteurs présumés, le fonds de financement politique qui servait à couvrir des activités mafieuses. Son père avait dérangé une routine, un circuit huilé de détournement de fonds publics dans une région qui vit essentiellement de subsides et de prébendes. Les politiques nationaux qui profitaient du système en retour n'auraient pas été jusqu'au meurtre mais les politiques locaux avaient tué Rémi Absalon dans un moment d'énervement. Ce genre d'homme animé par un idéal de justice n'avait pas sa place dans ces contrées éloignées de la métropole où l'exploitation d'autrui semble le seul objectif approprié à la moite torpeur tropicale. Terence ne voulait pas se rendre à Cayenne pour se faire justice, il voulait juste humer l'air fétide de ses premières respirations, et retrouver sa mère.

Il en était là dans sa réflexion lorsqu'il reçut un signal sur un de ses téléphones secrets. Il venait de son contact à la sécurité intérieure. Par un jeu complexe de boîtes mail anonymes, ils finirent par se donner rendez-vous dans un lieu sécurisé. Pour s'y rendre, ils s'étaient chacun tracé un parcours sans caméra de surveillance publique ou privée. Leur cheminement les conduisit trois heures plus tard sur un banc du jardin du Luxembourg. Absalon se reprochait d'utiliser cet agent de la DGSI affaibli par la nécessité de se confesser. Il s'était demandé au début si cet homme ne le manipulait pas, mais il s'était très vite rendu compte de sa sincérité. Leurs entretiens obéissaient à un rituel chrétien. L'homme s'asseyait à côté de lui comme dans un confessionnal et, tel un pénitent, il débitait d'une voix monocorde des informations stratégiques dont beaucoup relevaient de la sécurité nationale. Ils s'étaient rencontrés à plusieurs reprises dans un recoin de l'église Saint-Sulpice, parfois à l'heure de la messe. Un dimanche matin, ils avaient même assisté à l'intégralité de l'office ensemble. Une fois celui-ci terminé, l'agent avait conduit Terence à la sacristie où le prêtre avait, malgré l'heure matinale, sorti trois verres et une bouteille de schnaps. C'était un homme au visage exagérément large mais aux traits finement dessinés, qui ne révélait rien. Il laissa un bon moment planer le mystère avant d'avouer à Terence qu'il était un ancien du service action de la DGSE. Ses propos martelés d'une voix grave étaient appuyés par un regard d'une fixité dérangeante. Il n'avait jamais compté les morts qu'il semait au cours de ses missions, jusqu'au jour où une information erronée l'avait fait abattre la mauvaise personne. Il ne se l'était jamais pardonné. Après avoir un temps sombré dans la débauche, la drogue et l'alcool, il avait rejoint l'Église, qui l'avait sauvé de tout sauf de l'alcool, bien qu'il ne bût plus au réveil. Il était devenu le directeur de conscience de l'interlocuteur de Terence et c'était sans doute lui qui l'avait poussé à parler.

Le parc était sur le point de fermer et les familles s'acheminaient tranquillement vers les sorties en tirant par la main des enfants récalcitrants à retrouver l'air chargé des petites rues alentour. La pollution était à son comble ce jour-là. Terence le vit aux contours empourprés des yeux d'une petite fille pâle.

— J'ai des informations qui vous intéressent à titre personnel. Vous savez que le vieux Charda va passer la main chez Beta Force. C'est finalement Volone, le président d'Arlena, qui va lui succéder, aidé par l'entrée des Émiratis dans le capital, lesquels ont exigé sa nomination. De grandes tractations ont eu lieu dans la maison normande du prince, que nous avons réussi à sonoriser lors de sa construction. Depuis, on sait tout ce qui s'y trafique. J'ai moi-même entendu les écoutes du week-end qu'ils ont passé ensemble, le prince, Volone, Lubiak et Aroubi, le porte-valise. Objet : négociation des à-côtés du contrat de vente d'armes et de matériel de surveillance à l'Émirat. Je peux vous donner la répartition des rétrocommissions.

Ce qu'il s'empressa de faire pendant que Terence prenait des notes. Puis il poursuivit :

— Ce qui vous concerne directement, c'est que j'ai capté une conversation entre Lubiak et Volone. Lubiak, en échange de l'aide qu'il a apportée à Volone pour son accession à la présidence de Beta Force, lui a demandé, une fois en fonction, de racheter votre journal. Voilà, sous quelques semaines, votre hebdomadaire appartiendra à Beta Force.

Terence posa sa main sur le bras de l'agent.

— Je vous suis très reconnaissant de ces informations.

— Sachant ce que vous avez écrit sur Lubiak et ses relations avec les Émiratis récemment, je ne pouvais pas faire moins.

— Et pourquoi écoutez-vous le prince ?

— Ce type finance substantiellement le terrorisme islamiste et il vit une bonne partie de l'année en France. D'ailleurs, les musulmans assassinés entre les deux tours de l'élection présidentielle, comme je vous l'ai déjà dit, relevaient d'une mouvance djihadiste financée par ce bonhomme. Mais comme il nous achète du matériel pour surveiller et éventuellement combattre le jour venu ces fondamentalistes, on le traite particulièrement bien ici. D'autant que, comme vous l'avez vu, tout le monde va s'engraisser sur l'opération, à l'exception du ministre de la Défense.

— Et vous croyez que la présidence pourrait...
— Oh non, Lubiak et Launay se détestent trop. Lubiak a développé une stratégie d'encerclement de Launay. Il ne lui manque que Corti, notre patron, et la pince de crabe commencera à se refermer sur le président.
— Et la DGSE ?
— Apparemment, il se dit qu'elle serait fidèle au président comme elle l'a été sous le précédent quinquennat.

L'agent de la DGSI enleva ses lunettes, découvrant des yeux tristes et fatigués.

— Je ne crois plus à toute cette pantomime. Pour assumer ce métier, il faut vivre dans la duplicité à une altitude où l'oxygène se fait rare. J'étouffe, je n'en peux plus. Je pourrais quitter, repartir dans la police nationale, mais même là je ne pourrais pas me réadapter. L'antiterro m'intéressait parce que c'est vraiment le lieu où on peut servir à quelque chose, prévenir la mort d'innocents. Mais je me suis rendu compte que c'est plus compliqué que cela. L'assassinat des trois musulmans entre les deux tours de l'élection, ce n'est pas quelqu'un de chez nous. Je pense que c'est une agence étrangère sous protection de nos services. Peut-être la CIA. Un avertissement aux Émiratis ? Du genre : même si vous réussissez à embobiner les Français, on saura vous frapper quand il le faudra. Bon, on ne va pas s'éterniser. Je vous ai donné tout ce que j'ai. Je ne sais pas si on arrivera à se revoir, Corti sait qu'il y a à l'antiterro une taupe qui parle à un journaliste. Ils finiront forcément par me coincer et m'enlever mon habilitation.

3

Réveillé par un tremblement de terre, le volcan menaçait. Un risque moyen selon les spécialistes, entraînant une première évacuation et la fermeture des principales routes qui y menaient. L'impondérable. Non seulement une éruption pouvait compromettre l'opération elle-même, mais il n'était pas exclu que le trafic aérien soit bloqué comme il l'avait été une dizaine d'années plus tôt. Ce qui ouvrait sur plusieurs hypothèses. Soit l'opération était empêchée par le déplacement de la cible et il faudrait peut-être des mois pour la localiser de nouveau. Soit l'opération réussissait mais l'équipe d'intervention ne pouvait pas quitter l'île avant plusieurs semaines. Dans ce cas, celle-ci risquait fortement d'être identifiée par les Islandais ou par la CIA.

La mer s'échouait sur la côte comme si elle se jetait de fatigue sur un lit après un long voyage. De rares petites vagues ourlaient à l'approche de la plage de roches volcaniques. L'océan parfois si menaçant semblait composer de bonne grâce avec la terre et un ciel d'un bleu incontestable.

Rien dans l'atmosphère ne laissait présager une explosion volcanique à une cinquantaine de kilomètres. D'ailleurs, elle était incertaine. Lorraine s'était assise sur le lichen, aspirée par la sérénité qui l'entourait même si tout le reste n'était que raisons de s'inquiéter. Une courte mais intensive préparation de la couverture de l'opération la rendait crédible : une équipe de télévision venue tourner un documentaire sur les oiseaux d'Islande. Deux hommes et une femme, débarqués à l'aéroport de Keflavík avec un important matériel de prise de vues. L'officier de renseignement de la DGSE qui s'était présenté inopinément à Lorraine dix jours plus tôt menait le groupe, accompagné d'un spécialiste des drones, un de ces hommes qui ont trouvé le salut dans des techniques absconses pour le commun des mortels. La cible ne se trouvait évidemment pas sur les pentes du volcan qui menaçait d'exploser, son chalet était perché sur les contreforts d'un volcan éteint à l'aplomb d'une large vallée traversée par une rivière normalement paisible. Mais l'éruption du volcan, un immense glacier, aurait pour effet immédiat de faire fondre les neiges profondes accrochées à ses pentes, noyant les vallées avoisinantes et provoquant la crue de tous les cours d'eau alentour, coupant les voies d'accès sur un périmètre considérable. Personne n'était capable de dire quand aurait lieu l'explosion, pour autant qu'elle aurait lieu. Il faudrait avant cela qu'elle soulève des kilomètres de glace et de roche. On sait que l'histoire de l'univers est celle de petites probabilités et celle des volcans ne rapporte rien d'autre que des épisodes de violence extrême, suivis de longues accalmies trompeuses.

Trois chambres avaient été louées dans un hôtel confortable non loin du théâtre des opérations. Elles ouvraient sur une nature vierge d'autant plus vertigineuse qu'aucun arbre ne s'y dressait. Deux massifs se succédaient sur l'horizon. Le premier, un glacier imposant, ne gardait qu'une collerette blanche en cette fin du mois d'août. Le second, plus proche, était un volcan anthracite. La plaine était jonchée de ses anciennes projections, des blocs de roche noire éparpillés sur des kilomètres. Cet hôtel convenait parfaitement à l'opération : assez fréquenté pour que l'équipe passe inaperçue, assez proche de la cible sans y être collé, une dizaine de kilomètres, à la limite de la zone évacuée. En cas d'éruption, un autre problème se poserait : une rivière serpentait en contrebas de l'hôtel dans une large vallée, la fonte des neiges sur le volcan ranimé provoquerait sa crue jusqu'à inonder la route qui la suivait, alors, l'équipe n'aurait d'autre solution que de se faire dégager par hélicoptère, mettant ainsi un terme à ses velléités de discrétion.

Lorraine attendait les ordres. La confusion montait dans son esprit tourmenté. Leymeric, le chef opérationnel du commando, ne lui demandait rien d'autre que de converser avec le personnel de l'hôtel, d'alimenter leur couverture par des questions sur les oiseaux, comment les approcher, leurs habitudes, tout en donnant le sentiment d'être experte, ce qui n'était pas le plus simple. Lorraine se méfiait de Leymeric, et cela depuis le jour où il l'avait abordée près de chez elle pour la recruter. D'ailleurs, il ne s'agissait pas vraiment d'un recrutement, plutôt d'une défection de sa part. Mise à pied de la DGSI, elle n'était pas encore rayée de ses cadres. À Paris, la DGSE l'avait confinée dans une sorte de casernement à l'ombre duquel on l'avait longuement interrogée. Instinctivement, Lorraine avait compris qu'elle n'avait pas d'autre choix que de livrer toutes les informations qu'elle possédait sur Sternfall, sur le contexte de l'affaire, sur la façon dont elle avait procédé pour remonter jusqu'à lui, sur son périple en Irlande avec O'Brien. Très vite les questions se concentrèrent sur O'Brien. Lorraine comprit qu'il était connu de la DGSE et qu'ils avaient un levier sur lui. Lequel ? Leymeric et elle n'étaient pas assez intimes pour qu'il révèle comment il pourrait le retourner et lui faire dire où Sternfall était caché. Apparemment, cette étape ne prit que trois jours mais coûta cher au contribuable français.

Moins d'une semaine après avoir quitté son fils, Lorraine s'envolait pour l'Islande. Leymeric avait tout d'un militaire d'exception. Sa droiture occultait une terrifiante détermination à tuer lorsque l'ordre lui en était donné et qu'il gardait au fond de lui-même le sentiment d'agir pour l'intérêt supérieur de la nation. Pour le reste, c'était un homme au comportement plutôt élégant.

La question qui obsédait Lorraine était bien évidemment celle de son propre sort. Pourquoi l'avoir conduite jusque-là si l'intention n'était pas de la faire disparaître en même temps que Sternfall ? Les longues heures passées à réfléchir en marchant sur le lichen, poussant devant elle des bécasses surprises ou levant parfois un couple de perdrix rouges, l'inclinaient à penser qu'il était dans l'intérêt des protagonistes de cette affaire qu'elle disparaisse incidemment ici, au bout du monde, dans cette région qui rappelle à quel point la nature peut être radicale quand elle décide de congédier les espèces dominantes. La menace que les risques d'éruption faisaient peser sur les vies l'apaisait parce qu'il n'était plus question de sa seule disparition, décidée quelque part, répondant à une logique implacable, celle d'une poignée d'individus déterminés à éliminer son possible témoignage. Leur facilité à justifier son élimination au nom d'un prétendu intérêt général l'outrait moins que la passivité au sceau de laquelle son existence était marquée. Plus qu'elle n'influait sur les événements, ces derniers la transportaient sans effort. Alors qu'elle pouvait disparaître d'un jour à l'autre, elle réalisa qu'elle se subissait faute de bien se connaître, lacune qui avait altéré constamment sa volonté de résister aux autres.

Le technicien avait installé dans sa chambre d'hôtel un véritable atelier de maintenance. Deux drones lui avaient été fournis par Beta Force. L'un des deux était même un prototype. Le premier était un drone de reconnaissance et de renseignement qui permettait de filmer de très haut avec un degré de précision étonnant. Le second était un drone d'attaque. Une fois que les données lui étaient transmises par le premier engin, il était capable de fondre sur la cible à une vitesse insensée et de la faire exploser avec une précision diabolique.

Le premier repérage des lieux indiquait qu'il était très difficile d'atteindre la maison de Sternfall sans être repéré. Sa situation à flanc de colline avec un bras de mer en contrebas la rendait imprenable pour un si petit commando qui devait pouvoir quitter ensuite le territoire islandais en toute discrétion. Le supérieur de Leymeric avait d'ailleurs insisté sur la nécessité d'agir avec une unité réduite. La mobilisation d'un groupe plus nombreux aurait obligé à rendre des comptes à l'intérieur de la maison, à expliquer, à justifier, et il n'y tenait pas. Leymeric « la tombe » et le professeur Nimbus des drones, une configuration idéale avec Lorraine en couverture.

Les trois agents quittaient chaque matin l'hôtel avec leur matériel de prise de vues. Le personnel de cet hôtel isolé voyait favorablement cette mise en avant du patrimoine ornithologique de son île. En quelques jours, d'une façon tout à fait arbitraire, Lorraine avait catalogué les Islandais en deux types principaux. Le premier était avenant, souriant, presque jovial, particulièrement bienveillant et curieux. Le second était plus froid, timide, légèrement hautain, fier de sa race, de son espace et de son atmosphère. Pour ce dernier, l'étranger ne faisait que passer, sans avant ni après. L'arrière-grand-père de Lorraine avait pêché le long de ces côtes foisonnantes de morues au début du siècle dernier. Et la voilà qui revenait, elle, en barbouze incertaine de son sort, complice d'une opération punitive sordide dans un pays qui n'avait même pas d'armée. Paris et ses intrigues lui parurent soudainement déplacés et honteux, alors qu'elle montait dans le Land Rover qu'ils avaient loué. Les deux hommes, au contraire, semblaient excités par l'enjeu de la mission et son niveau d'exigence. Ils n'auraient pas de deuxième chance, le drone d'exécution n'étant pas destiné à survivre à l'explosion de la charge qu'il transportait.

Leymeric s'agitait sans nervosité. Il ne savait pas exactement comment Sternfall était une entrave à la souveraineté de la France, et considérait qu'il ne lui appartenait pas d'en juger. En militaire discipliné, il se voyait comme un maillon d'une chaîne de commandement et il évitait de questionner la pertinence des décisions prises en amont. Son acolyte, lui, vivait un prolongement heureux de son enfance et n'avait pas d'autre objectif dans l'existence que d'étendre cette période de sa vie qui lui avait procuré tant de quiétude au milieu des maquettes d'avions, puis des hélicoptères télécommandés. La maîtrise des drones n'était qu'une étape supplémentaire dans ce ravissement juvénile, et qu'au final un homme soit atomisé en particules de chair et d'os ne le concernait pas. Cet excellent technicien était par ailleurs d'une humilité rare et ne s'estimait pas capable de juger sa hiérarchie dans d'autres domaines que celui de ses compétences propres. En revanche, il pouvait être d'une exigence pointilleuse avec ses fournisseurs de matériel et ne leur pardonnait aucune forme d'amateurisme. Le couple était parfait pour cette mission. Ils échangeaient peu avec Lorraine. Ils se préparaient à commettre un meurtre et préféraient éviter que le regard d'une femme ne leur renvoie cette réalité.

4

Le soleil pénétrait dans la salle du conseil sans contrarier la fraîcheur de cette fin d'été. Tous les ministres étaient présents et chacun s'appliquait à montrer sa décontraction en cette rentrée. Le pays aimait les rentrées. Rentrée politique, rentrée scolaire, rentrée sociale, rentrée littéraire, chaque année, un brouhaha artificiel entretenait l'illusion de la nouveauté, du renouveau, de la renaissance dans un conformisme cadenassé. Il faut dire que si la France aimait les rentrées fracassantes, elle aimait aussi les sorties discrètes qui s'effectuaient en sifflet à partir de début mai, à la faveur des jours fériés et d'une architecture calendaire qui relevait, dans sa conception des ponts, d'un mélange habile de génies civil et religieux.

Certains ministres étaient carrément bronzés. Quelques-uns affichaient un modeste hâle. Les autres étaient blancs et creux. Le Premier ministre, lui, avait profité de cette période estivale pour prospérer un peu plus, un ou deux centimètres de panse nourrie à la cuisine de son Sud-Ouest à la faveur de déjeuners entre amis d'une même loge maçonnique.

Le président contrastait avec cette assemblée détendue. Dans son costume sur mesure à reflets bleus, absorbé dans ses pensées, il vint s'asseoir le dernier, et sa solennité surprit les participants qui bientôt se turent, moins par respect que par curiosité. Launay attendit que le silence soit complet pour parler. Il commença par dire qu'il espérait que chacun avait passé de bonnes vacances et se sentait d'attaque pour cette rentrée politique qui ferait date dans l'histoire de la République. À ces mots, chacun se redressa dans son fauteuil et se mit à le fixer, impatient de savoir si ces circonstances historiques permettraient d'en tirer un avantage personnel. Le plus inquiet d'entre eux fut Lubiak, ministre d'État qui, installé sur la droite de Launay, s'avança pour mieux le voir parler.

— La Constitution de la Ve République me donne le droit d'agir par référendum. Ce procédé de démocratie directe a été trop peu employé jusqu'ici. J'ai décidé de m'en servir. Notre pays souffre d'un blocage politique qui fait que l'alternance ne produit plus rien de positif si ce n'est de favoriser la montée de l'extrême droite. De plus, le bipartisme qui régit nos institutions n'est plus représentatif de l'électorat d'aujourd'hui. Seule la classe politique tire satisfaction et avantage de ce clivage artificiel. L'extrême droite et les abstentionnistes sont ensemble une force politique désormais majoritaire dans notre pays. L'essence de notre Constitution n'est pas celle d'une monarchie parlementaire mais d'une monarchie absolue. La coexistence d'un Premier ministre et d'un président n'a plus le sens que lui avaient donné les institutions. En bref, la Constitution est vétuste et nécessite une réforme ambitieuse.

J'ai décidé de l'entreprendre pour faire barrage à la montée d'un courant que je réprouve. Je vais vous tracer les grandes lignes de cette réforme constitutionnelle.

Launay s'interrompit pour scruter les visages l'un après l'autre. L'étonnement s'y lisait partout, preuve qu'aucune fuite n'avait désamorcé l'effet de surprise. Il reprit :

— En premier lieu, je vais proposer un système électoral qui fait une place plus importante à la proportionnelle. Ce système aura l'inconvénient de donner à l'extrême droite plus de poids mais il aura l'avantage d'obliger les modérés à s'allier, à se fédérer pour constituer une majorité de gouvernement à l'intérieur de laquelle sera désigné le Premier ministre. Si la droite modérée, la gauche modérée et le centre s'allient, eh bien tant mieux. Le Premier ministre sera donc désormais désigné par le Parlement, dont le nombre de députés sera réduit. Autre innovation d'importance, le vote sera rendu obligatoire, les bulletins blancs seront pris en compte. À partir d'un certain niveau, ils pourront invalider une élection jugée non représentative. Le président de la République doit redevenir le président de tous les Français. Il ne désignera plus le Premier ministre et ne s'occupera plus de la formation du gouvernement. En revanche, il gardera son pouvoir de dissolution de l'Assemblée nationale. Les députés dont l'assemblée aura été dissoute ne pourront pas se représenter à la législature suivante, ce qui devrait les motiver pour s'accorder.

À cet énoncé, les cous se tendirent, chaque ministre, chaque député cherchant à lire dans l'expression des autres l'écho de sa propre réaction.

— Le président aura aussi la possibilité de faire passer des réformes structurelles par voie de référendum si, sans vouloir la dissoudre, il juge l'Assemblée insuffisamment réactive. Son mandat ne sera plus calqué sur la durée du mandat législatif mais il le dépassera de trois ans. Nous en aurons alors fini avec l'éternelle course à la présidentielle qui paralyse chaque législature. Le président restera le chef de la défense et de la diplomatie. Aucun mandat ne pourra être sollicité plus de deux fois, à l'exception du mandat présidentiel qui sera unique, ce qui aura pour effet d'éviter la calcification de notre classe politique dans laquelle nous sommes tombés. Pour être clair avec vous, je proposerai dans le référendum d'être le premier président de cette nouvelle République. Je suis convaincu qu'en cassant les logiques de parti actuelles elle obligera les centristes de gauche à ne pas faire mine de ne pas être centristes et les hommes politiques très à droite de se déterminer clairement.

Des pensées haineuses défilaient dans l'esprit de Lubiak pendant qu'une autre partie de son cerveau calculait les chances qu'avait ce référendum d'être approuvé. En ajoutant les voix de l'extrême droite à celles des centres jusqu'ici sous-représentés à l'Assemblée, il avait toutes les chances de recueillir une majorité de plus de 60 %. Il en suffoquait mais ne voulut rien laisser paraître. Le « vieil escroc », comme il l'avait surnommé, venait de le prendre de vitesse. La manœuvre était évidente, les partis traditionnels allaient exploser pour fonder une nouvelle majorité au centre, repoussant la gauche de la gauche et la droite de la droite – donc lui-même – dans des zones arides et dépeuplées.

Les deux hommes se croisèrent du regard un court moment pendant lequel Launay esquissa un sourire dépourvu de toute marque de triomphalisme.

Un silence de mort suivit la fin du discours du président. Même sénile et décrépite, personne ne s'attendait à voir cette Constitution trépasser aussi rapidement, subitement, un mercredi matin du mois d'août.

— Je ferai l'annonce de ce dispositif aux Français par une déclaration solennelle télévisée lundi prochain, jour de rentrée des classes qui, je l'espère, se passera bien.

Ce disant, il jeta un regard sévère au ministre de l'Éducation nationale qui répondit par un sourire crispé.

— En attendant, je vous prie de ne rien ébruiter, même si je sais que c'est beaucoup demander. Les secrets les plus lourds sont impossibles à garder, cependant, les hommes d'État se reconnaissent à l'exception qu'ils font à cette règle. Essayez donc, au moins pour en savoir plus sur vous-mêmes. Le détail du projet de réforme constitutionnelle vous sera transmis par mes services avant le week-end. Maintenant, revenons aux affaires courantes...

Puis Launay passa la parole à son Premier ministre. Il se recula imperceptiblement sur son siège et regarda devant lui. Lubiak fulminait. Par une force centrifuge aussi soudaine qu'inattendue, le président le marginalisait politiquement tout en reniant sa promesse d'un mandat de cinq ans. Launay l'observait du coin de l'œil. Le combat à mort (une mort symbolique évidemment) se préparait. L'adrénaline provoquée par cet affrontement allait le maintenir longtemps dans une phase euphorique. La dépression ne viendrait qu'une fois Lubiak terrassé et il n'était pas pressé d'en arriver là car il savait à quel point sa psychologie particulière lui faisait payer cher ses succès.

5

Sternfall avait pris des habitudes d'animal domestique et il en avait conscience. Ses journées s'égrenaient sur le même modèle. La quiétude dominait. Elle trouvait son origine dans l'absence de culpabilité. Sa femme et son fils anormal avaient été abattus pour des raisons qu'il peinait à discerner. Un couvercle forgé par la raison d'État pesait sur cette affaire, et il ne se sentait pas la force de le soulever. Son garde du corps, qui faisait en même temps office de geôlier, n'en savait pas plus que lui. Une partie internationale compliquée se jouait et il en était l'une des pièces. Il préférait ne pas y penser et se laisser aller à une vie où tout concourait à le déresponsabiliser. Le passage d'un syndicalisme inquisiteur à une passivité assumée s'était fait en douceur dans son esprit. La science, son métier, lui manquait parfois. Il aurait souhaité continuer à travailler sur l'enfouissement des déchets nucléaires. Il lui était venu à l'idée que les Américains, sous la protection desquels il se trouvait désormais, auraient pu le solliciter pour ses compétences, mais ils n'en firent rien. Il se résolut donc à n'être qu'une mystérieuse monnaie d'échange, sans chercher plus loin car, au fond, il redoutait d'admettre que les circonstances dramatiques qui l'avaient conduit dans cette zone déserte avaient changé sa vie pour le mieux. Il lisait énormément. Rien qui concernât l'actualité, dont il avait complètement décroché au point de ne pas savoir qui présidait la République française. Il se désintéressait complètement de l'évolution du monde pour ne se consacrer qu'à des œuvres intemporelles de la littérature et de la musique. La situation du chalet dans lequel il vivait se prêtait à la lecture et à la méditation. Le garde du corps qu'on lui avait flanqué ne parlait qu'anglais, langue que Sternfall ne connaissait qu'approximativement. Ils échangeaient donc rarement, le garde se lassant rapidement de l'imprécision du langage de son interlocuteur. Ils jouaient chaque jour aux échecs et Sternfall s'arrangeait pour ne pas gagner trop vite, mais la partie durait au plus une demi-heure. Une fois par semaine, les deux hommes descendaient à la petite ville la plus proche, une cité de pêcheurs face au Groenland. Sans doute une erreur de cartographie était-elle à l'origine de l'inversion des noms entre l'Islande, terre de verdure, et le Groenland, terre de glace. Le nord de l'île recevait chaque année plus de touristes, attirés par ces grands espaces volcaniques dépeuplés et en quête d'un dos de baleine aperçu furtivement : cette expérience s'apparentait à celle d'un homme penché sur un décolleté attendant que dans un mouvement inespéré un bout de gorge lui soit dévoilé. L'entêtement du jour à durer en cette fin d'été plaisait aussi aux voyageurs.

Lors de ses premières incursions en ville, une bourgade d'à peine deux mille habitants, Sternfall s'était étonné de voir les Islandais laisser le moteur de leur voiture tourner pendant leurs courses, les clés sur le contact, les portières ouvertes. Cette confiance dans l'autre l'avait désarmé, c'était la preuve que la convoitise ne menait pas cette société, or, pour cela, il fallait que les richesses soient partagées. Et elles l'étaient : chez ce peuple laborieux, la formule de politesse n'est pas de demander « comment ça va » mais si on a assez de travail pour s'occuper.

La venue de ces deux hommes bruns parmi une population où les yeux bleus et le teint de porcelaine sont la règle ne dérangeait pas. Au plus elle intriguait et créait parfois un étrange sentiment de timidité à leur égard. Jamais personne ne les avait questionnés même si chacun savait où ils habitaient, sur les flancs d'un volcan noir qui reverdissait poussivement par plaques, entouré d'un large bras de mer qu'il fallait traverser pour atteindre la maison, un chalet et une petite grange arrondie aménagée pour loger le garde du corps. Des clôtures à infrarouge avaient été installées autour et en contrebas de l'habitation, des alarmes électroniques se déclenchaient dès que quelqu'un les franchissait. La maison étant inaccessible par les côtés pour des raisons géologiques, la seule façon d'y accéder était d'emprunter le bras de mer, lui-même sécurisé sur l'autre rive. Rares étaient les pêcheurs à s'aventurer sur cette partie de la côte mais il arrivait que de petites embarcations s'engagent sur cette avancée dans les terres, ce qui mettait le système en alerte. Sternfall comme son acolyte se doutaient qu'on les prenait certainement pour deux vieux homosexuels retirés du monde pour des raisons qui n'appartenaient qu'à eux. Personne n'avait essayé d'en savoir plus.

Sternfall passait une grande partie de ses journées à lire. Il s'était d'ailleurs fait un programme de lecture sur plusieurs années : Robert Musil, Hermann Hesse et Thomas Mann, qu'il lisait dans la langue d'origine. Il verrait ensuite. La musique l'occupait également beaucoup. Même s'il avait pensé à se pencher sur d'autres compositeurs, il n'écoutait en réalité que Bach, « à qui Dieu doit tout », selon Cioran, dont il avait lu certains aphorismes. Sa foi n'était pas en reste, car dans ce domaine Sternfall n'avait jamais douté. Il considérait Dieu comme la force de l'univers, le nom posé sur l'inexplicable, et il en avait reçu la grâce. Il lui arrivait de se faire conduire à l'église luthérienne du centre-ville, une bâtisse de bois peinte en blanc, située en léger retrait face à la mer. Il y suivait le culte en islandais, langue dont il n'avait pas la moindre notion, mais la musique des mots suffisait à la compréhension de l'élan qui réunissait hommes et femmes face au nord. Sternfall avait gardé de son éducation religieuse une prédilection pour l'apocalypse. Savoir qui, de l'homme ou de la nature, mettrait fin à l'expérience de la vie sur notre minuscule planète l'intriguait. Depuis qu'on le cachait en Islande, il se sentait posé sur les entrailles de la terre et la rage sourde qui l'anime. La probabilité que la nature tire un trait sur l'homme avant que l'homme n'ait parfait sa destruction lui paraissait chaque jour plus forte. Pour compléter ses journées, il avait pensé écrire, mais très vite il s'était avoué que rien d'assez profond ni d'original en lui ne le justifiait.

Il craignait d'y chercher une fausse gloire pour lui-même, en contradiction avec sa foi qui affirmait qu'elle était réservée à Dieu seul.

Il lui arrivait aussi d'évoquer sa femme et son fils disparus pour justifier le peu de peine qu'il ressentait à leur égard. Son fils parce que son anormalité l'avait révulsé tout le temps de leur vie commune, sa femme parce qu'elle le trompait, il en était chaque jour un peu plus convaincu. On les avait tués de façon à faire croire qu'ils l'avaient été de sa propre main dans un mouvement de démence et de désespoir. On avait voulu le discréditer, lui le syndicaliste scrupuleux incité par son ancienne patronne à révéler les dessous du contrat Mandarin, un contrat de fourniture de combustible nucléaire entre Arlena et la Chine. Mais il ne savait rien de la sombre machination dont il avait été l'enjeu.

Cette captivité aurait pu lui peser. Au contraire, elle le comblait. Il avait tourné la page des ambitions communes. Parfois, furtivement, il s'inquiétait de son sort. Il se demandait si, un jour, ses geôliers ne seraient pas conduits à leur tour à se débarrasser de lui. Comme il n'avait pas la réponse, et que personne autour de lui n'était en mesure de la lui donner, il ne s'attardait pas longtemps sur l'idée de sa liquidation, dont la probabilité ne lui paraissait pas plus forte qu'une mort naturelle par maladie, ou lors de l'éruption d'un volcan, ou encore dans un accident de voiture sur le trajet qui les reliait à la ville. Et Sternfall s'y connaissait particulièrement en matière de probabilités.

6

À Paris, chacun y allait de son commentaire sur la nouvelle Constitution proposée. Elle faisait débat. Fracas d'invectives, de lieux communs, d'idées préconçues, de références imprécises à l'histoire, se mêlaient à la mauvaise foi empruntée à des idéologies avariées, le tout amplifié par la Toile, cette aire de jeu où parfois la bêtise anonyme se donne des airs de pertinence. La polémique s'était principalement étendue sur le fait de savoir si l'extrême droite devait figurer au Parlement pour son poids réel. Les partisans de la réforme rétorquaient que la prise en compte de l'extrême droite à sa vraie proportion allait prouver qu'elle était loin d'être majoritaire dans le pays et que sa présence à l'Assemblée nationale motiverait les courants raisonnables à s'allier dans une force d'union nationale débarrassée du clivage artificiel entre la gauche et la droite.

Dans son adresse aux Français, Launay avait justifié cette nouvelle Constitution par la nécessité de fédérer les bonnes volontés pour aider la France à prendre la place qui lui revenait dans la mondialisation, même s'il convenait selon lui de s'interroger sur la pertinence des fondements de celle-ci, un matérialisme libéral dévastateur pour la planète.

Les insultes se multipliaient sur les réseaux sociaux et plus discrètement à l'intérieur de la classe politique pour fustiger la façon dont Launay prenait le pouvoir en donnant l'illusion de le rendre. Finalement, non seulement il allongeait son mandat de trois ans, mais il gardait jalousement la possibilité de censurer à tout moment le Parlement en le renvoyant devant ses électeurs, et nul ne doutait qu'il ferait du référendum un usage récurrent.

Une fois le projet annoncé, sur les conseils d'Aurore qui en supervisait la communication, Launay se mit en retrait dans l'attente du vote qui devait consacrer son idée. Selon elle, moins on le verrait en public, moins on personnaliserait le projet.

Le niveau élevé des intentions de vote favorable aurait pu le combler. Quoi qu'il arrivât désormais, il entrerait dans l'histoire, l'homme de la VIe République, le père de nouvelles institutions, se hissant ainsi subtilement à la droite de De Gaulle dans le panthéon de la politique moderne, une marche au-dessus de Mitterrand qu'il admirait plus encore pour avoir réussi dans des circonstances qui n'avaient rien d'exceptionnel à se maintenir quatorze ans à la tête de l'État.

Au lieu de la sérénité que lui prêtaient ses détracteurs, caricaturant sa posture de sagesse et de détachement, non seulement il était déprimé mais cette dépression était ponctuée de crises d'angoisse. Le docteur Stambouli avait soigné sa femme d'une cécité imaginaire disparue après l'élection. Elle n'avait plus eu peur de voir son mari président puisque désormais il l'était. Il eut l'idée de s'ouvrir auprès de ce médecin efficace et discret de son mal-être, de cet empoisonnement de l'âme qui transformait chaque succès en souffrance et chaque échec en adrénaline. Il le fit venir dans ses appartements privés de l'Élysée où il avait progressivement rapatrié ses affaires personnelles, laissant à Faustine, son épouse, la pleine disposition de leur appartement de la place Saint-Sulpice.

— Mes détracteurs s'imaginent que j'exulte. Je suis en train de gagner sur toute la ligne et il n'y a rien qu'ils puissent faire. Les Français sont convoqués aux urnes dans deux mois, c'est beaucoup trop court pour m'abattre. Du coup, la haine est encore plus forte.

Stambouli, tout en écoutant le président, balayait du regard le mobilier qui les entourait. Launay s'en aperçut.

— Du mobilier national, aussi désuet que la fonction. Le pouvoir ne survivrait pas à la disparition de sa représentation. Imaginez une seconde que l'Élysée soit aménagé avec des meubles Ikea.

Stambouli revint à la conversation initiale.

— Cette haine vous atteint-elle ?

— Pas le moins du monde. Sinon je ne serais pas là...

Stambouli, dont la grosse face ne s'était pas arrangée depuis leur dernière entrevue, ajusta le nœud papillon de velours noir qui ornait sa chemise. Il était petit et contrefait, pourtant, aucune trace d'amertume ne se lisait sur son visage, et cela surprenait d'autant plus que celle-ci était supplantée par une franche bienveillance.

— Le fait que vous vous soyez occupé de ma femme, cela ne crée-t-il pas un conflit d'intérêts chez vous ?

— Pas du tout. Je ne suis plus son thérapeute. L'ai-je jamais été, puisqu'elle m'a trompé sur ses symptômes ?

— Elle nous a bien bernés, en effet.

— Sur sa cécité ? Je le dirais différemment. La cécité était la métaphore d'autre chose.

— Je crois vous l'avoir dit, je ne suis pas très enclin aux thèses psychologisantes.

— Alors pourquoi avez-vous voulu me voir, si je peux me permettre ? demanda Stambouli, narquois.

Launay prit la question au sérieux et réfléchit longuement.

— Parce qu'une partie de moi-même ne parvient pas à se réjouir de ce que l'autre réussit. Et plus la réussite est éclatante, plus je suis accablé et plus de sourdes angoisses m'habitent, comme si une moitié de ma personne ne vivait que pour punir l'autre. Alors je m'effondre, sans jamais rien laisser paraître. Je vous défie de trouver quiconque qui ait seulement entrevu ces symptômes. Je ne remonte que lorsqu'on m'attaque, que lorsque ma position est remise en question.

— Dans quel état d'esprit êtes-vous aujourd'hui ?

— Je vais triompher, je le sais. L'esprit critique français qui a tant fait pour le mouvement des idées, si longtemps, ne s'agite plus que dans des circonvolutions fondamentalement conservatrices. Et ce que je propose n'a rien de révolutionnaire, bien au contraire. Je vais gagner largement, je resterai dans l'histoire pour l'avoir fait, et j'éprouve un malaise, comme si toute raison de vivre m'abandonnait. J'ai toujours connu cet état, mais depuis peu s'y ajoute un poids dû à certaines décisions. En tout cas, je voudrais le croire.

— Lesquelles ? Si toutefois vous souhaitez vous en ouvrir.

— Des décisions qui tiennent à la nature même de mon pouvoir. Pour gouverner, il faut accepter d'ordonner de tuer, ce qu'on appelle les opérations Homo, l'assassinat d'éléments hostiles à la nation, hors de notre territoire. Je l'ai ordonné récemment. Je l'ai fait sans vraiment le faire, vous savez comment ça se passe, je ne prescris pas directement la mort mais je sais que les exécuteurs de ma volonté n'ont pas d'autre solution. Je suis le premier président à avoir des états d'âme sur la question. Enfin, pour être précis, ce n'est même pas une question de morale, la mort d'un individu pour de justes raisons ne m'atteint pas.

— C'est qu'alors la cause n'est pas bonne...

— Elle l'est forcément puisqu'il s'agit de l'intérêt supérieur de l'État.

— Vos ordres sont donnés ?

— Oui. Pour deux personnes.

— C'est irréversible ?

— C'est une question d'heures.

— Vous pensez à faire marche arrière ?

— J'y pense. Mais si je fais marche arrière, je crains que ce soit encore pire pour moi, de le regretter plus violemment que si je laisse courir les ordres.

— Dilemme cornélien.

— Je vous le concède. Ne vous méprenez pas, l'empathie n'a rien à voir avec cela. Si j'en avais, je ne serais jamais arrivé où je suis.

— Je ne devrais pas vous le dire, mais c'est

ce que votre femme vous reprochait, ce manque d'empathie.

— Non, elle me reprochait seulement de l'assumer, car elle n'en avait pas plus que moi.

— C'est ce que je lui ai dit. Vous voyez que les thèses psychologisantes ne vous sont pas totalement étrangères.

Stambouli dit cela avec un air de malice qui ne le quittait pas, car il n'écoutait jamais sans suspicion, convaincu que, si l'inconscient ne saurait mentir, le conscient ne s'en prive pas. Il sentit Launay soudain lassé de parler de lui-même et pressé de revenir à ses devoirs d'homme d'État.

— Nous n'allons certainement pas régler tout cela en un quart d'heure. Revenez quand vous en aurez le temps. Appelez directement mon secrétariat. Je dîne souvent seul dans ces appartements privés quand je n'ai pas de dîner officiel. Si cela vous tente de vous joindre à moi... Avant de vous quitter, je voulais vous informer que nous avons décidé, ma femme et moi, d'annoncer qu'elle a recouvré la vue. Si vous en êtes d'accord, le mérite vous en sera attribué : une façon d'expliquer ma reconnaissance et l'amitié qui va nous lier dans les prochains mois. Je veux être clair, je ne vous demande pas d'assistance psychologique. Je ne recherche qu'un dialogue, ce qui n'est pas simple avec mon entourage. Ma femme me quitte, ma fille est partie, les autres sont intéressés... J'ai seulement besoin d'être sincère avec quelqu'un. Je ne suis pas certain de l'être avec moi-même, c'est pour cela qu'il me faut éprouver mon honnêteté intellectuelle avec un interlocuteur de poids.

— Il faudra bien pourtant accorder ces deux

parties de vous-même qui ne jouent pas la même partition si vous voulez vous sentir mieux...

— Vous ne craignez pas qu'une... harmonie retrouvée ne m'affaiblisse ? Nos forces ne sont-elles pas dans nos faiblesses ?

— Je ne pense pas qu'au terme de notre dialogue vous aurez envie de quitter votre fonction. Mais peut-être représentera-t-elle autre chose pour vous ? J'ai été confronté maintes fois à ce problème dans ma carrière, chez les artistes en particulier. Ils craignent de perdre leur talent avec la guérison de leurs névroses. C'est en général le contraire qui se passe, leurs obsessions les empêchaient de créer pleinement.

Launay se déplia lentement de peur de heurter ses lombaires douloureuses. Stambouli l'imita, mais d'un bond.

— Reste la question du règlement de vos... conseils. Si je vous paye officiellement, on saura que je consulte, tôt ou tard. Le liquide vous conviendrait ?

Une succession de rictus sur le visage de Stambouli révéla que la question l'embarrassait.

— Si vous n'y voyez pas d'inconvénient, monsieur le président, je préférerais que nous n'envisagions pas de règlement. Je serai ravi de vous aider, pour vous-même comme pour le pays.

Launay loua sa générosité d'un haussement de sourcils.

7

Lubiak remarqua dans le miroir qu'une grande auréole humide tachait sa chemise blanche sous ses aisselles. Le jour n'était pas levé depuis une heure, et un vent frais presque froid traversait l'immense appartement parisien. Lubiak vit le visage de sa femme dans la glace. Elle regardait la même chose que lui.

Deux mois pour abattre Launay et l'empêcher de réformer la Constitution, il s'agissait d'un défi impossible à relever et le subtil mélange de cocaïne et d'amphétamines qu'il avait pris ne suffisait pas à lui fournir une idée valable. Son amertume était tempérée par l'avancée du contrat avec les Émiratis. L'augmentation de capital s'était déroulée comme convenu, la désignation du nouveau président aussi. À peine en fonction, Volone avait signé les contrats et toute l'organisation financière de ceux-ci avait suivi, méticuleusement.

Edwige se retourna pour imposer son dos à son mari. Remonter la fermeture éclair de la robe de son épouse lui demanda un gros effort car il tremblait beaucoup. Il se remit devant la glace, contrarié.

— Non seulement Launay change la nature de la fonction présidentielle, mais il rallonge son mandat de trois ans. Une fois la réforme adoptée, comme je me suis déclaré contre, la coalition en place se débarrassera de moi comme ministre des Finances.

Lubiak s'y reprit à deux fois pour nouer sa cravate.

— Je ne risque pas non plus d'être désigné comme Premier ministre. Les sièges que les sondages donnent à l'extrême droite et à la droite radicale représentent pour l'instant 45 % du total. Launay me force à faire sécession et à me rapprocher de la droite extrême. Si je me retrouve coincé dans un courant minoritaire, nos amis émiratis s'en apercevront et ils se détourneront de moi. Seul compte leur intérêt, la reconnaissance n'est pas dans leurs gènes. Il faudra que je leur donne très vite des gages de pouvoir.

Edwige déambulait désormais dans une robe de chambre de soie mauve qui ondulait en même temps que ses cheveux, dont les mèches avaient résisté à la nuit. Puis elle se planta devant le miroir, contrariée par une nouvelle ride qui s'ouvrait verticalement comme le timide confluent d'une faille plus importante.

— Je te l'avais dit. Tu t'es précipité pour rejeter cette réforme. Tu aurais pu rester en fonction après son adoption ou même briguer le poste de Premier ministre...

— Non, l'Assemblée ne m'aurait pas désigné. Oublie... Je n'ai aucun avenir dans la configuration à laquelle conduira la réforme, elle est faite pour les centristes.

Lubiak passa sa main dans ses cheveux pour

dégager un front large où l'âge semblait n'avoir aucune prise.

— Nous sommes minoritaires à l'Assemblée nationale dans le nouveau système, l'extrême droite et moi, en sièges. Mais dans l'éventualité d'une nouvelle élection présidentielle, l'addition de nos voix pourrait être majoritaire.

— Mais il n'y aura pas de nouvelle élection présidentielle...

— C'est ce que pense Launay, il a prévu de rester en place après le référendum. Sauf que la nouvelle Constitution modifie la nature de ses fonctions, alors il doit démissionner et se représenter. Je vais le démontrer.

Edwige, toujours devant la glace, tira sur ses joues pour en vérifier l'élasticité.

— Pourquoi on ne s'arrêterait pas là ? On a assez pour vivre très largement. Comme ancien ministre des Finances de la cinquième puissance mondiale, tu pourrais donner des conférences très bien payées partout dans le monde. Tu pourrais aussi négocier avec le prince pour prendre la direction exécutive de leur fonds luxembourgeois.

Lubiak épousseta le col de sa veste sur mesure maculé de fines particules.

— Patron de fonds ? Ce n'est pas mon métier. J'ai la personne idoine qui le fera pour moi. Non, si on veut faire du vrai argent, il faut aussi le pouvoir, sinon on bricole des petites affaires.

Edwige commença à se maquiller.

— Le contrat avec les Émiratis est vraiment substantiel. Ajouté au reste, on peut s'acheter un penthouse à Monaco et passer le reste de notre vie à regarder la mer.

Légèrement en retrait, Lubiak attendait la fin de

la conversation pour quitter la pièce. En regardant Edwige, il réalisa à quel point Agathe était plus belle. Les années n'avaient pas altéré leur ressemblance et, si Edwige était la copie de la femme meurtrie, elle n'en avait pas l'attrait.

Elle poursuivit en se poudrant les joues.

— Reconnais que c'est une histoire d'orgueil ?

Lubiak se passa les deux mains dans les cheveux et répondit dans un murmure qui donnait l'illusion qu'il n'écoutait pas ce qu'il disait.

— Je suis dans la position idéale pour faire des affaires, mais elle est menacée par Launay et ses gesticulations.

Puis il chercha ses clés. D'habitude, une domestique philippine qui vivait chez eux à demeure les lui tendait, mais elle était en congé. Il décida subitement de conclure la conversation, d'un ton détaché.

— Je ne suis pas parvenu où je suis pour me laisser défaire par Launay. Je ne quitterai pas la politique avant de l'avoir remis à la place qui devrait être la sienne. Je vais le broyer, je ne sais pas encore comment mais tu verras, je l'atomiserai.

Après l'ivresse du matin, Lubiak se sentit brutalement fatigué.

Et à ce moment précis, Edwige n'était pas la femme qu'il désirait à ses côtés. Il lutta contre cette idée, qu'il relégua plus loin dans son esprit. Mais elle revint en force pendant la journée, se transformant insidieusement en obsession.

8

L'avion présidentiel était immobilisé sur la piste de Roissy. La légère oscillation ressentie à l'intérieur provenait des violentes rafales d'un vent d'ouest. De gros nuages sombres couraient dans le ciel. Le président fut averti par une hôtesse qu'une ultime vérification technique risquait de retarder le vol d'un quart d'heure. Launay en prit acte par un sourire. L'appareil était plein. Le président emmenait avec lui pour ce voyage officiel vers les Émirats deux de ses ministres, celui de la Défense et Lubiak. En plus de divers conseillers, des journalistes avaient été invités à suivre ce périple. Il n'avait pas de lien particulier avec les Émiratis mais leur attrait pour la France et leurs commandes d'armes rendaient ce déplacement inévitable. Launay aimait les voyages à l'étranger tout autant que de se retrouver seul dans ses appartements de l'Élysée. Les incursions en province et les réceptions qui les accompagnaient l'ennuyaient profondément parce que le protocole qui y était attaché lui semblait totalement désuet. Cette formalisation l'éloignait des Français plus qu'elle ne l'en rapprochait.

Lubiak se présenta le dernier dans l'avion. Launay le vit de loin mais lui tourna le dos pour s'entretenir avec la petite cour qui s'était formée autour de lui. Il s'empressa d'entamer une conversation avec son conseiller diplomatique, un petit homme chauve et rayonnant. Lubiak se dirigea droit vers le président qui, cette fois, ne put l'éviter. Les deux hommes ne s'étaient pas parlé directement depuis plusieurs mois.

— J'aimerais que tu m'accordes un entretien en tête à tête pendant le voyage.

Launay prit le temps de considérer la demande.

— J'enchaîne les entretiens. Si je trouve cinq minutes, je te ferai signe, tu peux compter sur moi.

Lubiak poursuivit son chemin sans rien dire et il était facile de lire sur son visage une colère mal contenue. Plusieurs invités le remarquèrent et évitèrent de s'approcher de lui.

Launay et le directeur de la DGSE étaient convenus d'un rendez-vous à l'Élysée toutes les deux semaines pour faire le point sur les affaires en cours, et elles étaient nombreuses. Launay avait fait en sorte que celui-ci ait la priorité dans l'agenda du vol. Les deux hommes s'attablèrent dans l'espace privé réservé au président qui insista pour qu'on ne le dérange pas. Launay n'avait jamais souhaité reparler de Sternfall avec lui. Le directeur de la DGSE savait qu'il risquait son poste dans cette opération, mais il ne doutait pas de sa réussite. Ses hommes étaient sur place et la préparation de l'opération se passait dans de bonnes conditions.

— Bien, bien. Nous avons un des meilleurs services extérieurs du monde, n'est-ce pas ?

— Je suis mal placé pour vous le confirmer, monsieur le président.

Le directeur de la DGSE tira sur sa veste et ajusta sa cravate.

— La question n'est plus Sternfall, monsieur, c'est la fille de la DGSI. Nous n'aurons pas d'autre opportunité avant qu'elle ne revienne sur le territoire.

Launay se gratta la joue et regarda par terre, sur le côté.

— Elle a trahi, n'est-ce pas ?
— Je ne sais pas si c'est à ce point.
— Elle représente un risque substantiel ?
— C'est celle qui en sait le plus après Corti.
— Alors faites au mieux.

La gêne se lut sur le visage du directeur de la DGSE.

— Je ne peux malheureusement pas m'en tenir là, monsieur.

Launay avait pris sa décision mais ne souhaitait pas la formuler.

— Qu'est-ce que vous en pensez ? Personnellement, je n'ai pas assez d'éléments.

— Elle détient assez d'informations pour qu'un entêté puisse remonter jusqu'au cœur de l'histoire. Et nous avons le sentiment qu'elle est en train de passer sous influence étrangère. Nous n'en avons pas la certitude. Si nous attendons d'en avoir la certitude, ce sera peut-être trop tard. Effacer Sternfall et la laisser dans la nature seraient contre-productifs.

— J'entends bien. Mais pouvons-nous considérer à ce stade qu'elle travaille pour l'étranger contre la France ?

— Il faudrait demander à Corti, mais je pense qu'il en est convaincu.

Launay inspira très fort, conserva l'air dans ses poumons puis lâcha brutalement :

— Alors qu'on en finisse et qu'on n'en reparle plus jamais.

Et il ajouta :

— Je ne sais pas comment les Américains vont répliquer à notre opération en Islande, mais il faut s'attendre à une réaction.

— Certainement, cela fait partie du jeu.

— Et dites-moi, selon vous, les gens que nous allons voir sont très impliqués dans le soutien au terrorisme ?

— Pas directement, mais il existe suffisamment de fonds de charité pour qu'ils puissent acheter leur tranquillité. La duplicité règne chez eux, cependant ils se préparent à une défense active et notre industrie militaire en est l'heureuse bénéficiaire. La guerre est de plus en plus complexe parce que l'on combat souvent des hommes entre les mains desquels nos armes ont fini par tomber. Un jour viendra où l'on devra descendre des Rafale.

— C'est probable.

— On saura enfin ce qu'ils valent.

Launay éclata de rire puis remercia son interlocuteur en le gratifiant d'un clin d'œil de connivence. Ce type-là jouait un rôle primordial dans le dispositif qu'il allait mettre en place pour présider. Il voyait l'État comme une maison sur pilotis, portée par un maximum de quatre ou cinq piliers. Après Élisabeth Spaak, qui dirigeait son cabinet, il pensait pouvoir compter sur le directeur de la DGSE. La défection de Volone ne l'avait pas vraiment étonné, sa cupidité était sans limite. Il revendiquait d'ailleurs une absence totale de morale et d'attachement. Que Volone croie que le pouvoir puisse passer du côté de Lubiak le chagrinait et montrait que cet opportuniste manquait de sens politique. Corti, lui, était capable de vraie fidélité, essentiellement à lui-même. Pour l'instant, il jouissait confortablement de l'ascendant qu'il s'imaginait avoir sur Launay. Celui-ci pensait qu'il lui faudrait très vite envisager un moyen de pression durable sur Corti, pour rééquilibrer leurs rapports.

C'est à ce moment de sa réflexion que Lubiak passa la tête dans l'espace privé du président. Le voyant seul, il s'avança.

— Je peux ? Je n'en ai pas pour longtemps.

Au moment de s'asseoir, il vit que Launay tenait entre les mains la boucle de la ceinture de sécurité qui lui était destinée. De légères turbulences latérales secouaient l'avion. Launay tripotait la boucle comme un enfant qui cherche à en percer le mystère.

— Je t'écoute.

— Je voulais te remercier d'avoir accepté ce voyage officiel.

Launay, qui s'attendait à une entrée en matière plus vive, lui sourit.

— C'est tout à fait normal, je suis le chef des représentants de commerce de notre nation. Partout où l'on peut exporter, je suis là en soutien, même quand tout a été négocié dans mon dos. J'espère seulement qu'une sale histoire de rétrocommissions n'y est pas associée, je ne voudrais pas que mon mandat soit entaché par la énième affaire politico-financière. Je sais que les Français n'y attachent pas beaucoup d'importance, mais tout de même.

— Ne t'inquiète pas.
— Je ne m'inquiète pas. D'ailleurs, je me suis mal exprimé. Je sais qu'il y a des rétrocommissions, on me l'a rapporté. J'espère que le montage est assez discret pour que les médias et le judiciaire ne s'en emparent pas pendant mon mandat, lequel, comme tu le sais, va être rallongé.
— Tu m'envoies un message, là ?
Launay écarquilla les yeux.
— Un message ? quel message ?
Les turbulences latérales au départ se firent verticales et de plus en plus profondes. Launay tenait toujours la boucle entre les mains et la lustrait en la frottant consciencieusement.
— Tu voudrais qu'on partage ?
Launay sourit.
— Jamais de la vie.
— Pas même pour la campagne du référendum ?
Launay se redressa sans lâcher la ceinture.
— Je ne vais certainement pas faire financer ma campagne par un adversaire.
— Ce serait fair-play de ma part.
— Je peux attendre beaucoup de choses de toi, mais sûrement pas le fair-play.
Le signal requérant que les ceintures soient attachées s'alluma. Lubiak fit mine de chercher la boucle de sa ceinture mais Launay la tenait ferme.
— Ce que j'aime dans notre relation, c'est sa franchise. Je ne vais pas déroger à la règle. Notre accord, si tu t'en souviens, c'était un mandat de cinq ans pour toi puis tu me cédais la place. Au lieu de cela, tu introduis une réforme constitutionnelle qui affaiblit les pouvoirs du président et qui porte à huit ans la durée de son mandat. C'est ça le fair-play ?

L'avion se mit à sauter franchement. Lubiak poursuivit, vert.

— Je considère que notre pacte est rompu. La réforme constitutionnelle va être adoptée, l'équilibre des forces est en sa faveur. En tenant compte de l'introduction massive de la proportionnelle dans le mode de scrutin pour les législatives, à quoi s'ajoute le nouveau découpage, il est évident que les centristes auront la majorité au Parlement. En revanche, s'il y avait une élection du président de la République après la réforme, je parie que le candidat qui fédérerait les voix de la droite radicale que je représente et de l'extrême droite serait élu.

— Peut-être, mais pourquoi une nouvelle élection alors que je viens d'être élu ?

— Parce que tu n'as pas été élu pour huit ans mais pour cinq ans, et avec des attributions différentes. Donc il faudra revoter. Compte sur moi pour pousser le Conseil constitutionnel dans ce sens.

Lubiak parvenait de plus en plus difficilement à se maintenir sur son siège.

— Si tu veux aller t'asseoir à ta place, n'hésite pas, ce serait plus prudent. Pour finir, fais ce que tu veux, même en cas de nouvelle élection je serai réélu pour une raison simple, vois-tu, je serai le père de la VIe République et les électeurs n'oseront pas me désavouer.

— On verra bien...

Lubiak se leva d'un bond mais, aussitôt déséquilibré, se cogna la tête contre la paroi.

— Tu devrais laisser la politique pour les affaires. Tu n'as pas un tempérament pour faire de la politique. Tu évacues ta violence en montrant ton jeu à l'adversaire. C'est ridicule. Tu es mon pire adversaire et pourtant j'ai l'impression que je mérite mieux.

Lubiak sortit et essaya tant bien que mal de rejoindre l'arrière de l'appareil, moins vexé par Launay que par la prise de conscience soudaine qu'il avait fait le mauvais choix. Il n'aurait jamais dû se prononcer contre le référendum. Il lui devint alors évident qu'il ne pourrait plus battre Launay à la régulière.

Quelques minutes plus tard, les turbulences d'altitude disparurent et l'avion présidentiel se stabilisa, ramenant la sérénité dans la cabine.

Il lui restait un quart d'heure avant de s'entretenir avec le ministre de la Défense, proche de Lubiak mais moins retors. Il demanda à Aurore de le rejoindre avec l'intention de coucher avec elle. Il la fit asseoir et l'observa longuement. Elle finit par interrompre son mutisme en lui demandant ce qu'il voulait.

— Te dire qu'aujourd'hui j'ai ordonné le meurtre de deux personnes, au nom de la raison d'État. Non, pour être honnête, j'avais déjà ordonné ces deux meurtres mais je n'en ai trouvé la justification profonde qu'aujourd'hui.

Aurore ne sut quoi dire. Il ajouta :

— Cette libération de mon esprit m'a conduit à un désir soudain.

Cette façon qu'il avait d'évoquer son désir sans l'accompagner du moindre geste, de la moindre attention, parut salissante à la jeune femme. Il se leva en désignant la chambre.

— Bon, on y va ?

Bien qu'écœurée, elle se laissa guider. Alors qu'il la précédait en défaisant les boutons de ses manches de chemise, il lui demanda, désinvolte :

— Et la révélation de la guérison de ma femme, ça donne quoi dans les journaux ?

— Une kyrielle d'articles.

— Et dans les sondages ?

— Plus deux points.

Il soupira.

— C'est dire dans quel état sont nos compatriotes.

— Il n'y a pas qu'eux.

— Si j'annonçais mon divorce, ça me coûterait combien de points ?

— Beaucoup. Pas le divorce en lui-même mais que tu divorces d'une femme qui a été gravement malade. Les vieux ne te le pardonneraient pas.

— Bon, alors on va attendre, le plus longtemps possible. Si on peut même éviter de l'annoncer, ce sera aussi bien.

Il referma la porte de la chambre sur Aurore.

— Et pour le référendum, où en sommes-nous ?

— 61 %.

— Parfait. Qu'est-ce que tu attends ? Viens.

Aurore resta plantée au milieu de la chambre.

— Je ne viendrai pas, je ne suis pas le room service de l'Élysée. Pour ça, il faudra que tu te trouves des professionnelles.

Launay la regarda sans étonnement.

— Vous les femmes, vous êtes toutes les mêmes, dès que vous voyez se profiler un moment de bonheur chez un homme, tout se met en œuvre chez vous pour le ruiner.

9

— L'homme naît nu de toute raison de vivre. La société se précipite pour lui en fournir. Ça donne ça : un peu de religion (il regarda l'église derrière lui), beaucoup de consommation (du bras il engloba les boutiques de luxe qui entouraient la place), beaucoup de plaisir (il pointa deux restaurants puis les jambes dénudées de deux jeunes Japonaises qui marchaient d'un pas étriqué). Avec tout ça, on se distrait de l'essentiel. Mais comme au fond l'essentiel n'est pas distrayant, on ne peut pas faire de la mort l'événement primordial de notre vie. C'est bien de la snober. (S'adressant à une passante :) Hein ! madame, vous ne trouvez pas que c'est mieux de snober la mort ?

Elle lui jeta un regard consterné.

— Bon Dieu, ce que les gens peuvent être conformistes. Pas une idée originale, pas une façon de se vêtir originale. Les tenues anticonformistes sortent d'un autre moule mais c'est un moule quand même.

Il rabâchait, il ressassait, lançait des invectives polies qui s'échouaient mollement sur le trottoir, devant ses pieds, atteignant rarement leur cible, des passants pressés, des touristes intimidés. Une voiture s'arrêta en face de lui. En sortit un homme en costume qui s'approcha.

— Il y a un monsieur dans cette voiture qui voudrait vous parler. Vous pouvez lui accorder cinq minutes ?

Le clochard le regarda, circonspect.

— C'est que j'ai beaucoup à faire, voyez-vous. Beaucoup de rendez-vous, un déjeuner d'affaires, des réunions où rien ne se décide.

L'homme, sans être menaçant, se montra ferme.

— Ce ne sera pas long, et c'est important.

— Pourquoi ne pas faire ça dans un bar en prenant un petit remontant ?

— Ce n'est pas possible.

— C'est vous le demandeur, ce n'est pas moi, il faudrait voir à ne pas inverser les rôles !

— Cinq petites minutes, je vous prie.

— C'est vraiment par pure curiosité.

Le clochard se leva avec peine.

— Je sens l'automne arriver dans mes os. Je vous suis.

L'homme le précéda puis lui ouvrit la portière arrière. Le clochard se plia difficilement et s'enfonça dans la banquette. Puis il tourna la tête et eut une moue contrariée en distinguant les traits de celui qui l'attendait.

— J'aurais dû m'en douter. Qui d'autre aurait tenté le coup de s'asseoir avec un clodo dans un espace fermé ? Je ne t'aurais pas reconnu si tu ne t'étalais pas sur les magazines.

Puis il amorça un rire contrarié par une quinte de toux.

— Pour un père qui s'est suicidé en se jetant par la fenêtre un matin de Noël, je me porte plutôt bien, non ? Dis donc, vous les politiques, quand vous vous y mettez vous êtes une vraie menace pour les romanciers. J'en avais les larmes aux yeux. M'enfin... tu n'as même pas eu l'imagination de l'inventer. Une histoire que je t'ai racontée, que tu as reprise à ta sauce. Qu'est-ce qui me vaut cet honneur, monsieur le ministre ?

Lubiak n'osait ni sentir ni regarder son père, ce qui se traduisait par une expression contrite peu ordinaire.

— Je voudrais te proposer de te sortir de la rue.

— Me sortir de la rue ? Et pourquoi donc ? Tu crois que je n'y suis pas bien, que je le vis comme une fatalité ? C'est *niet*, mon garçon. Double *niet*.

— Ils annoncent un hiver particulièrement froid.

— Les prévisionnistes de Bercy se sont reconvertis dans la météo ? Des hivers froids, j'en ai connu, tu sais.

— Un appartement et une somme d'argent tous les mois. Ensuite, si tu veux dormir à la belle étoile...

Le père de Lubiak fronça le nez.

— Pourquoi tu fais ça ?

Il posa la question avec l'intonation de quelqu'un qui connaît la réponse.

— Bien sûr, pour le grand argentier, avoir un père SDF, ça complique le tableau de ta réussite. Je comprends.

Ces derniers mots furent prononcés sur le ton de la reddition, ce qui eut pour effet d'induire Lubiak en erreur. Son père soupira profondément.

— C'est non, mon vieux. J'ai toujours pensé que tu étais le moins intelligent de mes enfants. La preuve, tu n'es pas arrivé à obtenir un vrai métier. Petit marquis de la mondialisation, c'est un métier, ça ? Pouah ! Rien que d'y penser... On ne m'achète pas, monsieur mon fils. Tes sœurs sont aussi mauvaises que toi, mais plus intelligentes. On raconte que tes enfants sont odieux. Il y a des branches familiales qui gagneraient à s'éteindre. Bon, c'est pas que je m'ennuie mais j'ai pas mal à faire.

— C'est un non sans appel ?
— Sans appel.

Le clochard descendit de la voiture sans un regard pour son fils.

Le véhicule redémarra et, après quelques mètres, le ministre sortit son téléphone. Il hésita longuement. Finalement, il rangea son téléphone. Puis il le reprit et composa un numéro. Quand on décrocha, Lubiak prit un ton enjoué.

— Agathe, c'est... c'est moi. Je voudrais te voir si tu en es d'accord. Je n'ai pas aimé la façon dont on s'est quittés la dernière fois.

— Moi non plus.

La réponse le transporta. Il inspira profondément et essaya de prendre un air détaché.

— Dis-moi quand tu peux, j'aménagerai mon agenda.

Il n'avait pas raccroché qu'Edwige l'appelait pour savoir comment s'était passée l'entrevue avec son père.

— Très bien. Il a été plus cher que je ne le pensais, mais bon...

— On en reparlera plus tard ?

— Je ne crois pas qu'il en vaille la peine. À ce soir ?

Lubiak raccrocha, tout à la satisfaction de la nouvelle du jour.

10

La moto s'immobilisa sur la place du village, devant la fontaine, face à l'église. On avait donné rendez-vous à Corti et il n'aimait pas cela. L'homme qui s'était permis cette démarche était un de ses amis. Même âge, même village. Ce qui les différenciait relevait principalement de leur parcours depuis l'adolescence. Corti s'était engouffré dans les renseignements généraux sur le continent, à Marseille puis à Nice avant de monter à Paris et de gravir sans hésitation ni tremblement les échelons qui devaient le conduire jusqu'à la direction de la DGSI. Son ami était resté au pays comme entrepreneur. Il construisait des villas pour des clients du continent. Il avait su monnayer des terrains constructibles ou trouver les arguments pour les rendre constructibles, ces arguments allant de la corruption aux menaces. Plus qu'un homme d'affaires avisé, Pasquale était quelqu'un qui avait la science des réseaux, ce phénomène des solidarités occultes où la France excelle. Mais sur l'île, l'alchimie en était beaucoup plus complexe et ses conséquences beaucoup plus compromettantes car on pouvait facilement y laisser sa vie.

Pasquale était parvenu à ne jamais être directement impliqué dans un meurtre. Il n'avait non plus jamais fait l'objet d'une enquête judiciaire. Il avait appelé Corti la veille en lui demandant si, à l'occasion de sa promenade à moto dominicale, ils ne pourraient pas boire un café ensemble à Santa-Reparata. Si solide et ancienne que fût leur amitié, Pasquale ne se serait jamais permis de « convoquer » Corti s'il n'avait pas été en position de force. Cette idée déplaisait beaucoup à Corti, qui n'avait pas goûté sa promenade comme à l'habitude. Une contrariété quasi assassine se lisait sur son visage quand il donna l'accolade à Pasquale. Elle s'était développée sur un terrain propice, celui de l'amertume provoquée par sa déception à l'égard de Lorraine. Il avait laissé un sentiment naissant grandir pour aussitôt le réprimer, et cette dilatation/contraction avait laissé des séquelles dans son émotivité d'ordinaire si difficile à perturber. Cette parenthèse, si courte fût-elle, l'avait marqué et, désormais, il ne regardait plus sa femme de la même manière. Il s'était surpris à lui manquer de respect, avant de s'en excuser. Cette déception sentimentale s'était transformée en haine parce que Lorraine l'avait doublement trahi. D'abord en couchant avec une espionne, ensuite en rejoignant son ennemi héréditaire, la DGSE. Il l'aurait tuée de ses propres mains s'il avait pu. Cette femme abjecte ne méritait pas mieux. D'autres allaient s'en charger, il le pressentait, et il n'avait pas l'intention de la soustraire à cette funeste destinée.

Les deux hommes s'installèrent autour d'une table en fer aux couleurs passées, usées par le soleil. Celui-ci sortait progressivement de derrière l'église, brûlant chaque bout de peau nue. Les ombres dessinées sur la place se croisaient en se défiant.

— Comment ça va, à Paris ?

— Je sais pas. Depuis cette élection, plus rien n'est pareil, je n'ai plus le même enthousiasme, tu vois ce que je veux dire ?

— Je vois très bien. Et cette nouvelle Constitution, tu en penses quoi ?

— L'ancienne était faite pour des hommes, pour des caractères qui n'existent plus. Launay, qui ne vaut guère mieux que les autres, essaye de donner un peu plus de hauteur à sa fonction en la détachant des soucis du quotidien. C'est habile mais ça ne changera rien à notre classe politique, qui est dépassée par la complexité du monde et divisée par des ambitions minuscules. Et puis tu sais, ils n'ont pas beaucoup d'honneur. Ils savent ce que je sais sur eux, mais ils continuent à se promener cul nu en plein soleil. Bon, c'est pas des métiers pour des gens comme nous. Moi, je ne les laisse pas me donner d'ordre.

— Et après le référendum, tu vois les choses comment pour toi ?

— Le ministre de l'Intérieur qui sera nommé voudra certainement me dégommer, alors je lui montrerai mes cartes et il me mangera dans la main.

— Pourquoi tu ne deviendrais pas ministre de l'Intérieur ?

Corti bâilla.

— J'y ai pensé mais pour cela il faudrait que j'en aie envie. Alors, ce que tu avais à me dire ?

— Ça me chagrine, Ange, vraiment, et je n'aime pas être le porteur de la mauvaise nouvelle. Il y a un problème avec ton fils. Apparemment, il s'est mis avec des racketteurs indépendantistes qui font la tournée des hôtels en fin de saison. Ils se sont pris le bec avec un restaurateur moitié corse moitié rien qui n'a pas voulu payer et qui a pris une arme. Le type qui était avec ton fils a voulu négocier mais ton fils a tiré sans sommation. La gendarmerie se dirige vers lui à petits pas. C'est un gendarme qui me tuyaute. Ils savent qui tu es, donc tout est traité dans le plus grand secret.

Corti était resté impavide.

— Tu veux que je te dise, Pasquale ? Les soucis qu'il va m'attirer me peinent moins que d'avoir la preuve devant les yeux de ce que je savais déjà : ce gosse est un abruti. Tu te rends compte, mon propre fils ?

— Qu'est-ce que tu vas faire ?

— On va le disculper, sinon il faudra qu'il disparaisse.

— On va tout faire pour ne pas en arriver là.

— Tout faire, c'est le disculper. Mais il recommencera. Il s'est mis du côté des exécutants et des gens qui prennent du plaisir à tuer. Et en plus il me manque de respect. Il sait très bien que dans ma position... C'est sa mère qui va avoir du chagrin.

— Ange, je peux te l'installer loin d'ici, très loin d'ici, si tu veux. En Afrique, au Gabon, on a tous les relais possibles.

— Je sais. Mais s'ils lui collent un mandat d'arrêt international cela me causera le même préjudice. S'il est disculpé, il faut qu'il parte et qu'il aille faire sa vie ailleurs. Si on n'y parvient pas...

Corti prit un long temps de réflexion, scrutant la façade de l'église.

— Je me souviens que tu as eu aussi des problèmes avec ton fils il y a quelques années. Qu'est-ce qui fait que des gens comme nous engendrent des bons à rien ? C'est un mystère. Cette génération n'a pas de colonne vertébrale, ça tire à tout-va, ça finira mal.

— Tu sais, Ange, il n'y a qu'un seul témoin, son complice. Tu l'enlèves, c'est fini.

— Tu crois qu'il pourrait parler ?

— Je me suis renseigné. C'est pas quelqu'un sur qui on peut compter. Pour l'instant, ils le soupçonnent d'avoir été présent mais ils ne l'ont pas interrogé.

— Tu aurais un moyen pour qu'il ne soit pas interrogeable ?

Pasquale fit une moue plus désolée que tracassée.

— Je vais t'enlever cette épine du pied. En plus, je suis sûr que c'est lui qui a embarqué ton fils dans tout ça.

— Certainement. Mon fils n'a pas assez de cerveau pour fomenter un racket. Si c'était le cas, ce serait différent. Comment l'intelligence s'oriente, où elle se pose, on peut tout accepter. Mais pas d'intelligence, qu'est-ce que tu veux faire ? Bon, je vais continuer ma promenade sur les hauteurs.

— C'est agréable quand les touristes sont partis, non ?

— Oui, moins de voitures sur les routes.

11

La littérature ne va jamais aussi loin que quand elle oublie l'histoire qu'elle est en train de raconter. Comme si on oubliait la route pour se concentrer sur les bas-côtés et les paysages. « Si je devais écrire, j'écrirais ainsi », se dit Sternfall que cette idée taraudait régulièrement. Il en retardait toujours l'exécution car si aujourd'hui écrire était une possibilité, il était concevable qu'elle se referme complètement dès les premiers mots, maladroits et empesés. Il n'était pas homme à se mentir et il avait trop lu pour ne pas savoir, alors il renonça une nouvelle fois. Son sujet ? Étudier cette curieuse disposition qui l'empêchait de regretter sa famille disparue. Ce fait choquant serait à n'en pas douter l'origine de l'œuvre, si celle-ci devait voir le jour.

La journée commençait dans le ciel par le passage d'un petit train de nuages de basse altitude blancs et replets poussés par un vent rieur. Un léger clapotis troublait la surface du bras de mer dans un mouvement régulier. Les informations données à la radio sur l'activité du grand volcan se faisaient de plus en plus inquiétantes, d'après ce que Sternfall avait compris. L'envie d'apprendre l'islandais lui était venue quand il assistait au culte en ville le dimanche matin. Curieuse idée d'apprendre une langue pour entendre un texte que l'on connaît mot pour mot. Les Évangiles avaient-ils quelque nouveauté à lui révéler en islandais ? Il avait tout le loisir de tenter l'expérience.

Un peu plus tôt dans la matinée, Leymeric et son technicien s'étaient mis en route, sombres et silencieux. Aucune des beautés qui jalonnaient leur route n'avait pu les distraire. Lorraine s'était fait porter pâle et ils n'y pouvaient rien. L'opération ne nécessitait pas sa présence ce matin-là.

La veille au soir, alors qu'ils dînaient dans le restaurant de l'hôtel parmi plusieurs touristes fatigués de leur journée, un appel avait interrompu le repas. L'autorité qui sonnait Leymeric devait être supérieure car en se levant il eut un réflexe de garde-à-vous avant de quitter le restaurant pour parler tranquillement à l'extérieur, devant l'hôtel. À travers la grande baie vitrée, Lorraine l'observa. Elle vit son visage se figer et ses yeux se fixer sur elle comme s'il ne parvenait plus à s'en détacher. Lorraine comprit. Elle continua sa conversation avec le technicien, qui se vantait comme d'habitude. Leymeric vint se rasseoir. Ce militaire n'avait aucun talent pour la comédie, il ne pouvait dissimuler la gravité de l'ordre qu'il venait de recevoir. On sentait qu'il avait remis à plus tard de le digérer, qu'il attendait d'être seul pour l'accepter au fond de lui-même. Il évita de croiser le regard de Lorraine jusqu'à la fin du repas, qui ne s'éternisa pas. Il redescendit moins d'une heure après être monté se coucher pour prendre un dernier verre au bar. Lorraine, qui de sa chambre l'avait entendu ouvrir sa porte, le rejoignit. Un mouvement de recul trahit le malaise de Leymeric. Elle lui sourit, commanda un double bourbon.

— Pas prudent de boire la veille du jour J.

Elle leva son verre à sa santé.

— Je ne viendrai pas demain et vous ne m'y forcerez pas. Bien sûr, je reste complice, mais apparemment cela ne suffit pas à la hiérarchie. Vous allez me tuer, n'est-ce pas ? Enfin, c'est dans vos projets. Je pourrais faire capoter l'opération, informer la réception que mes deux compères sont là pour tuer. L'inconvénient, c'est que je ne connais pas la localisation de Sternfall, donc vous pourrez me tourner en dérision. Je suis lâche, je n'aurai pas la force de vous empêcher de le tuer, mais je n'y assisterai pas. Ensuite ce sera mon tour. Dans la mer ? Avec les poissons ? Vous ne voulez pas coucher avec moi avant ? Je me demande quel genre de sensations cela doit provoquer de pénétrer une femme avant de la tuer. Je ne parle pas des criminels, je parle des gens comme vous, des gens bien, des officiers méritants. Étonnant, le mal qu'il faut accepter pour faire le bien. Peut-être que notre métier est tout simplement peuplé de marginaux qui ont trouvé un cadre légal à leurs pulsions criminelles.

Lorraine finit son verre d'un trait.

— Demain quand vous reviendrez de votre mission, je resterai à l'hôtel. Je ne rentre pas. Maintenant que j'ai la certitude que vous avez des ordres me concernant, ne vous approchez plus jamais de moi ni de mon fils. Je rentrerai en France quand je l'aurai décidé. Ne vous avisez pas de me rechercher ou je révèle tout aux presses islandaise et française. Je n'ai plus peur, enfoncez-vous-le dans le crâne. Et j'ai assuré mes arrières. N'oubliez pas de payer ma chambre demain avant de partir. Ensuite je me débrouillerai.

Elle lui tourna le dos et partit en se déhanchant, puis elle se retourna une dernière fois pour le défier.

De retour dans sa chambre, Lorraine s'enferma à double tour et poussa un grand fauteuil de style anglais devant sa porte. Elle s'imaginait Leymeric assez tordu pour venir l'exécuter dans la nuit en espérant qu'on ne découvrirait pas son corps avant qu'ils aient eu le temps de s'envoler. Peu après, on vint frapper à la porte. Lorraine refusa d'ouvrir. Leymeric insista, il voulait négocier. Elle proposa de le retrouver à la réception. Elle était éteinte à cette heure tardive et Lorraine ordonna à Leymeric de garder ses distances.

— Je vais être direct. L'ordre est bien tombé de vous neutraliser. Mais le patron n'y est pas favorable, moi non plus. On ne le fera pas. On peut vous offrir de travailler chez nous avec changement d'identité et tout ce qui s'ensuit. On ne veut pas d'histoires et vous n'en aurez pas, parole d'officier. Il faut juste que vis-à-vis de nos commanditaires on puisse dire que la mission a été accomplie, ici, en Islande. Il est probable que vous devrez vivre à l'étranger. Pour les détails matériels, on fera en sorte que vous ayez une vie normale. C'est une offre des plus justes, non ?

— Pour qu'un jour on me traite comme Sternfall ?

— Ce ne sont pas les mêmes enjeux, Lorraine.

Sternfall nous met sous l'emprise d'une puissance étrangère. Et puis, si vous en savez trop aux yeux de certains, vous ne savez pas tout... Je n'aurais pas exécuté cet ordre. Je vous laisse aller dormir. Demain au retour de mission, soit vous êtes encore là, soit vous êtes partie et on considérera alors que c'est une défection, un passage à l'ennemi. Si vous êtes encore là, vous avez ma parole d'officier qu'il ne vous arrivera rien et que le service vous protégera. D'ailleurs, si cela peut vous rassurer, je pense que le service assure ainsi ses arrières, c'est de bonne guerre. Cette fois, je vais me coucher pour de bon. À demain, j'espère.

12

Sternfall aperçut deux hommes en contrebas, de l'autre côté du bras de mer. L'un portait une caméra, l'autre télécommandait de drôles d'engins de petite taille qui survolaient des colonies d'oiseaux blancs au-dessus de l'eau. Connaissant la faune islandaise et sa diversité, Sternfall ne s'étonna pas que celle-ci intéresse une équipe de documentaristes. Il resta à observer le mouvement ascendant et descendant des engins, semblable à celui d'une mouche, s'immobilisant parfois avant de repartir avec l'aisance d'un hélicoptère miniature. Puis l'un des deux engins monta haut dans le ciel. Il le vit redescendre brutalement sur lui, pensant qu'il allait dévier sa trajectoire pour approcher les oiseaux sous un autre angle. Il n'en fut rien.

Dans la voiture qui les ramenait vers l'hôtel, le technicien exultait et se félicitait de la qualité du matériel développé par Beta Force. Ce drone dépassait en maniabilité, en vitesse et en précision tout ce qui se faisait dans le monde, une avance technologique remarquable dont il n'arrêtait pas de se réjouir. Le couple de drones avait parfaitement fonctionné. Le drone d'observation et de renseignement avait transmis les informations au drone d'intervention. La charge explosive s'était déclenchée au centième de seconde près. Puis le drone d'observation s'était rapproché pour leur donner des images incroyablement nettes de l'état du corps qui permettaient de conclure que la mission était réussie. Le garde du corps était sorti du chalet, une arme à la main, mais un .44 Magnum était incapable de les atteindre à cette distance. De toute façon, il avait failli dans sa mission de protection et pourchasser les tueurs ne lui servait à rien. Son urgence était de dissimuler le cadavre en attendant les ordres.

Leymeric ne disait rien. Pour un homme comme lui, le devoir accompli ne s'accompagnait d'aucune joie. Ses inquiétudes sur Lorraine se mêlaient à celles de se trouver pourchassé par les Américains. Ils avaient infligé un camouflet à la CIA, qui n'allait pas apprécier. Ils étaient sur une île et il fallait en partir au plus vite.

13

L'église Saint-Sulpice était presque déserte à cette heure et l'absence de lumière la rendait lugubre. Une petite troupe attendait la confession : quelques dames en chapeau, plus préoccupées de leur salut que de cette vie rendue chaque jour plus difficile par l'âge. Terence goûtait la tranquillité de ce lieu de prière conçu pour impressionner les fidèles par la présence imposante qu'il suggérait. Son éducation luthérienne aurait pu lui rendre l'endroit intolérable par ses représentations excessives et son caractère impérieux. Mais Terence avait dépassé le dogme de la protestation et considérait la pratique religieuse catholique avec tolérance même si parfois elle s'accompagnait d'un léger amusement. Son contact à la DGSI lui avait demandé de ne plus s'adresser directement à lui. Le prêtre de Saint-Sulpice, ancien agent de la DGSE, ferait désormais le lien un lundi sur deux. Il lui suffisait de se présenter au confessionnal. Les vieilles dames en avaient long à se faire pardonner alors qu'une seule semaine s'était écoulée depuis leur dernière confession. Absalon se demanda si elles ne s'inventaient pas des péchés pour le plaisir de l'absolution. Ou alors, comme il était fréquent à leur âge, elles trouvaient une occasion de parler comme elles le faisaient avec la vendeuse de leur boutique préférée. Absalon regarda plusieurs fois sa montre avant que son tour ne vînt. Le confesseur le reconnut aussitôt.

— L'étau se resserre autour de notre ami, c'est pour cela qu'il a adopté ce dispositif.

— Comment le prend-il ?

— Comme une libération. Il tient à vous prévenir que les négociations de rachat de votre journal par Beta Force ont commencé secrètement et que Volone fait de votre départ un préalable à cette transaction. Apparemment, votre rédacteur en chef aurait répondu qu'il serait moins dangereux de vous garder que de vous énerver.

— Il n'a pas tort.

14

Voyant l'humeur de son patron, l'assistant de Corti ne lui avait transmis aucun appel. Depuis plusieurs jours déjà, il passait son temps enfermé, cinglant à la moindre occasion, faisant grimper le niveau de terreur chez ses collaborateurs. L'homme qui se présenta à l'autre bout du fil avait un fort accent américain. Il disait appartenir au personnel de l'ambassade des États-Unis. Il devait parler à Corti au plus vite. L'assistant lui demanda de patienter et s'approcha doucement du bureau de Corti. Son regard de taureau de combat la dissuada d'avancer plus que sa tête. Corti ne lui répondit pas mais lui fit signe d'un geste de la main de lui passer l'appel.

— J'aimerais bien savoir ce que vous faites, c'est une déclaration de guerre ou quoi ?
— Je ne vois pas de quoi vous parlez.
— De Sternfall.
— Eh bien quoi, Sternfall ?
— Sternfall a été éliminé.
Corti ne feignit pas la surprise car il n'en savait vraiment rien.

— Vous me l'apprenez.

Il prit un temps pour encaisser la nouvelle avant de poursuivre.

— Je pense que ceux qui ont fait cela ont commis une grave erreur.

— Nous aussi. Je voulais vous prévenir que nous ne pouvons pas laisser les choses en l'état.

— Je comprends. Qu'est-ce que vous voulez que je vous dise ? J'ai été mis à l'écart de cette affaire. On m'aurait demandé d'en être, j'aurais refusé. Mais dites-moi, il y a des fuites chez vous ?

— Quelqu'un a lâché la localisation. Tout s'est passé très vite. Mais pour trouver O'Brien, quelqu'un de chez vous a dû parler.

Corti n'était pas d'humeur à jouer.

— Oui, peut-être une transfuge de chez moi vers la DGSE.

— Cette femme qu'on voulait sortir du jeu ?

— Oui, j'aurais dû vous écouter. Et je pense qu'elle fait partie du commando qui a exécuté notre homme. Voilà la preuve de ma bonne foi. Ils ont agi comment ?

— Avec un drone.

— C'est le service action de la DGSE sur ordre du président.

— C'est grave, monsieur Corti, parce que au même moment le président laisse livrer du matériel de combat et de renseignement aux Émirats contre notre avis.

— J'ai l'impression qu'il veut s'en affranchir, de votre avis.

— Et moi j'ai l'impression qu'il oublie qu'on l'a aidé à se faire élire.

— Je ne sais pas ce qui se passe dans sa tête. Comme vous j'ai beaucoup œuvré à son élection, et comme vous j'ai l'impression que la gratitude n'est pas sa première qualité.

— On va forcément lui donner une leçon, vous savez. Ses agents d'exécution sont bloqués en Islande. Vous êtes au courant pour le volcan ? Plus un vol ne décolle d'Islande, ils sont piégés. Et maintenant que nous connaissons l'identité d'un des membres du commando, ça va être tragique. Vous, monsieur Corti, vous comprenez que nous ne puissions agir autrement, n'est-ce pas ?

— Dans ma position, je ne peux pas approuver, mais je peux comprendre.

L'Américain raccrocha un peu plus tard avec la conviction que Corti n'était pas de la partie.

La série de déceptions qui l'avaient frappé ces dernières semaines avait épuisé sa rage. Dans toute sa carrière, jamais il n'avait été plus fort que quand il avait été acculé. C'était le cas aujourd'hui, mais pour la première fois il était question de sa famille, de son fils, sur lequel pesaient des soupçons apparemment justifiés. Il s'était attendu à tout, à être lui-même assassiné un jour, mais ce déshonneur qui pourrait l'obliger à quitter honteusement ses fonctions, il ne l'avait jamais envisagé. Son fils ne valait pas mieux que tous ces lâches qui traînaient dans les bars d'Ajaccio à fumer, à boire en se montant la tête pour ensuite aller tuer quelqu'un en meute, de plusieurs décharges de fusil dans le dos. Son fils était de cette espèce, il en avait la preuve. D'ailleurs, s'il était honnête avec lui-même, ce qui était le cas en cet instant, il avait vu cette veulerie envahir le regard du gamin, d'année en année, jusqu'à l'inonder, à mesure que se développaient chez lui la vacuité et le désœuvrement, comme si son esprit s'était figé. Alors il avait rejoint logiquement la race des animaux tueurs bas de front. Corti, à sa façon, avait ordonné l'exécution de l'unique témoin du crime, celui qui l'avait entraîné dans le racket. Mais rien ne venait, ce qui prouvait qu'on ne le craignait plus comme avant, que son pouvoir dans l'île s'émoussait. Quelques années plus tôt, un tel ordre aurait été exécuté sous quarante-huit heures, alors que là quelqu'un hésitait à lui faire plaisir. Il en connaissait certains assez tordus pour essayer de lui imposer de faire tuer son propre fils, ce qui signifierait le début de sa fin. Le malheur lui aussi chasse en meute. Launay, dont il avait été le Fouché, à peine élu, avait renversé les alliances pour se lier avec son ennemi héréditaire, la DGSE. Qu'attendre de ce genre d'individu ? Lui qui n'était pas particulièrement cultivé se souvenait de la phrase de Talleyrand à propos de Louis XVIII : « Si vous voulez avoir une idée de son caractère, prenez deux boules de billard, trempez-les dans l'huile et serrez-les très fort. » La métaphore convenait parfaitement à Launay, qui n'avait pas failli à la tradition selon laquelle le président de la République se devait d'être le personnage le plus complexe et le plus trouble du pays, infidèle en amitié, allant parfois jusqu'à jouir de ses propres trahisons. Chez Launay, l'amour du pouvoir s'invitait dans chaque fibre de l'individu, sans le laisser paraître. Car s'il n'y avait rien de débonnaire dans son allure, il feignait un certain détachement, une nonchalance calculée qui semblait dire qu'il se forçait à aimer le pouvoir et qu'il pourrait s'en sevrer dans l'instant. Corti et Volone étaient les deux seules personnes à connaître tous les tenants et aboutissants de l'affaire Sternfall. « Il ne veut pas seulement nous neutraliser, il aimerait bien nous faire payer sa dépendance à notre égard, se dit Corti. Eh bien ! Qu'il essaye ! »

15

Launay fit signe au maître d'hôtel qu'il n'avait plus besoin de lui. Ce dernier ne s'en étonna pas et se retira discrètement. Le président saisit la bouteille de vin et en resservit à Stambouli qui ne refusait jamais un verre. Celui-ci avait conservé sa veste et son nœud papillon jaune alors que Launay s'était débarrassé de sa cravate, avait ouvert son col et retroussé ses manches.

— Vous pouvez vous mettre à l'aise si vous le souhaitez. Je suis ravi que vous ayez accepté de prendre le temps de dîner avec moi. Vous ne devez pas manquer de travail ?

Stambouli ne se départit pas de l'air enjoué qu'il affichait depuis son arrivée.

— Non, certes. Nous avons de plus en plus de malades.

— Vous voulez dire à cause de votre notoriété ou en général ?

— En général. Les pathologies psychiques s'étendent.

— Vous l'expliquez comment ?

— Modestie mise à part, je dirais que notre pays aurait tiré profit d'une bonne psychanalyse, ce que nous avons toujours refusé de faire, et le désordre a envahi nombre de compartiments de l'existence. L'individualisme multiplie les choix et les gens n'ont plus les bases pour choisir. La liberté n'a jamais été aussi grande et beaucoup de gens s'en trouvent encombrés. La confusion qui règne dans les familles crée des générations craintives qui ne s'équilibrent que dans une jouissance modeste mais immédiate.

— Les temps que nous vivons sont inquiétants pour nos concitoyens. La violence liée au terrorisme a fléchi depuis que l'État islamique s'est effondré mais elle est toujours là. La pression migratoire due aux éternels conflits du Moyen-Orient et au réchauffement climatique ne fera que s'amplifier dans les années qui viennent. La tentation totalitaire est forte autant que la tentation isolationniste, elles ne cessent de grimper. J'ai bien fait d'initier cette VIe République. Les modérés devront enfin s'entendre pour réformer ce qui doit l'être, sinon l'extrême droite finira majoritaire. Cela me permet de redonner à la fonction présidentielle la distance qu'elle avait perdue, et le président pourra s'investir spécifiquement dans la diplomatie et les affaires de défense, tout en procédant, pour le reste, aux grands arbitrages. Je vais vous paraître faussement modeste, mais je crois que plus personne n'est taillé pour la fonction présidentielle telle que de Gaulle l'avait conçue. Le costume est maintenant trop grand pour celui qui le porte. Les années passant, les présidents ont perdu la distance, le recul que demandait leur fonction et ils ont fini par s'occuper de tout en essayant de doubler leur Premier ministre, dont la position est devenue progressivement inconfortable. Je me vois plus comme une sentinelle. Je vais définir les grands défis de demain parce que le monde change plus vite que nous ne percevons ces changements. Il est là, notre problème.

Launay sourit :

— Cette fonction présidentielle, je la fais à ma mesure, qui sait ? Vous voyez, il me semble préférable de bien proportionner son emploi pour y durer plutôt que de faire long feu dans une charge qui vous dépasse. Et comme elle vous dépasse, à la fois en compréhension et en courage, alors vous ne bougez pas, dans le seul objectif de vous maintenir. D'ailleurs, cela ne suffit même plus à se maintenir. Je ferai deux mandats, vous verrez, comme Mitterrand, car comme lui je n'ai pas le choix, je ne saurais rien faire d'autre. La nouvelle Constitution prévoit un seul mandat de huit ans. Je me ferai plébisciter pour un second mandat, j'en suis convaincu. Huit et huit égale seize, je battrai Mitterrand.

Stambouli descendit la moitié de son verre.

— Et vos angoisses ?

— Elles se sont apaisées. J'ai été obligé d'ordonner l'exécution de deux personnes dans l'intérêt de l'État. C'est fait.

Launay se versa un nouveau verre.

— J'aime cette solitude, vous savez. Je ne crois pas qu'un président ait jamais été aussi seul que moi, mais je m'en délecte. Alors que seul sans pouvoir, j'en perdrais la vie.

Launay soupira.

— Enfant, vous étiez déjà solitaire ?

— Très. Je suis le produit d'une décision raisonnée de descendance. Mon père voulait un fils pour lui succéder à la tête de ses affaires. Ma mère ne voulait pas partager l'amour de mon père avec un enfant, mais elle lui en a tout de même fait un, pour lui être agréable. Mon père a toujours craint de m'aimer de peur que ma mère ne le lui reproche. Donc on m'a très vite confié à ma grand-mère, qui m'a couvé. Cette enfance m'a évité de connaître les désenchantements qui affaiblissent les jeunes adultes lorsqu'ils réalisent que le monde n'est pas à l'image de celui qu'a forgé dans leur esprit l'affection de leurs parents. C'est un gain de temps et de force considérable. Je n'ai pas eu non plus à tuer le père, comme on dit dans votre jargon. Il s'est tué tout seul, par sa lâcheté. Cette génération, contrairement à celles qui ont suivi, a connu des circonstances exceptionnelles, de celles où il est difficile de mentir sur sa vraie nature. Il n'a pas menti et s'est comporté en collaborateur alors que d'autres se battaient sur le plateau des Glières. Je l'ai su quand il a voulu se présenter à une élection municipale. Il pensait que l'amnésie collective favorisée par de Gaulle l'épargnerait. Mais j'avais de l'affection pour lui, il a été bon pour moi, quand il en avait le courage.

— Et votre mère ?

— J'avais le sentiment qu'elle se défendait de moi. Elle me fuyait, sans méchanceté aucune. Je lui en ai voulu d'avoir préféré mon père et, pour complaire à votre science, je dirais que j'ai passé ma vie à essayer de lui prouver qu'elle avait tort.

— Et... pardonnez-moi, j'allais...

— Faites, nous sommes entre amis, après tout.

— Je me demandais comment vous considérez les femmes ?

— Comme les enfants, je ne suis fait ni pour les

unes, ni pour les autres. Les enfants, je crois qu'il leur est difficile de grandir à l'ombre d'un homme comme moi. Quant aux femmes — c'est peut-être en cela que je me différencie de la plupart de mes prédécesseurs —, je n'ai jamais été impulsif de ce côté-là. Je me méfie d'elles, plus qu'elles ne le méritent, probablement. Mais elles passent parfois si facilement de l'amour prétendu ou réel à la haine véritable que, ne connaissant aucun de ces deux sentiments, j'ai du mal à les comprendre. Je ne peux pas participer aux relations de pouvoir qui s'instaurent dans un couple. Soit j'ai le pouvoir absolu, à ma manière, soit je m'enfuis. Mais dites-moi, pour éviter que nos entretiens ne tournent à la séance de psychanalyse, pourquoi ne me parleriez-vous pas de vous ?

— Très volontiers, mais je n'ai pas grand-chose à dire.

— Une femme ? Des enfants ?

— Ni l'une ni l'autre. Je n'en ai jamais éprouvé le besoin.

Launay songea que sa grande laideur avait probablement contraint Stambouli à renoncer aux femmes et qu'avec le temps il s'en était accommodé, apparemment sans la moindre amertume, ce qui donnait au personnage force et crédibilité.

— D'où êtes-vous originaire ?

— De Turquie, mais je n'en ai rien connu. Je suis arrivé en France quand j'avais à peine deux ans et j'ai perdu mes parents dans un accident de voiture contre un de ces fameux platanes qui bordaient la nationale 7. J'ai été adopté par une famille juive originaire de Thessalonique, des gens exquis. Je leur dois énormément.

— Une passion ?

— Non, ma nature ne m'y incline pas. Mais des sujets d'intérêt, l'art et le vin de Bourgogne.

— Vous faites bien de me le dire, la prochaine fois... Nous avons une très bonne cave, ici. D'ailleurs, j'ai décidé de me mettre à la cuisine. Vous serez mon cobaye, si vous n'y voyez pas d'inconvénient. Je ne saurais pas expliquer cette association d'idées mais chaque fois qu'on évoque la Bourgogne, région que j'aime beaucoup, il me vient une image du duc de Bourgogne, Charles le Téméraire, qui était dessinée sur un de mes manuels scolaires. On le voit ensanglanté, dans la neige, dévoré par les loups. Il avait défié Louis XI. À l'époque, on ne se contentait pas de meurtre symbolique. Je vais essayer de retrouver la gravure et je l'offrirai à Lubiak, mon ennemi intime. Parfois je rêve d'un meilleur adversaire que lui, et puis, finalement, je m'en accommode.

16

Leymeric et son technicien avaient allumé la radio dans leur voiture pendant le trajet qui les ramenait du théâtre opérationnel vers l'hôtel. Une tragédie en un acte, très courte et d'une violence sidérante, s'était jouée dans des conditions idéales. Une addition de petites probabilités s'était conclue sur un succès total. Éliminer le garde du corps américain aurait été considéré comme un acte de guerre. Par chance, Sternfall était sorti le premier humer l'air vif de cette matinée de fin d'été. Par leur manège, ils l'avaient intrigué sans l'inquiéter. Il leur fallait maintenant se débarrasser du drone d'observation, un appareil en parfait état de marche, et éliminer sur eux et dans leurs bagages tout indice qui pourrait les relier à cette opération. Le danger venait moins de la police islandaise, habituée à traiter un crime tous les deux ans en moyenne, que d'éventuels agents de la CIA en poste à Reykjavík. Leymeric éteignit la radio, interrompant un flot d'informations auxquelles il ne comprenait rien.

De retour à l'hôtel, il demanda à la réception de téléphoner dans la chambre de Lorraine. La réceptionniste, au visage tellement parfait qu'il en aurait été dérangeant pour tout autre que Leymeric, lui tendit pour toute réponse une enveloppe qu'elle accompagna d'un sourire enfantin, puis, toujours avec la même grâce, elle lui désigna une large ardoise. Leymeric n'eut pas le temps de s'en approcher, elle l'informa elle-même. Elle le fit d'une voix aiguë dans un anglais où roulaient de petites pierres érodées.

— Le volcan a explosé ce matin.

Elle eut un sourire gêné comme si elle cherchait à s'en excuser.

— Tous les vols sont interdits. Un grand nombre de routes ont été coupées, dont la route numéro 1 qui mène à Reykjavík. En explosant, le volcan, qui est un grand glacier, fait fondre la neige et la glace. Les risques de crue sont au maximum. Ce n'est pas la première fois que nous arrive un tel événement, nous avons l'habitude.

Elle conclut sur un sourire qui aurait fait passer la fin du monde pour un incident.

Leymeric mit un peu de temps à réaliser la situation et à en appréhender toutes les conséquences.

— Vous voulez dire que nous sommes cloués ici ?

— Je ne sais pas. Mais d'ici une heure je vous dirai quelles sont les routes accessibles. D'après moi, vous pouvez aller au nord, mais pas à l'opposé.

— Et au nord, qu'est-ce qu'on peut faire ?

— Attendre ou partir au Groenland.

— Il existe une ligne régulière ?

— Non, mais de Húsavík vous trouverez un vieux gréement qui fait la ligne pour les touristes.

Il faut compter une semaine pour l'aller-retour, donc la moitié à peu près pour y aller.

— Et une fois au Groenland ?

— Je ne suis pas spécialiste mais j'imagine qu'il y a des vols pour le Danemark.

— Si les avions ne décollent pas ici, ils ne décolleront pas plus là-bas ?

— Cela dépendra des vents. Alors qu'ici, quels que soient les vents, il n'est pas prévu que les vols puissent reprendre avant une quinzaine de jours.

L'hôtesse contempla la mine défaite de Leymeric.

— C'est le revers de la médaille. On vient ici pour admirer les volcans, mais sans éruption, il n'y aurait jamais eu de volcans.

Puis elle se reprit.

— Je parle en général, je sais que vous êtes venus pour les oiseaux, pas pour les volcans.

La jeune femme connaissait la clientèle française, ses accès de mauvaise humeur, particulièrement lorsque la nature se dressait contre sa rationalité.

— La bonne nouvelle, c'est que si vous décidez de rester, vous ne manquerez de rien. Pas de poisson, en tout cas. Vous me direz...

Puis elle s'éclipsa dans l'arrière-cuisine, qui s'ouvrait sur la réception.

Leymeric regarda à travers la grande baie vitrée qui depuis le salon embrassait une plage sans fin où galopaient deux chevaux islandais montés par deux jeunes filles blondes. Rien dans la couleur ni le grain du ciel ne pouvait laisser deviner qu'une explosion volcanique avait lieu plus à l'est. Elle débutait à peine et les plus pessimistes parlaient de la pénombre dans laquelle l'île allait être plongée bientôt, des conséquences climatiques pour l'Europe. On spéculait librement, des touristes français en majorité, mais aussi des Allemands et quelques Scandinaves. Chacun scrutait l'horizon à la recherche d'un nuage de soufre. Leymeric, tout à ses supputations, tenait l'enveloppe en main et réalisa qu'il ne l'avait pas encore ouverte. Il n'avait aucun doute sur ce qu'elle contenait. Après l'avoir lue, il en eut la confirmation. Lorraine avait déserté. Trop de menaces pesaient sur elle pour qu'elle puisse faire confiance à quiconque. Dans tous les cas, elle n'était pas prête à reprendre du service dans ce vaste chaudron où les machinations s'aggloméraient en formant une confiture amère. Elle leur recommandait de ne pas essayer de la poursuivre.

Leymeric aurait choisi la direction du Groenland, ils se seraient rejoints sur le vieux gréement. Mais il préféra s'embarquer, avec son technicien, sur un cargo français qui mouillait à Akureyri, après que la DGSE lui eut fourni l'information. Cette solution leur permettait en outre de rapporter tout leur matériel en France et la preuve filmée du succès de leur mission.

Interceptée par la NSA, leur conversation avait été transmise à la CIA, qui avait informé le garde du corps malheureux de Sternfall. Aiguillonné par le désir de se rattraper, il s'était posté sur la seule route que les deux agents français pouvaient emprunter pour se rendre à Akureyri, une piste en gravier. L'agent américain avait choisi une butte qui précédait un aplomb où s'était formé un grand lac sombre alimenté par des chutes d'eau. Lors de l'assassinat de Sternfall, à l'aide de puissantes jumelles il avait été en mesure d'apercevoir le véhicule et l'allure des deux tueurs. Des indices suffisants. Il n'eut pas longtemps à attendre. En une heure, seulement deux voitures passèrent, des autochtones sans doute. Quand il reconnut au loin, dans un nuage de poussière, la voiture des Français, il se mit en travers de la piste et arrêta le véhicule. Il s'approcha lentement pour ne créer aucune suspicion. Arrivé à la hauteur de la voiture, alors que Leymeric baissait sa vitre, inquiet, il sortit délicatement son .44. Il tira une première fois dans la tête de Leymeric. Le technicien était sorti et se préparait à courir lorsqu'une balle lui coupa toute velléité de continuer à penser. Le tueur inspecta ensuite la banquette arrière puis le coffre où il découvrit le matériel, dont il se saisit. Il traîna ensuite rapidement les deux corps jusqu'au lac, les y précipita après les avoir lestés, puis il disparut en laissant la voiture dans un coin invisible depuis la piste. Ce ne fut que le lendemain qu'on lui signala qu'une femme manquait.

Pour le technicien qui n'avait jamais atteint le stade adulte, l'enfance s'était arrêtée brutalement. Leymeric n'eut que quelques millièmes de seconde pour se reprocher d'avoir sous-estimé la réactivité de la CIA. Il se quitta avec un jugement sévère sur lui-même, non pas sur la légitimité ou la moralité de ce qu'il avait pu exécuter jusque-là mais sur ce qui lui apparut fugitivement comme une faute professionnelle impardonnable. L'immense filet de pêche au renseignement que la NSA avait déroulé sur la planète avait capturé un poisson minuscule et il en était mort.

17

Une vue pareille sur la capitale, Terence n'en avait jamais expérimenté, la tour Eiffel et le Sacré-Cœur exceptés, mais ces souvenirs remontaient à son enfance, quand son grand-père lui faisait visiter méthodiquement Paris, monument après monument, musée après musée, merveille après merveille. Pourtant il semblait, par habitude autant que par lassitude, que les Parisiens n'accordaient pas à leur ville le respect et l'attention qu'elle méritait, laissant penser qu'il ne s'agissait au fond que d'une brocante pour touristes. La splendeur du décor ne parvenait pas à leur faire oublier la médiocrité de la pièce qui s'y jouait, leur vie quotidienne, morne et répétitive.

La terrasse, dessinée avec soin, était abondamment fleurie. Elle s'ouvrait sur la place de l'Étoile. Un soldat inconnu y avait été condamné à passer le reste de son éternité à entendre des voitures se disputer la priorité, comme si la mort sur un champ de bataille de la guerre de 14 n'était pas en soi une punition suffisante.

La table avait été dressée par un personnel très attentif. Arrivé le premier, Terence semblait mal à l'aise, il jetait à droite et à gauche des coups d'œil suspicieux. La perspective de déjeuner avec le nouveau président du journal, son nouveau directeur et son nouveau rédacteur en chef l'incommodait moins que ce havre de luxe et de tranquillité réservé à quelques privilégiés. Le rédacteur en chef fit son apparition dans un costume de prix. Il serra la main à Terence mais ne trouva rien à lui dire, sans doute par peur de lui parler le premier. Il se fit verser un verre et se promena le long de la terrasse en vérifiant périodiquement que sa veste était bien boutonnée. À plusieurs reprises, il regarda Terence, lui sourit crispé, fit mine de s'approcher puis repartit. Volone arriva un peu plus tard, flanqué du nouveau directeur du journal dont le regard était habilement dissimulé derrière des lunettes à grosse monture noire. Samson était précédé de sa réputation : un homme vendu à l'oligarchie industrielle française, un libéral ultra, un militant de l'argent comme valeur absolue. Par son attitude pressée et absente, Volone montrait d'emblée son désintérêt pour le déjeuner, a priori trop long pour le message qu'il allait y faire passer. Il se fit servir un jus de tomate, invita les convives à s'asseoir d'un geste agacé. Il se jugeait trop haut dans la hiérarchie des hommes pour être tenu au moindre préliminaire.

— On ne va pas se raconter d'histoire. Pourquoi un groupe technologique comme Beta Force, qui excelle dans l'armement, se paye un journal qui perd de l'argent, dans un secteur qui n'a pas d'avenir ?

Terence reçut le message tel qu'il avait été envoyé : « Pourquoi un homme magnifique s'intéresse-t-il à des gueux ? »

Volone poursuivit sans même remarquer l'effet de son préambule sur le visage des convives, qui regardaient dans leur assiette, à l'exception de Terence qui observait cet homme sur lequel il se disait tant de choses, en particulier qu'il avait quitté le groupe Arlena pour Beta Force avec un seul objectif : s'enrichir sans fin. Terence avait étudié son parcours à Futur Environnement, une société de services aux collectivités locales où, à force de corruption et de financement de campagne des uns et des autres, il s'était rendu indispensable et indestructible. On lui devait aussi le boom de l'entreprise à l'international grâce à des incinérateurs dont on racontait hors de nos frontières qu'ils étaient responsables de dégâts sanitaires sérieux. Terence se souvenait d'avoir essayé d'enquêter sur lui à plusieurs reprises. Au-delà des menaces, anonymes et fréquentes, les portes s'étaient refermées les unes derrière les autres. Volone savait contrer toute enquête le concernant, toute velléité de révéler la vérité sur lui, ce personnage qui à l'approche de la soixantaine conservait la même ardeur à s'enrichir indécemment.

— Parce que nous vivons un paradoxe, aujourd'hui. Les médias ont une importance dans le jeu de la communication et de la politique sans proportion avec leur rentabilité. Donc j'ai acheté le journal sans illusion. Je vais devoir remettre de l'argent régulièrement pour l'empêcher de couler. Cela ne vous empêche pas d'essayer de le rendre rentable, a minima. C'est toujours difficile d'expliquer une hémorragie à des actionnaires. Ligne politique ? On n'en a pas, surtout avec ce qui se prépare. On est libéraux, proeuropéens, mondialistes. On peut taper sur le Mouvement patriote tant qu'on veut, ça ne me dérange pas. Du moment qu'il n'est pas majoritaire, sinon on verra, mais je ne pense pas qu'il le deviendra. Vous pouvez taper sur qui vous voulez, vous êtes libres. Sur le président, cela ne me pose aucun cas de conscience. Sur le périmètre politique qui concerne les affaires de notre groupe, là, vous comprendrez que je ne puisse pas le tolérer. On ne va pas se tirer une balle dans le pied, perdre de l'argent parce que vous alignez la fille d'un prince arabe client du groupe, qui se bourre le pif avec de la coke et qui danse nue sur une table à Marbella.

Les convives sourirent tout en continuant à fixer le liséré doré qui ornait leur assiette, sauf Terence, qui se redressa sur son siège.

— Je ne crois pas que ce genre d'histoire soit le style de notre magazine, ou alors la ligne éditoriale a changé.

Volone fit la sourde oreille et poursuivit :

— En gros, faites votre travail comme vous l'entendez. Je compte sur l'autocensure pour qu'on ne crée pas de conflits. Moi, j'ai toujours eu un principe dans l'existence : on ne mord jamais la main de celui qui vous nourrit. Sans le complexe militaro-industriel, votre journal est mort. Si vous voulez qu'il continue, il respecte son généreux actionnaire et ses clients. Cela vous pose un problème ? Je comprends parfaitement, la porte est grande ouverte, les journalistes ont une clause de conscience, ils peuvent la faire jouer. Je ne vais pas intervenir dans quoi que ce soit. Je n'en ai ni le temps ni l'intention. Si des enquêtes heurtent les intérêts de la maison mère, vous le saurez tout de suite, sans détour. La franchise sera la règle.

Sur ce, deux serveurs élégants posèrent les

entrées dans les assiettes, prétexte à un long silence.

Terence l'interrompit.

— Quel est l'intérêt pour vous de racheter ce journal ?

Volone posa sa fourchette, s'essuya la bouche avec sa serviette puis fixa intensément Terence.

— Surveiller ce que vous faites.

À peine avait-il prononcé ces mots glaçants qu'il ajouta :

— Je plaisante. Non, je vais être honnête, à travers le journal je défends les intérêts du groupe dans l'opinion et j'exerce une influence sur les politiques dans l'intérêt du groupe.

— Je ne pense pas que votre vision de la presse soit partagée par la majorité des journalistes du magazine.

— Je ne le pense pas non plus. C'est pourquoi je propose qu'on discute, qu'on négocie au cas par cas. Mon intérêt est aussi d'avoir un journal de qualité, ce n'est pas la voix d'un président africain élu avec 99 % des suffrages que je veux, et pourtant j'en ai financé, des journaux de ce type.

L'allusion amusa tout le monde sauf Terence. Volone reprit :

— Un certain idéalisme et un certain pragmatisme peuvent cohabiter dans le journal. Si vous y regardez bien, c'est ce qui se passe dans le pays. Individuellement, personne n'est favorable à la vente d'armes qui tuent accessoirement des femmes et des enfants. Mais qui prendrait la responsabilité de fermer les usines d'armement et d'assumer le chômage qui en découlerait ? Personne non plus. En même temps, on essaye de ne pas vendre des armes à des tyrans sanguinaires, c'est ce que j'appelle le pragmatisme. Vous croyez que je n'ai jamais rêvé d'un monde parfait ? Si. Jusqu'au jour où j'ai réalisé que plus on se rapproche d'un monde parfait, plus on se met en état de faiblesse, plus on met en danger ceux à qui l'on tient. J'ai besoin de ce journal, vous avez besoin de l'argent du groupe, on doit pouvoir s'arranger, je ne dis rien de plus.

Volone plia sa serviette à côté de son assiette et se leva.

— Je vous adresse un salut collectif. Je suis attendu ailleurs pour le plat de résistance et encore ailleurs pour le dessert, la seule façon que j'ai trouvée d'accepter trois déjeuners par jour. Profitez bien de la terrasse, elle est à tous les salariés du groupe dignes de ma confiance.

Puis il sortit non sans avoir dévisagé une jeune apprentie qui se tenait en retrait.

18

Au déjeuner à l'Élysée avec le président, Volone resta pour l'entrée, le plat principal et le dessert. Volone avait provoqué la rencontre. Il en avait encore le pouvoir en souvenir de ses liens financiers avec Launay, dont il avait arrangé le financement de la carrière politique. Même si le sujet officiel de sa visite n'était pas son remplacement à la tête d'Arlena, Volone était furieux de la nomination de son successeur. En suivant les méandres de sa pensée complexe, Launay avait longuement réfléchi. Le départ de Volone pour Beta Force contre le gré de Launay méritait une réponse cinglante. Choisir un des anciens collaborateurs de Volone était une manière de lui donner satisfaction et, le connaissant, de lui laisser en sous-main le contrôle d'Arlena. Il n'en était pas question. Alors il avait tranché, laissant Volone, pourtant habitué aux pires turpitudes, abasourdi. Launay avait nommé Blandine Habber, celle-là même qu'il avait évincée du nucléaire pour le fusionner avec l'électricité dans ce nouveau groupe gigantesque que pour la première fois il regretta d'avoir quitté. Pourtant, on l'a dit,

Beta Force lui proposait une rémunération et des stock-options qu'un groupe public était incapable de lui offrir. Car si Volone avait toujours été en mesure de s'aménager des à-côtés substantiels liés aux transactions internationales des groupes qu'il avait dirigés, il partageait avec d'autres le souci de pouvoir justifier son train de vie en France sans attirer l'attention du fisc. En cela Beta Force répondait mieux à ses exigences en lui servant un salaire trois fois plus important.

Il était d'autant plus furieux que Launay se tenait en face de lui dans une attitude sereine, plus occupé à regarder évoluer les canards du jardin qu'à prêter attention à son invité. Volone en avait les veines du cou et du front gonflées.

— Tu te rends compte de ce que Habber à la tête d'Arlena veut dire ?

Launay prit le temps de poivrer largement son assiette avant de répondre.

— Il n'y avait pas dans ce pays de meilleur dirigeant possible pour Arlena que toi. Dès le moment où tu me fais défaut, je regarde qui derrière toi est le plus capable. Et il ne fait aucun doute que c'est Blandine Habber. Que tu ne l'aimes pas n'a pas joué dans mon jugement.

Le sang monté à son visage donnait à Volone une figure inquiétante.

— Tu sais qu'elle va mettre son nez dans les dossiers Mandarin et Sternfall ?

— Bien sûr. Je te fais confiance pour qu'elle ne trouve pas trace de commissions. Quant à Sternfall, j'ai réglé le problème. Les Américains ne peuvent plus nous faire chanter.

— Comment cela ?

— La DGSE a utilisé le matériel de ta société,

un drone d'intervention, si j'ai bien compris. Sternfall n'a pas souffert, il s'est désintégré. J'ai repris l'avantage. On est sans nouvelles de l'équipe, un probable règlement de comptes de la CIA. J'avais donné l'ordre que l'on neutralise la fille qui a enquêté sur Mandarin pour le compte de Corti, mais apparemment elle leur a échappé. Les Américains lui courent aussi après. L'un des deux finira bien par l'avoir. Bref, sans Sternfall, les Américains n'ont plus de moyens de pression.

— Ils savent aussi pour les comptes.

— Oui, mais rien n'est à mon nom, et puis tu sais, les comptes… les Français, cela ne leur parle pas. Alors que si Sternfall était réapparu sain et sauf, présentant sa version de la disparition de sa femme et de son enfant, version accréditée par les services secrets américains, on s'en serait sortis, certes, mais pas sans mal. Voilà, on retrouve notre souveraineté, j'ai réparé tes dégâts.

— Mes dégâts ?

— Oui, tes dégâts. Ton bras droit n'aurait pas travaillé pour la CIA, nous n'en serions pas là.

Volone eut soudain l'air d'un petit garçon. Mais il ne tarda pas à rebondir.

— Tout ça tombe bien.

— Pourquoi ?

— Parce que j'ai entamé une négociation avec les Russes justement sur la livraison d'une très grosse commande de drones d'observation et d'intervention. Les Américains vont le voir d'un mauvais œil, mais si tu me dis qu'ils n'ont plus de levier sur nous…

— Ils n'en ont plus.

— Donc j'ai le feu vert ?

Launay recula dans son fauteuil.

— Tu l'as. Mais j'aimerais voir le circuit des commissions.

— Tu veux qu'on imagine quelque chose pour...

— Non. Je veux juste savoir comment ça circulera côté russe. Je suppose que le président et le Premier ministre vont prendre ?

— Comment pourrait-il en être autrement ?

— Ça m'intéresse de suivre la circulation du côté russe, au cas où. Je peux compter sur toi ?

— Tu es sûr que tu ne veux pas ?

— Non, je l'ai fait une fois, pour financer ma campagne, rien de plus. L'argent n'a jamais compté pour moi. Et puis si la tension diplomatique montait entre l'Europe et la Russie, je ne voudrais pas me retrouver dans la situation de certains de mes prédécesseurs. Évidemment, inutile de te préciser que je ne veux personne du gouvernement dans le schéma.

— Bien entendu.

19

— Vous pourriez me prêter votre portable ?

La secrétaire de Corti, étonnée de la demande de son patron, paniqua et se mit à fouiller dans son sac. Elle finit par le lui tendre, éberluée.

Corti, pour ce coup de téléphone précis, ne faisait confiance ni à sa ligne professionnelle ni à ses multiples portables. Il sortit du bureau de son assistante et s'enferma dans le sien.

— C'est moi, on en est où ?

L'interlocuteur semblait gêné.

— L'enquête de la gendarmerie sur ton fils avance lentement.

— Mais elle avance ?

— Oui, elle avance.

— Et l'autre ? À quoi vous jouez ? Qui tire les ficelles ? Tu es mon ami, non ? Si ce type n'est pas encore couché, c'est que quelqu'un l'en empêche. Alors j'aimerais bien savoir qui est ce quelqu'un et ce qu'il veut. Maintenant je vais te dire, tout ça n'est pas arrivé par hasard. Ils ont infiltré mon fils et ils l'ont poussé à tirer, pour me piéger. Puisqu'ils t'ont choisi comme intermédiaire, explique-leur que je ne suis pas dupe.

Je leur donne quarante-huit heures pour me dire ce qu'ils veulent. Ensuite c'est la guerre. Et je t'en rendrai responsable.

Il raccrocha au moment où sa secrétaire se planta devant la porte vitrée. Il lui fit signe d'entrer.

— Tenez, votre portable, et qu'est-ce que vous voulez encore ?

— M. Chambers de l'ambassade américaine.

Corti écourta les politesses. Chambers comprit que son interlocuteur était tendu. C'était un homme chauve au visage long orné de deux yeux remarquablement bleus. Ses lèvres charnues traduisaient un dégoût dont il était difficile de savoir au premier abord s'il émanait de lui-même ou du monde dans lequel il vivait. Ce monde était celui du renseignement et Chambers supervisait le puissant bureau de la CIA à Paris. Il téléphonait en frappant le sol de son pied à intervalles réguliers, signe d'une impatience chronique.

— Je ne vous dérange pas longtemps, monsieur Corti. Vous avez toujours été très *fair* avec moi alors je vais l'être avec vous. Les deux agents français qui ont éliminé Sternfall en Islande se baignent dans un lac d'altitude avec une grosse pierre volcanique en guise de bouée. Par contre, on est sans nouvelles de votre ancienne collaboratrice. Si vous avez l'occasion de faire passer un message à votre président, dites-lui qu'on a récupéré le film d'un drone où l'on voit Sternfall longuement avant qu'il se fasse atomiser par un autre drone. Ça commence avec de très belles images, on se croirait dans un film de Terrence Malick, et malheureusement cela finit comme un film d'Al-Qaida. Je ne sais pas si cette information peut servir à votre président mais nous tenons une copie du film à sa disposition.

Après avoir raccroché, Corti se fit la réflexion que rien ne l'obligeait à en parler au président. Ce dernier ne lui avait manifesté aucun signe de confiance ces derniers temps. Bien au contraire, il s'était appuyé sur la DGSE, un changement d'alliance irréversible. On ne pouvait pas tergiverser dans ces milieux, c'était soit l'un soit l'autre. Mais là n'était pas son seul acte hostile. La réforme de la Constitution allait rendre plus difficile la protection du patron de la DGSI par la présidence. Son sort serait placé entre les mains du prochain ministre de l'Intérieur et il lui faudrait batailler, encore et encore. Il lui vint l'idée de tout plaquer. Il était encore un peu jeune pour la retraite. Et s'il voulait la prendre sur l'île de Beauté, son vœu le plus cher, il devait d'abord régler le problème de son fils et de ceux qui essayaient de l'utiliser pour le faire tomber, lui. Un grand nettoyage s'imposait, sans laisser trop d'amertume afin de ne pas passer sa retraite à craindre des représailles. Une chose lui paraissait certaine, ce fils sans autre consistance que la violence qu'il portait en lui ne pouvait pas le déshonorer, saboter sa carrière, ruiner son image, l'affaiblir, lui, l'homme de Paris si redouté des uns et des autres. Corti n'aimait pas hésiter. Son talent, c'était de prendre instinctivement des décisions avant d'y avoir mûrement réfléchi, ce qu'il appelait lui-même la stratégie du taureau. Il ne pouvait tolérer de s'entendre traiter de requin édenté et c'était pourtant ce qui lui pendait au nez dans cette affaire. Il regarda par la fenêtre.

Pas un coin de ciel bleu. Puis il prit sa décision. Le soulagement qui suivit n'effaça pas tout à fait l'appréhension qu'il avait pour les réactions en chaîne qu'elle allait provoquer.

20

Lorraine avait quitté l'hôtel peu après le départ de Leymeric et de son acolyte pour leur funeste mission. S'affranchir de sa complicité dans cette exécution, elle en était incapable. Comme il lui avait été impossible de s'opposer à sa réalisation. À l'heure où elle avait pris la route, rien ne prouvait le succès de l'opération mais elle pressentait que rien n'avait pu l'empêcher. Enfermée dans sa culpabilité, elle avait été insensible aux sollicitations de la belle journée qui s'ouvrait. Elle profita du départ en excursion d'un groupe d'Allemands pour se faire conduire jusqu'au carrefour de la route qui menait à Húsavík, un croisement esseulé dans une plaine longue et large. Puis elle fit de l'auto-stop, une pratique quasiment abandonnée en Europe continentale. Un couple de jeunes Français roulant dans un camping-car des années quatre-vingt s'arrêta pour la prendre, deux nostalgiques du mouvement de la contre-culture épris d'une époque qu'ils n'avaient pas connue. L'éruption du volcan créa un sujet de conversation facile et immédiat. Pour eux, la nature reprenait ses droits et il était temps. Le sentiment du danger était supplanté par l'excitation de vivre l'amorce d'un grand bouleversement qui ne se produisit finalement pas : après une semaine, l'éruption se fatigua mais rien à ce moment-là ne permettait de préjuger d'une issue heureuse.

— Faudrait qu'on se fasse dérouiller par les éléments une bonne fois pour remettre les choses en perspective.

Le jeune homme, dont la chevelure et la barbe entouraient des bribes de peau et une paire d'yeux verts lessivés par le cannabis, prit une cigarette et ouvrit la vitre.

— On a une bonne excuse pour ne pas rentrer, ajouta la fille qui semblait n'avoir aucune conscience de sa beauté.

Lorraine était troublée. En quelques minutes, elle se sentit précipitée dans un monde radicalement opposé au sien, un univers d'illusions, de bonnes intentions sincères, de sérénité authentique. Quand la jeune femme lui demanda ce qu'elle faisait dans la vie, elle fut incapable de répondre, paralysée à l'idée de dire la vérité autant que de mentir.

— Je ne sais pas quoi vous répondre. Je viens de terminer une longue expérience dont je ne veux plus entendre parler et je n'ai pas eu le temps de réfléchir à la suite.

— Mais vous avez des envies ?

La fille accompagna sa question d'un sourire d'une naïveté minérale qui semblait n'avoir jamais croisé aucune souffrance. La peur qui ne quittait pas Lorraine depuis des mois tomba d'un coup et cet effet de décompression lui fit réaliser à quel point elle avait vécu un enfer jusqu'ici.

— Pas encore. Je suis venue ici pour me vider la tête.

— Vous avez drôlement bien fait. Ici, on dirait les grands espaces américains, sans le décalage horaire et sans Zodiac qui viendrait nous tuer en pleine nuit. C'est super, cette histoire de volcan, comme on ne peut pas redescendre sur Reykjavík on va prolonger, jusqu'au moment où notre carte de crédit se bloquera. Là, on ira cueillir des myrtilles et pêcher dans les rivières.

Son compagnon tira une bouffée de sa cigarette et recracha la fumée par la vitre. Elle se mélangea à la brume qui voilait les parois inhospitalières d'un volcan endormi.

— Vous savez comment sont nés les elfes ? D'après une légende islandaise, quand Dieu lui a présenté Ève, Adam a été très déçu. Il s'attendait à beaucoup mieux. Du coup, il ne l'a pas touchée. Mais comme il avait très envie, on dit qu'il s'est soulagé sur un volcan. Sa semence mêlée à la roche du volcan a donné naissance aux elfes.

— Mais ça, c'était avant les luthériens ?

— Bien avant.

Le jeune homme reprit :

— Vous avez quitté la France depuis longtemps ?

— Quelques jours seulement. Sur un coup de tête.

La jeune femme intervint :

— Nous, ça fait trois semaines. On n'a aucune nouvelle de rien. Ça fait du bien parce que en France même si on ne veut rien savoir on sait quand même, par capillarité.

— Et vous y faites quoi ? demanda Lorraine.

— Romain joue du hautbois dans un orchestre baroque qui tourne dans le Sud-Ouest. Et moi je suis professeur des écoles, enfin, institutrice.

On vit en Aveyron. On a formé une petite communauté de cinq familles, sans enfants pour le moment, et on essaye de remettre la main sur notre existence, de vivre le plus possible avec le moins possible. Ce camping-car par exemple, on l'a acheté à dix et on se le partage. Là, c'est notre tour. Ensuite, plus de voyage pendant cinq ans. On ne revendique rien, on veut juste qu'on nous laisse tranquilles.

Lorraine, qui n'avait retenu de l'expérience de la contre-culture que la libération sexuelle, ne put s'empêcher de les interroger sur le sujet.

— On est plus conservateurs que les anciens. D'abord parce que l'histoire du sida, ça calme, ensuite... je sais pas, on est assez conservateurs de ce point de vue. Hein, Julia ?

La jeune femme se retourna et sourit en dévisageant Lorraine.

— Toi plus que moi.

Lorraine ressentit un accès de désir brutal et ferma les yeux un moment. Romain poursuivit :

— J'hallucine. Ils préparent un référendum en France. Comme si quelque chose allait changer. Ces gens-là n'ont plus le pouvoir et ils font semblant. On devrait bander les yeux des enfants quand ils passent à la télé. Regarde Launay. Il ressemble à un personnage de bande dessinée, décongelé après un voyage sidéral. C'est un mort-vivant, complètement fermé, sans aucune pensée sur le monde, sans altérité. L'escroquerie commence dans le jeu de la figure paternelle alors qu'il n'a réglé aucun de ses problèmes d'enfant. Je parie que ce type n'a pas un ami, pas une personne à qui il puisse livrer une parole sans calcul. On devrait les soumettre à un examen psychologique. Il faut vraiment se détester pour s'aimer à ce point.

Lorraine mesurait la distance qui séparait leurs deux mondes. Ils vivaient dans le même pays, à la même époque, et aucun n'avait idée de l'univers de l'autre. L'image de son fils passa dans son esprit, tronquée, tel que sa mère le voyait, plus fragile qu'il n'était. Gaspard était son seul amour, sa seule faiblesse et désormais sa seule obligation.

Le ciel jusqu'ici gigantesque et pur se troubla, la lumière faiblit comme à l'amorce du crépuscule. Romain se gara sur le côté. Ils descendirent doucement et se tournèrent ensemble vers un nuage de cendre qui envahissait l'atmosphère par le sud-est. Une peur instinctive qu'une longue nuit ne s'installe les saisit. Romain mentionna, hésitant, l'histoire ancienne du volcan indonésien en éruption qui avait plongé la planète dans la pénombre pendant plusieurs années, empêchant le soleil de percer. Puis ils remontèrent dans le camping-car, silencieux et inquiets. Chacun des trois avait rêvé à sa façon de l'apocalypse, de cette dramatisation de l'univers, de cette fin de l'approximation humaine. Mais sa proximité crevait le fantasme. Cependant, la lumière ne fut pas plus affectée, le ciel reprit de sa vigueur à mesure qu'ils s'approchaient du Nord. Ils finirent par atteindre une large vallée traversée en son milieu par une rivière. Puis la mer fit un retour imposant dans le paysage en apaisant les traces de millions d'années d'épisodes volcaniques. Húsavík se dessina dans le lointain, petite ville tranquille tracée à l'américaine. Quand vint l'heure de la séparation, Lorraine, gênée, leur demanda de garder le silence sur leur rencontre. Julia promit et la regarda partir à regret. Romain ne lui posa pas plus de questions et détourna la tête comme s'il s'imposait de ne pas céder à la curiosité. Puis ils reprirent leur périple, laissant Lorraine devant une église propre et lisse dont le clocher pointait vers les cieux. Sans pouvoir se l'expliquer, il lui fut difficile d'imaginer que ce lieu puisse rapprocher les individus. Elle le vit au contraire comme un espace où chacun venait constater que la distance qui le séparait des autres était bien respectée.

21

La première couverture du journal depuis son rachat par Beta Force fut particulièrement violente. Anormalement violente, se dit Absalon. On y fustigeait le président et sa stratégie de retrait des décisions quotidiennes pour s'épargner l'impopularité d'une réforme néolibérale en profondeur de la société française. Le journal penchait pour le non au référendum, une façon de montrer que la nouvelle direction s'affranchissait du pouvoir et qu'elle entendait relancer les ventes en donnant de grands coups de hache dans une porte vermoulue. Launay s'en irrita mais Volone lui répondit que cette stratégie était la seule qui lui permettrait d'accréditer son indépendance pour, le moment venu, utiliser le journal afin de servir leurs intérêts communs. Launay ne fut pas dupe.

Samson, le nouveau directeur de la rédaction, avait institué le principe d'une visite courtoise à Absalon une fois par semaine.

Il ne trichait pas sur ce qu'il était, un néolibéral convaincu que la France sombrait par laxisme, léthargie, démagogie. Prendre résolument le virage de la mondialisation, chercher à y exceller, était selon lui la seule issue possible pour éviter le déclin pathétique, larvé, dans lequel le pays s'enfonçait sans gloire. Pour atteindre ce niveau de purification libérale et redonner au marché l'oxygène nécessaire, peu importaient les moyens, pourvu que la France continue à tenir son rang. Une forme de fatalisme le conduisait à penser que tout système portait en lui une part de prévarication et de corruption qu'il s'agissait simplement de contenir dans des limites raisonnables. Pour illustrer son propos, il utilisait une métaphore inspirée de la sculpture. Une statue demandait une bille de bois. À la fin de l'ouvrage, on avait d'un côté une œuvre d'art et de l'autre des copeaux. Qui s'intéressait à ces copeaux une fois l'œuvre terminée ?

Terence haussa les épaules.

— Ce que je vois devant moi, dans ma petite expérience de journaliste d'investigation, c'est une classe politique qui ne vit que pour elle. Certains sont motivés par le pouvoir et les avantages qui y sont attachés, d'autres par l'argent, beaucoup d'argent, de plus en plus d'argent. Et ceux qui ont de vraies convictions ne peuvent pas percer. Ils en sont empêchés par ce bouclier des médiocres qu'on appelle les partis, qui filtrent les bonnes intentions jusqu'à les faire disparaître. Je sais que je suis comme ces types qui travaillent à vider des fosses septiques dans les maisons de campagne et qui ont oublié l'odeur d'un pré, d'une fleur. Mais ce que je vois…

— Ce que je vois, moi, c'est qu'avec cette nouvelle Constitution on sacralise le radical-socialisme et l'économie mixte à la française au lieu d'instituer un président de combat qui taille dans la dépense publique et libère les énergies.

— Je vais te dire le fond de ma pensée. L'exception française, c'est qu'on passe beaucoup plus de temps que nos contemporains à se demander pourquoi on vit, ce qui nous fait nous lever le matin. Le grand frisson de la réussite libérale n'est à mon avis pas le plus partagé. Ce qu'on aime, c'est un confort financier, intellectuel et moral, on oscille entre matérialisme et culture. Le matérialisme jouit d'une avance considérable, le sentiment religieux remonte, on rêve d'un monde meilleur où l'homme serait libéré du travail et de la pauvreté mais l'amour du confort nous interdit des solutions radicales, alors on oscille, désabusés, contrariés de ne pas avoir été capables de définir le grand modèle de société de demain, on patauge entre socialisation d'après-guerre et fièvre libérale, et le résultat c'est qu'on a l'énergie d'un lac. Maintenant, si tu me dis que le modèle du Tea Party néolibéral à l'américaine, c'est l'avenir de la France, je n'y crois qu'au prix d'une capitulation dont nous sommes incapables, et tant mieux.

Samson fit un geste qui montrait que ce débat était sans fin. Puis il en vint enfin à ce qui l'intéressait.

— Alors, qu'est-ce que tu nous offres comme scoop dans tes colonnes ? J'ai deux pages à te proposer si tu veux, comme ça tu ne pourras pas m'accuser de brimer l'investigation.

— J'ai du sérieux.

— C'est-à-dire ?

— L'intervention du service action de la DGSI qui a conduit à la mort d'un jeune racketteur connu comme appartenant aux milieux nationalistes.

— Jusque-là rien de choquant.

— Non, sauf si on apprend que le jeune en question était très proche du fils de Corti. Ils faisaient du racket ensemble pour le compte des nationalistes. J'ai appris d'une source, un gendarme, qu'une opération a mal tourné. Le fils de Corti aurait tiré sur un restaurateur. Le seul témoin, c'était le jeune qui vient d'être abattu.

Samson se prit le menton dans une main et se caressa la moustache.

— Ça démarre fort. Tu sais ce que ça veut dire d'attaquer Corti de front ?

Terence ne répondit rien.

Samson, le regard affolé, le fixa.

— On doit vraiment publier ça cette semaine ? Je suis obligé d'assurer mes arrières.

22

Pour la première fois depuis qu'ils se connaissaient, Corti avait accepté de se déplacer pour le déjeuner. À cette période de l'année, la terrasse du siège de Beta Force était encore agréable. Volone y avait fait dresser une table. Les deux insubmersibles de la République n'avaient pas déjeuné ensemble depuis plusieurs mois mais ils se retrouvèrent comme s'ils s'étaient quittés la veille. Aucune amitié ne les liait, seulement une connivence de solitaires sans joie. Volone remarqua qu'il s'était voûté, que son visage était raviné. Il ne prit pas plaisir à voir Corti lui faire allégeance par ce déplacement, il avait dépassé ce stade. Son hôte était dans les ennuis et il n'y voyait aucun avantage immédiat.

— Tes services se relâchent, Ange. Que ce soit moi qui t'informe qu'un de mes journaleux prépare un article sur l'intervention du service action de la DGSI en Corse, c'est le monde à l'envers.

Corti haussa les sourcils.

— C'est pire que ça. Ton fouille-merde a été rencardé par quelqu'un de chez moi. On sait qu'il y a une taupe à l'antiterro, mais on n'a toujours pas trouvé qui. Tu peux l'empêcher de sortir le papier ?

Volonè fit une moue perplexe.

— Je peux l'en empêcher, mais ça fera encore plus de bruit. Et il pourrait partir à la concurrence, ce que je ne souhaite pas. C'est le meilleur journaliste d'investigation et...

— Je ne savais pas que ces concierges avaient leur classement.

— Tu connais l'expression de Johnson : « Je préfère le voir dans ma tente pisser dehors plutôt que dehors pisser dans ma tente. » Au départ, j'avais mis comme condition au rachat du canard qu'on m'en débarrasse et puis j'ai changé d'avis. Au journal, on le surveille comme le lait sur le feu. S'il partait ailleurs, ce serait pire. Alors dis-moi, c'est quoi cette histoire ?

— Exactement ce que ton journaleux prétend.

— Vraiment ?

— Vraiment.

— Ton fils est impliqué ?

— Si je n'avais pas fait exécuter ce type, mon fils risquait la prison à vie.

— C'est lui qui a tué le restaurateur ?

— Les faits plaident contre lui.

— Qu'est-ce qui se passe maintenant, ils n'ont plus de témoin ?

— Non.

— Comment tu vas te défendre des accusations d'Absalon ?

— Je ne dirai rien, je laisserai courir. Je ferai le dos rond, puis ça s'étouffera, tu verras.

— Comment ?

— Tu verras, fais-moi confiance, je m'en sortirai. Parlons d'autre chose.

— Quoi ? Launay ?
— Oui, j'ai l'impression que tu prends tes distances.
— Tu sais pourquoi ? Si le oui au référendum l'emporte, il aura moins de pouvoir sur le terrain.
— Lubiak t'a aidé pour la présidence de Beta Force ?
— Oui. Ça va mieux entre nous. Il est assez réaliste, ce garçon, quand on le connaît mieux. Je sais ce qui te fâche, que Launay ait réglé le problème Sternfall avec la DGSE, c'est ça ?
— Oui, ça m'a fâché, et je ne suis pas près de lui pardonner. Si tu le vois, tu lui diras de ma part que si le cancer est soigné, les métastases s'ébattent joyeusement.
— C'est-à-dire ?
— La technologie de Beta Force est très au point, du grand art. Le problème, c'est que les Américains ont descendu les deux agents français et qu'ils ont récupéré le matériel. Et les films de vacances. On y voit Sternfall souriant, respirant le bon air. Puis on se rapproche de lui. Puis on le voit exploser. Puis on voit son cadavre par terre.

Volone appuya son majeur sur sa bouche comme s'il voulait s'interdire de parler.

— C'est fâcheux, mais c'est une moins grande menace que Sternfall vivant. Tu en as une copie ?
— Pas pour l'instant. Et il y a une autre menace. Un troisième agent, une femme, ex-DGSI, faisait partie de l'équipe. Elle s'est évaporée.
— Tu ne peux pas t'en occuper ?

Corti tarda à répondre.

— Ce n'est pas dans les traditions de la maison, même quand on a une dent contre l'agent.

Volone resta longuement dubitatif.
— J'ai l'impression que Lubiak voudrait te voir.
Corti leva la tête en inspirant.
— Il sait où je déjeune le midi.

23

Ils venaient de faire l'amour longuement. En réalité, ils avaient fait l'amour plusieurs fois mais de façon étonnamment brève, elle sans jamais l'embrasser, sans le regarder dans les yeux, obnubilée par son envie de réussir. Elle s'inquiétait que son partenaire fût satisfait, sans arrière-pensée. Elle donnait énormément et peu à la fois. Cette relation troublait Terence car elle relevait de la fusion fugitive de deux inconscients. Il était convaincu qu'elle était sans avenir.

Les draps refroidissaient, soulagés du temps mort que le couple leur offrait. Cette période qui suivait l'amour se révélait toujours délicate pour Terence qui, une fois son désir assouvi, ne savait plus rien exprimer, une vague reconnaissance mise à part. Ni l'un ni l'autre ne recherchaient la tendresse. Elle était déjà trop occupée à penser, à gérer le retour de son mal-être. Terence était tenté de se remettre au travail, de reprendre sa longue quête. Dès qu'il l'interrompait, une voix intérieure se chargeait de lui rappeler qu'il laissait tomber son père et la mission qui l'avait emporté prématurément.

L'esprit de Terence se mettait en marche sur un problème avant qu'il n'en ait pleine conscience. Celle-ci venait de lui révéler sa position intenable dans le journal. La franche opposition qu'il avait connue jusque-là lui avait paru supportable. Volone agissait autrement. Il n'était plus question de le censurer, de remplacer ses pages d'enquête au dernier moment par un dossier sur l'art de vivre. Le nouveau propriétaire avait fait passer la consigne de le garder à tout prix. Terence, connaissant les relations de Volone et de Corti, avait parié que son dossier sur la DGSI créerait un casus belli, mais il n'en fut rien. L'article passa tel quel, sans la moindre demande de modification. Corti se défendit par un communiqué de presse qui précisait les circonstances. Lors d'une descente dans les milieux nationalistes, un homme avait cru bon d'opposer une résistance armée. Il avait été abattu. Concernant l'enquête sur son fils, il affirmait qu'il n'en avait jamais été informé par la gendarmerie, ni officiellement, ni officieusement.

Terence savait intuitivement qu'il devait quitter le journal. Sa crédibilité allait irrémédiablement s'éroder. Il décida de poser son préavis à son retour de Cayenne, où il projetait un court voyage. En attendant, il allait contacter quelques médias fréquentables de la presse écrite ou d'Internet. La plupart avaient des équipes déjà constituées, plus ou moins motivées pour en découdre avec un pouvoir qui se révélait aussi fort dans la défense de ses prérogatives, de ses réseaux, de ses intérêts, que faible dans son action publique. Terence se demanda s'il y avait dans les grands pays européens un exemple de démocratie aussi prompte à donner des leçons aux autres pendant qu'elle entretenait une opacité aussi remarquable. Il suffisait de faire allégeance aux réseaux idoines, de prendre sa part dans la conspiration des conservatismes pour retrouver toute la légèreté et le confort promis par une République modèle. Contrairement à ce qui pouvait être dit çà et là, les élites n'étaient pas proprement en faillite, mais leur mode de recrutement par des concours obsolètes ne les formait qu'à régenter. Le verbe, utilisé avec excès par les politiques comme par les hauts fonctionnaires, était l'accessoire de la règlementation qui s'insinuait partout, obéissant à l'obsession de gérer plus que créer. Heureusement, la bêtise, l'envie, la jalousie défiaient parfois ces connivences fondées sur des logiques transversales d'intérêts à court terme, insensibles à l'état du monde. Ou il arrivait aussi, plus rarement, que des acteurs du système ne se reconnaissent plus en lui, aient le sentiment d'y vendre leur âme, de se renier. Alors la parole, si abondante dans sa forme de logorrhée politique et administrative, si rare pour exprimer du sens, se libérait subitement, révélant dans une absolue nudité un tout autre monde que celui que ses promoteurs s'évertuaient à montrer.

Agathe l'interrompit dans ses pensées.
— Cela te dérangerait si je couchais avec Lubiak ?

24

Lubiak et Corti ne s'étaient pas rencontrés en tête à tête depuis cette fameuse tentative du premier de clouer Launay en révélant son implication, à l'époque où il était ministre de la Santé, dans l'implantation par Volone sur le territoire français d'incinérateurs qui avaient conduit à un désastre sanitaire adroitement étouffé. Corti avait alors menacé de révéler la proximité de Lubiak avec les Émiratis et par là ses sources de financement. Il en était résulté un arrangement entre Lubiak et Launay avant la campagne présidentielle : Launay s'était engagé, s'il était élu, à prendre Lubiak comme ministre des Finances, engagement qu'il avait honoré. En revanche, il avait bafoué sa promesse concernant sa succession à la présidence en proposant une nouvelle Constitution qui risquait de l'installer, avec de moindres pouvoirs, certes, à la tête de l'État pour huit ans. Mais Lubiak en voulait moins à son adversaire d'avoir rallongé la durée du mandat présidentiel que d'en avoir profondément modifié la substance. Pour un homme qui se servait du pouvoir pour mener des affaires, la fonction présidentielle, dans sa nouvelle configuration, ne présentait plus grand intérêt. Elle exigeait un sage, un visionnaire, et quel que soit l'angle sous lequel on considérait Lubiak, rien ne collait avec ces qualités requises.

Lubiak s'était déplacé dans le restaurant corse où Corti avait son rond de serviette à l'année. Le lieu lui parut encore plus crépusculaire que les autres fois. Sans doute parce que les seules fenêtres de l'antre donnaient sur une impasse bordée d'un haut mur aveugle recouvert d'un enduit gris presque noir. L'impasse conduisait à un petit théâtre où étaient présentés des textes confidentiels portés par des amateurs passionnés. Corti déjeunait quatre ou cinq fois par semaine dans ce restaurant, mais il n'avait jamais poussé jusqu'au fond de l'impasse. La comédie qui s'y donnait n'avait sans doute pas la même force que celle dans laquelle il jouait.

Lubiak se montrait détendu. Étrangement détendu. Corti, lui, n'était pas au mieux de sa forme. Lubiak pouvait le lire sur son visage, non sans une légère satisfaction de le voir affaibli.

— Qu'est-ce que vous pensez du référendum ?

Corti avait pour principe de ne jamais répondre à une question immédiatement après qu'on la lui eut posée. Il prit le temps de piquer une olive dans une coupelle, de la mâcher, de l'avaler, de reposer le cure-dent qui lui avait servi pour la porter à sa bouche puis de recracher avec force le noyau dans sa main.

— Je n'en pense pas grand bien. Cette République est faite pour avoir un chef fort. La nouvelle Constitution l'affaiblit. Mais il est vrai qu'on ne dispose plus dans cette classe politique d'hommes ou de femmes capables d'incarner un président tel que la Ve le prévoit. C'est une question de génération.

— Je ne partage pas votre avis.

— Parce que vous vous y voyez. Moi, je vous le dis, il n'y a personne. J'ai un dilemme : la nouvelle Constitution ne me plaît pas mais l'ancienne ne fonctionne plus, faute de personnalités.

Lubiak n'insista pas. Corti poursuivit :

— Je comprends que vous soyez un peu dépité par l'attitude de Launay. Il a fait écrire une Constitution sur mesure pour prendre de la hauteur, laisser les partis traditionnels se débrouiller avec l'extrême droite en se plaçant au-dessus de la mêlée. Surtout qu'il vous avait promis de lui succéder. C'est malin. Launay est malin, mais il n'est que cela.

— C'est ce que je pense aussi.

— Vous allez faire quoi ?

— Avant le référendum, qu'est-ce que je peux faire ? Pas grand-chose, sauf si vous avez des idées.

Un curieux échange de regards se produisit entre les deux hommes.

— Et pourquoi j'aurais des idées ?

— Parce que la suite vous concerne. Une fois sur son perchoir de pseudo-sage, Launay va vous lâcher. De fait, puisque la DGSI sera sous la responsabilité du ministre de l'Intérieur, qui ne devra plus en référer au président pour les affaires de sécurité intérieure. Il a déjà commencé à vous lâcher, dit-on, il s'est rapproché du patron de la DGSE, qui continuera à travailler avec lui après la réforme constitutionnelle puisque Launay restera chef des armées. Premier ministre, pour moi ce n'est pas envisageable, je n'ai pas soutenu la Constitution. Mais ministre de l'Intérieur, j'ai des atouts. Ce n'est pas à vous que je vais apprendre que la menace terroriste est toujours présente. Mes connexions au Moyen-Orient devraient me permettre d'avoir un coup d'avance. Je vois un autre avantage pour vous. J'ai lu l'article sur vos ennuis en Corse. Si je suis à l'Intérieur, l'enquête de gendarmerie, je ne pense pas qu'elle ira très loin.

— C'est trop tard, de toute façon.

— Pourquoi, trop tard... ?

— Non, je veux dire que je ne risque rien dans cette affaire, et elle est facile à retourner en ma faveur même s'il y a un prix à payer. Et ce prix, je vais le payer sans rien dire.

Corti s'interrompit brutalement et resta un moment à réfléchir.

— Vous n'avez pas pensé à empêcher Launay de monter sur la première marche du podium ?

Lubiak observa Corti et sourit :

— Si, j'y pense. J'attends de voir les sondages et la configuration de l'élection. Si je n'ai aucune chance de remporter la présidentielle, on le laissera s'installer à l'Élysée, puis on l'explosera. Depuis l'Intérieur, ce sera un jeu d'enfant. Vous croyez qu'on aurait la matière ?

Corti renifla puis saisit un cure-dent. En se cachant la bouche derrière la main, il l'introduisit entre deux dents et se mit à farfouiller. Quand il eut terminé, il posa le cure-dent dans un cendrier avec le filament de viande qui l'avait importuné au bout. Puis il fixa Lubiak, droit dans les yeux.

— Je crois qu'on a la matière.

Lubiak sourit triomphalement. Corti poursuivit sèchement.

— Vous devez aussi vous interroger sur le fait qu'il puisse lui aussi avoir de la matière.

Lubiak s'assombrit puis sourit à nouveau, d'une façon plus mécanique.

— Je ne vois pas quelle matière il pourrait avoir. D'ailleurs, sans votre appui…

— Il est très malin, n'oubliez pas. Ce n'est pas quelqu'un qu'on abat au terme d'une lutte de longue haleine. Non, il faut que le premier coup soit décisif.

— Et vous croyez que…

— Je dois réfléchir. Ce serait possible, mais vous risquez d'abîmer Volone.

— Ce serait délicat. Sinon, je peux compter sur vous, Ange ?

— Disons que nos intérêts à terme convergent. Il va falloir apprendre à s'apprécier.

— Des gages ?

— Je peux vous dire par exemple que Launay voit un psychiatre régulièrement, l'ancien psy de sa femme. Apparemment, notre président souffrirait de troubles maniaco-dépressifs. Je sais que son psy a consulté une éminence sur le sujet, un spécialiste suisse. On l'avait gardé accidentellement sur écoute du temps où il soignait Madame de sa cécité. C'est aussi comme cela que j'ai appris qu'une patiente l'a consulté pour un traumatisme lié à un viol dans une soirée de rallye. Le violeur est devenu un homme politique puissant.

— Celui qui voudrait se servir de cette histoire tomberait le bec dans l'eau. Je suis au courant, et l'intéressé m'a assuré que c'est faux. La preuve, cette femme est sa maîtresse. Je crois qu'une fois qu'il est devenu ministre elle a voulu se venger de ne pas avoir été choisie comme épouse légitime. Alors elle a inventé cette fable. Ils se sont réconciliés, depuis. Entre vous et moi, je crois que l'homme dispose de vidéos qui montrent leurs ébats. Il paraît qu'à les voir il est impossible de douter que la femme s'y prête de bon gré.

— De toute façon, avec les délais de prescription, c'est trop tard, et je n'ai jamais vraiment cru à cette histoire. Les politiques ne sont certes pas des enfants de chœur mais il y a des limites aux actes qu'on peut leur imputer. On m'a parfois comparé à Hoover, je suis tout le contraire. Les histoires de coucheries, volontaires ou pas, ne m'intéressent pas.

25

Le ciel était voilé sur Húsavík. Il n'en fallait pas plus pour que le port s'assombrisse dans une mélancolie qui ne lui était pas coutumière. Un vent incertain et léger échouait dans les voiles. Puis le soleil réapparut, fier. Lorraine suivit son plan. Dans un premier temps, elle se rendit dans une agence proposant un voyage en vieux gréement pour le Groenland, un aller-retour sur une semaine. Elle réserva un départ pour le sur-lendemain qu'elle paya par carte de crédit, une carte parmi les nombreuses qu'elle possédait à différents noms, autant de cartes que d'identités, française, belge, suisse, canadienne. Une fois cette fausse piste créée, il lui fallut chercher le moyen de quitter l'Islande. Ses poursuivants viendraient l'accueillir au Groenland, elle n'en doutait pas. Elle s'interdisait de penser à la mission. Elle n'en voulait rien savoir, pas plus qu'elle ne voulait entendre parler de ce monde de catacombes dans lequel elle avait vécu pendant des années.

Elle s'interrogea longuement sur elle-même en buvant une pression sur le port sous une brise caressante. Il lui était facile de reconstituer le parcours qui l'avait conduite à l'école de police puis aux services secrets. Son père l'avait éduquée dans le mensonge et la duplicité. Au lieu de se révolter, elle s'était conformée à ce monde où rien n'est jamais authentique, où chacun veut savoir plus que l'autre n'est prêt à confesser, où la vérité n'est que la fondation d'un nouveau mensonge. Elle s'était égarée loin de la cause qu'elle pensait servir. Elle n'était plus qu'un atome dérivant dans un univers en expansion.

Un seul désir la maintenait debout, retrouver son fils, assurer sa sécurité et partir, loin, n'importe où. Mais avant cela il lui fallait vendre sa maison de Saint-Lunaire, dont elle pourrait tirer un bon prix. Avant cela encore, il lui fallait éradiquer chez ses adversaires toute velléité de la faire disparaître. Elle avait une idée sur la façon de s'y prendre.

Trois hommes et une femme de type nordique, bien que la femme fût brune, vinrent s'asseoir à la table voisine. Ils lui adressèrent un petit signe de la tête et un sourire léger et franc. Ils commandèrent à boire puis à manger. Ils parlaient une langue qui n'était pas l'islandais même si elle n'en paraissait pas très éloignée. Le plus âgé des hommes l'avait remarquée et lui jetait des coups d'œil dont il s'excusait aussitôt par un sourire. Grand, massif et barbu, il avait les yeux doux et tendres. Lorraine le fixa involontairement à son tour. L'air rêveur, il semblait ne vivre qu'en altitude. Puis Lorraine regarda longuement la femme. Depuis quelque temps, sa préférence allait au genre féminin, sans empêcher toutefois son cœur de battre pour un homme, ce qui rendait parfois la situation complexe. Le groupe donnait le sentiment d'être fortement soudé. Ils engagèrent la conversation. Lorraine raconta en anglais qu'elle était venue en Islande sur les traces de son grand-père, parti de Paimpol pour disparaître près de ces côtes. Son pèlerinage avait été contrarié par l'éruption volcanique et elle cherchait maintenant à s'embarquer pour regagner l'Europe continentale. Elle se fit passer pour belge, car son idée était de retourner à Paris via Bruxelles. Ses interlocuteurs se révélèrent être des chercheurs de l'université de Copenhague. Ils travaillaient sur un documentaire au sujet des Vikings et plus particulièrement leur découverte de l'Amérique du Nord bien avant Christophe Colomb. Leur mission s'achevait et, après une escale technique à Húsavík, ils devaient rejoindre le Danemark en prenant la mer le soir même. Lorraine espérait qu'ils lui proposeraient de partir avec eux. Cependant, ils avaient déjà passé une heure ensemble et il n'en était toujours pas question. Elle avait renoncé lorsque Lars, le plus âgé, probablement le chef du projet, émit cette idée, naturellement, sans chercher l'assentiment des autres qui semblait aller de soi. Elle fit mine de réfléchir et accepta d'autant plus volontiers que son invitation, spontanée, ne suggérait aucune contrepartie. Elle proposa de payer pour le voyage mais Lars déclina, jugeant qu'elle n'occasionnerait pas de dépenses supplémentaires. Elle fut néanmoins encouragée à contribuer au ravitaillement en bière et en saumon, ce qu'elle fit avec enthousiasme. En sortant du supermarché installé face au port, elle remarqua un homme coiffé d'un bonnet qui scrutait chacun des passants. Son allure et sa carrure trahissaient l'ancien des forces spéciales. Lorraine resta mêlée au groupe, n'offrant jamais son visage au regard de l'homme. Sa présence indiquait que le paiement avec la carte de crédit avait fait son effet. Mais pour cela, il fallait connaître toutes ses fausses identités, or seule la DGSI en avait la liste. Elle passa les dernières heures à quai à imaginer l'irruption de la police islandaise la poursuivant pour complicité d'assassinat, tout en sachant que la CIA n'avait, si Sternfall était mort, aucun intérêt à la dénoncer.

Lars, le grand homme blond aux yeux tendres, lui désigna une cabine qui sentait l'humidité salée et le gasoil. La bannette était en hauteur et permettait de voir la mer à travers un hublot qui la déformait. Quand enfin le bateau quitta le quai, Lorraine sentit le soulagement monter en elle, aussitôt contrarié par le mal de mer.

26

Le corps reposait sans vie, les bras allongés, la tête légèrement de côté. On y voyait, particulièrement près de la tempe, de lourdes contusions fatales. Les yeux que le médecin légiste n'avait pas réussi à fermer défiaient la lumière artificielle du projecteur pointé sur lui.

— Quel âge ?
— Dans les soixante-quinze ans.
— L'arme ?
— Un bout de bois, un morceau de branche d'arbre. On a trouvé une sorte de lichen sur la blessure.
— Aucun élément d'identification ?
— Aucun. On va recueillir son ADN. Il était ivre et puis... et puis rien.
— Une rixe entre SDF ?
— Cela m'en a tout l'air. Ce n'est certainement pas un habitant du 6e qui l'a tué pour le voler, plaisanta le médecin.

Le policier sourit.
— Vous l'avez trouvé où exactement ?
— Sur le parvis de l'église Saint-Sulpice.

— Devant Saint-Sulpice, c'est aussi devant chez Launay, non ?

— Oui, je crois.

— Vous imaginez un président qui tuerait des SDF pour faire diminuer les chiffres de la pauvreté ?

Le médecin se mit à rire.

— On ne fait pas le métier le plus triste, vous voyez. Malheureusement, Launay n'est pas le genre de type à nous offrir de telles fantaisies. Rien ne circule le concernant, il donne le sentiment de n'avoir ni cœur, ni sexe, ni passion. Un animal politique qui finira au musée d'Histoire naturelle, empaillé. Il l'est peut-être déjà et personne ne s'en est rendu compte, vous ne croyez pas ? Comme la mère dans *Psychose*. Vous n'avez pas vu *Psychose* ? Vous devriez voir le remake de Gus Van Sant.

Il commença à ranger son matériel de dissection.

— On devrait organiser des stages ici.

— Des stages de quoi ? demanda le policier.

— Des stages d'humilité. Regardez cet homme. Je ne sais pas où est son âme mais une chose est certaine, son ego est parti le premier. Il n'a pas résisté. Et encore, le pauvre vieux, il ne devait pas en avoir beaucoup pour être déchu comme cela. Ou trop peut-être, sait-on jamais. On devrait obliger tous les automobilistes qui passent devant l'institut le matin avant de prendre le pont d'Austerlitz à rendre hommage aux morts de la nuit.

— Ça servirait à quoi ?

— À réenchanter la vie, à adorer les bonnes idoles.

Quand il eut fini de ranger ses instruments, il se redressa, se frotta les reins.

— J'ai mal au dos à passer ma vie courbé sur des cadavres. Bon, c'est moi qui l'ai voulu, j'aurais pu soigner des gens. Eh bien non, je décortique des morts. Je vais même plus loin, parfois je leur ôte leur dignité, à votre demande, parce que le besoin de vérité des vivants est plus fort que le respect des morts. Je suis l'homme qui murmure à l'oreille des macchabées. Je leur dois beaucoup. Chaque matin lorsque j'arrive ici, il monte en moi une formidable envie d'exister. Ce que je n'aurais pas supporté comme médecin hospitalier, c'est d'annoncer les mauvaises nouvelles aux patients, genre vous en avez pour trois mois, six mois, un an. Vous imaginez le choc que cela représente d'apprendre que vous n'en avez plus que pour une petite année ? On ne sait pas vivre dans un temps imparti et, surtout, les valeurs qui vous guidaient perdent subitement leur sens, et un an pour recréer du sens, vous vous rendez compte ? Alors qu'ici, des mauvaises nouvelles, il n'y en a jamais. J'ai la conviction que l'âme ne part pas tout de suite. Il y aurait comme un délai de latence, vous voyez, un temps de réflexion avant de s'envoler. En tout cas, il faut l'espérer, sinon, toute une vie pour en arriver là... Mais je vous trouve soucieux. Ce n'est pourtant pas la première fois qu'on se retrouve avec un cadavre de SDF.

L'officier de police judiciaire se gratta la joue.

— Non, mais quelque chose m'intrigue. Comme la plupart des SDF, cet homme dormait à même le sol et pour se protéger de l'humidité il étalait des magazines sous lui. On les a tous ramassés sur la scène de crime. Dans chacun d'entre eux, une page était cornée, et cette page parlait toujours de la même personne.

— Qui ? Si ce n'est pas indiscret.
— Lubiak.

Le médecin enleva ses gants de latex et les posa sur la paillasse près de l'évier. Puis il se lava méticuleusement les mains en observant dehors le flot des voitures venant de l'est s'étrangler devant l'institut.

— Ce serait bien le premier SDF à aimer un homme politique, non ?
— Je ne sais pas s'il l'aimait.
— De là à voir un lien entre Lubiak et la mort d'un clodo, il y a une marge, à moins que vous ne vouliez vous faire un nom dans le polar. Il passe souvent sous l'institut, Lubiak, dans la vedette de Bercy. Je peux l'interpeller et lui en parler, si vous voulez...

Le policier, qui s'était appuyé contre un pilier, se redressa.

— Donc rien d'anormal, probablement une rixe entre clochards. On va essayer de retrouver son agresseur, mais bon...

Le légiste s'essuya les mains et se retourna.

— Je me mets à votre place. J'espère que vous êtes confronté à des cas plus passionnants.

27

Agathe était partie se préparer dans la salle de bains de la chambre d'un hôtel luxueux de la rive gauche que Lubiak avait louée. La caméra dissimulée sur la fausse cheminée fournirait la preuve qu'Agathe était consentante. Il en avait besoin pour lui-même autant que pour les autres. La menace que cette affaire remonte à la surface le hantait. Qu'il ait été un prévaricateur rusé pendant toute sa carrière, cette réalité ne le gênait pas. Mais il en allait autrement du crime commis lors d'un égarement dû à l'abus d'alcool et de drogue. Les femmes venaient à lui naturellement, et qu'il en ait forcé une contrariait l'idée qu'il se faisait de lui-même.

Agathe le combla. Elle semblait mettre un point d'honneur à ne jamais lui tourner le dos.

Quand ils eurent terminé, Lubiak mit un moment à retrouver ses esprits. Agathe, qui ne les avait jamais perdus, fut prise d'une nausée qui l'obligea à quitter le lit précipitamment. Elle revint souriante, en peignoir. Puis elle se dirigea vers la caméra que Lubiak avait maladroitement dissimulée. Elle la prit entre ses mains et visionna la scène qui venait d'être tournée.

— Pourquoi ?

Lubiak sortit du lit, nu et gêné.

— Un vieux réflexe.

— Qu'est-ce que tu risquais ?

— Rien. Ce n'est pas pour les autres, c'est pour moi. La preuve qu'un cauchemar a pris fin.

Agathe soupira en tirant sur la ceinture de son peignoir.

— On pourrait le formuler comme ça.

— Tu en veux un double ?

— Pourquoi ? Ce n'est pas moi qu'il faut convaincre.

Elle reposa la caméra sans rien ajouter.

Agathe prétexta ensuite le retour imminent de son mari à Paris pour quitter Lubiak. Chez elle, elle passa le reste de la nuit sous la douche, appuyée au mur, désespérée que rien ne puisse la laver. Au petit matin, elle envoya un message à Terence, lui proposant de le rejoindre pour un café.

Terence travaillait chez lui, rassemblant des informations et des documents sur les activités des Émiratis en France. Celles-ci s'étaient considérablement développées depuis l'entrée en fonction de Lubiak. Terence s'interdisait tout a priori contre les hommes et les femmes politiques. Il adoptait une démarche scientifique, les faits, rien que les faits. Il finissait par les connaître intimement. Il avait toutefois pour Lubiak une prévention particulière : il sonnait creux comme un faux plafond. Il n'y avait pas en lui une once de sincérité. Il était de l'espèce des prédateurs sans scrupule apparue en différents lieux du globe, à l'Est particulièrement depuis la chute du mur, pour qui la politique offrait l'impunité nécessaire à des transactions complexes qui demandaient des années à un juge pour être démêlées. Probablement dissocié, Lubiak n'avait pas le sentiment de faire le mal. La conjoncture lui était défavorable. La perspective de bénéficier de la proportionnelle faisait du Mouvement patriote un partisan opportuniste du référendum, de même que le centre sous-représenté par le jeu du bipartisme. Cette nouvelle Constitution avec ses relents de IVe résultait d'un arrangement entre politiciens que Lubiak allait tout faire pour rompre ou transformer à son avantage, Terence le sentait. Lubiak n'aimait ni la France ni les Français, ce qui l'autorisait à clamer haut et fort son amour de la nation, de cette nation pour laquelle il disait se préparer aux plus grands sacrifices personnels. Terence observait que les investissements des Émiratis en France inspirés par Lubiak étaient organisés pour favoriser un rendement maximal mais aussi pour créer un dispositif de soutien à ses ambitions politiques dans l'industrie et les médias. Il apparut à Terence, d'une façon tout aussi limpide, que les investissements industriels des Émiratis n'étaient pas réalisés dans une optique de développement à long terme. Au contraire, ils démantelaient les entreprises, les vidaient de leur personnel et de leur matériel pour n'en garder que l'immobilier, beaucoup plus rentable. Les investissements réels visaient des entreprises de haute technologie souvent liées à la défense. La rapidité à laquelle les Émiratis avaient investi depuis l'arrivée de Lubiak au ministère des Finances montrait que cette stratégie avait été élaborée de longue date.

Terence reprit toutes ses fiches puis ses notes

pour s'assurer qu'aucune de ses allégations ne pourrait faire le miel de la bande d'avocats marrons qui défendaient Lubiak, des hommes tordus au service du droit. Il se mit ainsi à écrire son papier, persuadé que ce serait le dernier. Chose impensable pour ses patrons, il y décrivait accessoirement la façon dont Volone avait été porté à la tête de Beta Force, avec le soutien des Émiratis, dont l'entrée dans le capital avait été organisée par Lubiak. Dans une attitude journalistique résolument suicidaire, il rappelait que le transfert de Volone d'Arlena chez Beta Force lui avait permis de multiplier son salaire par trois sans compter les stock-options qui, sauf accident, y ajouteraient une trentaine de millions d'euros avant trois ans. Cela au moment où l'entreprise expliquait à ses salariés la nécessité de faire des sacrifices pour répondre à la compétition internationale.

Agathe s'installa sans bruit pendant que Terence martelait son ordinateur. Agathe illuminait la pièce mais le soleil qui se levait brutalement à l'est en diluait les effets. Elle resta un long moment sans rien dire, à détailler les tableaux du grand-père de Terence, dont la célébrité ne faisait que croître depuis sa mort, car la postérité avait su déceler dans son œuvre la sincérité et l'originalité qui manquaient à certains, malgré leur talent, pour franchir son mur. Terence avait la conviction que la place des tableaux des grands peintres était dans les musées, pas chez les particuliers. Il avait fait don de la plupart des œuvres de son grand-père et il ne lui restait que ces quelques toiles qu'il était décidé à ne jamais vendre. Le marché de l'art lui répugnait. Pour s'y être intéressé comme journaliste, il avait découvert que la plus grande partie du patrimoine mondial croupissait dans des ports francs, asservi à la spéculation et au blanchiment.

— J'ai couché avec un autre homme par amour pour toi.

Terence leva la tête, regarda rapidement Agathe, lui sourit et revint à son ordinateur pour y fermer la page sur laquelle il travaillait.

— Je ne comprends pas très bien, mais j'imagine que tu as tes raisons.

Puis il se leva pour faire du café. Ils ne parlèrent pas beaucoup, Terence ne souhaitant pas prolonger la conversation sur le sujet ni l'orienter vers les affaires sur lesquelles il enquêtait.

28

— Vous arrivez aussi à écouter cette pièce avec vos nouvelles technologies ?

L'ambassadeur des États-Unis répondit par un sourire crispé.

— Quand vous ouvrez un grand parapluie, monsieur le président, vous ne pouvez pas choisir les gouttes d'eau qui vont s'échouer dessus.

Launay hocha la tête lentement.

— La question est donc plutôt de savoir pourquoi vous ouvrez un parapluie par beau temps.

— Il ne fait beau nulle part dans le monde, monsieur le président.

— Je vais vous dire quelque chose que je ne répéterais pas en public. Je pense qu'un système qui ne court qu'après la croissance conduit inexorablement à sa perte. Cette logique, vous l'avez imposée à la terre entière depuis la chute du mur de Berlin. Mais nous allons droit dans un autre mur. Notre environnement, si malmené, va finir par nous éjecter. Votre modèle dominant ne fonctionne plus. Cela vous surprend venant de moi, n'est-ce pas ?

— Vous n'allez tout de même pas vous transformer en ennemi de l'Amérique ?

— Non, je n'en suis pas là. Mais vous ne supportez pas la contradiction. Votre chance, c'est le vide idéologique qui a succédé au communisme. Cependant, je suis convaincu qu'il existe une alternative au modèle dont vous avez inondé la planète.

Launay se rembrunit avant de poursuivre, très bas :

— Je n'ai pas apprécié du tout la façon dont vous avez cherché à prendre le contrôle sur moi. C'était brutal et inélégant. J'ai donc répondu par la brutalité. Sternfall est mort, preuve que notre technologie n'a rien à envier à la vôtre.

— En effet, nous avons récupéré les images, elles sont d'excellente qualité.

— Vous avez eu tort d'abattre deux de nos agents. Quant à ces images, que peuvent-elles prouver ? Sternfall vivant était certes gênant, mais mort... Tué par qui ? Je sais que votre imagination romanesque est sans limite, pour ne pas parler de votre aptitude au mensonge, mais je suis remarquablement serein. Fini l'emprise, monsieur l'ambassadeur.

L'ambassadeur en prit acte par un signe de tête qui ne disait rien sur ses intentions.

— Je continue à croire que nous avons les mêmes intérêts, monsieur le président, et je ne suis pas venu vous taquiner avec cette histoire.

— Vous faites bien, je ne suis plus d'humeur. Car si vous essayez de me faire tomber, j'irai jusqu'au bout, je révélerai vos manigances et les dessous d'un certain nombre d'affaires qui ne sont pas à votre honneur.

— Telle n'est pas mon intention, monsieur le président.

— La mienne est de m'entretenir de tout cela avec votre nouvelle présidente au sommet du mois prochain.

— Je ne crois pas qu'elle soit au courant.

— Vous devriez l'informer, si vous voulez que nos relations partent du bon pied. Il faudra vous y faire, la France n'adoptera jamais le modèle ultra-libéral que vous préconisez. Elle ne sera jamais non plus à gauche, car la gauche n'a rien d'autre à proposer que de bricoler le libéralisme, en atténuer certains excès. Quant à l'extrême gauche, tant que ses solutions seront essentiellement bureaucratiques, elle restera autour de 5 %. Je ne crois pas non plus à une extrême droite majoritaire. Ne pouvant être ni à gauche ni à droite, je me suis placé au-dessus. Sinon, vous vous faites balayer par les mouvements d'essuie-glace qui sont de plus en plus rapprochés, vous l'aurez remarqué. Ma stratégie est la bonne et je serai là pour un moment, alors n'essayez pas de me nuire.

— C'est noté, monsieur le président. Je souhaiterais, si vous le voulez bien, aborder le sujet du contrat militaire en cours de négociation avec la Russie. Ce pays est à l'origine de plusieurs nœuds de tension internationale, lui fournir des technologies avancées ne nous paraît pas une bonne idée dans le contexte.

Launay soupira.

— Je sais, mais nous avons besoin de vendre des armes, et notre situation économique ne nous permet pas de faire l'impasse sur ce client. Et puis vous savez pertinemment comment ça marche dans cette industrie-là, ce qui n'est pas vendu ici le sera ailleurs. Il vaut mieux que ce soit nous. En outre, il est préférable en termes de sécurité que la maintenance et les pièces détachées soient entre nos mains. Désolé, mais nous irons jusqu'au bout du contrat.

Il prit sa serviette sur ses genoux, la plia et la posa devant lui en fixant l'ambassadeur.

— Nous avons un budget militaire considérable pour un pays de notre taille. Vous avez tout fait pour que nous n'ayons pas de défense européenne. Le résultat, c'est que nous sommes les seuls à intervenir quand c'est nécessaire, comme en Afrique subsaharienne. Pendant que vous et les autres faites des affaires profitables, c'est nous qui payons le maintien de l'ordre. Il nous faut bien des contreparties, n'est-ce pas ?

Avant de se lever, Launay conclut :

— Après le référendum, je m'occuperai de l'Europe. Aujourd'hui, elle se comporte comme un valet des États-Unis et de leurs lobbies. C'est une des raisons pour lesquelles elle n'avance pas. Elle n'a pas d'identité propre au prétexte qu'elle n'a ni défense ni diplomatie communes. Je vais me battre pour que cela change. Mais comprenons-nous bien, je reste l'ami de l'Amérique. Depuis de Gaulle, vous n'aurez jamais eu d'ami plus vigilant et plus exigeant.

Puis il se leva et, se tenant très droit, il ajouta :

— Et ne vous avisez plus jamais de me faire du chantage.

29

Au moment de quitter son lit, la femme de Corti entendit du bruit dans la cuisine. À cette heure matinale, le samedi, Ange était sur les routes. Il en était ainsi depuis près de trente ans. Il ne manquait jamais une de ces escapades à moto sauf quand le service le retenait sur le continent. Mais lui présent en Corse, il n'était pas pensable qu'à cette heure il fût encore dans la maison. Elle prit l'arme qu'elle gardait depuis toujours dans sa table de nuit et s'avança résolument dans la cuisine. Quand elle découvrit Ange de dos, assis devant la table, elle baissa le canon de son revolver, envahie par le sentiment d'avoir commis un sacrilège. Pointer une arme sur son mari lui paraissait aussi blasphématoire que de cracher sur la Vierge. Elle retourna dans sa chambre cacher l'arme avant de revenir dans la cuisine. Elle contourna Corti qui se tenait en tricot et en short, le ventre en avant, un bras ballant, l'autre sur l'accoudoir. Elle se planta devant lui, médusée.

— Qu'est-ce qui se passe, Ange ?
— J'ai quelque chose à te dire.

La femme de Corti recula jusqu'à un vaisselier où elle s'appuya en croisant les bras.

— Vas-y !

Corti resta un long moment silencieux. Il semblait hésiter à respirer. Il se frotta la tête.

— Ils vont tuer notre fils.

Il regarda dehors pour ne pas croiser le regard de sa femme.

Elle resta digne.

— Il n'y a pas d'autre solution ?

Corti répondit par une moue.

— Je cherche, mais je n'en vois pas. Ton fils fait du racket pour les nationalistes. Il a tué un restaurateur qui ne voulait pas payer. Il aurait pu l'épargner mais il aime le sang. Il a déchargé un pistolet-mitrailleur dans la tête du bonhomme pour 2 000 euros. Pour que son coéquipier ne témoigne pas, je l'ai fait éliminer au prétexte d'une opération de la boutique. C'est le fils de quelqu'un d'important chez les nationalistes, il va réagir.

— Quand ?

— Ils savent que je sais que c'est irrémédiable. Ils prennent leur temps.

— Pourquoi tu ne le fais pas partir ?

Corti n'eut pas la force d'expliquer à sa femme que c'était mieux ainsi.

— Il a pris goût au sang, tu sais, où qu'il aille, ça finira mal.

La femme de Corti se mit à pleurer, immobile. Puis elle sécha ses larmes et chercha les clés de sa voiture.

— Je vais aller faire le marché, ça me changera les idées.

Une fois sa femme partie, Corti se dit que le plus dur était passé. Elle avait bien réagi. Une femme du continent n'aurait jamais eu cette pudeur. Puis, subitement pris de remords, il reconsidéra l'hypothèse de l'évacuation. Ce serait la fin de sa carrière, car sa fonction était incompatible avec la fuite de son propre fils. L'enquête, sur le point d'aboutir, allait prouver d'une façon ou d'une autre son implication dans le meurtre du restaurateur. Ce serait le prétexte pour l'écarter lui, Corti. De toute manière, ce garçon sans intelligence et violent finirait mal, alors, maintenant ou plus tard... La question était désormais de parvenir à cette issue tragique sans déshonneur.

30

Il arrive qu'une personne donne immédiatement le sentiment d'une conscience élevée. Lars, le géant au visage d'enfant, semblait vouloir comprendre le monde dans sa globalité, sans préjugés. Cette disposition d'esprit le portait naturellement à écouter plus qu'à parler, exercice où il paraissait moins assuré. Saisir dans leur complexité les interactions de l'homme et de la nature lui apportait une grande sérénité. Il s'intéressait peu au volet politique de l'écologie. Nombre de militants n'avaient selon lui pas de fortes convictions environnementales, mais ils avaient trouvé dans l'écologie une position personnelle, facile à normaliser, qui impliquait souvent un discours rigide sur des sujets qu'ils ne maîtrisaient pas vraiment.

Il se montra prévenant à l'égard de Lorraine, parce qu'elle était l'hôte du bateau et qu'il lui tenait à cœur de lui laisser un bon souvenir du voyage. Ses coéquipiers étaient moins curieux et plus distants. Le gros temps était monté au large des îles Féroé et le bateau s'était rétréci dans la tempête. Lars était venu rassurer Lorraine, malade et terrorisée par ces creux qui ne laissaient pas de répit au navire. Alors qu'il lui expliquait que ce mouvement d'humeur de la mer n'était pas appelé à durer, une vague plus sévère que les précédentes cabra le bateau et toutes ses affaires se répandirent dans la cabine. Le contenu de son sac s'éparpilla et avec lui tous ses passeports, vrais et faux. Lorraine, gênée, s'accroupit pour les ramasser mais Lars lui fit signe que rien ne pressait. Puis il lui sourit et la laissa se reposer avant le dîner. Jamais Lorraine ne s'était sentie à ce point encombrée d'elle-même. Elle aurait voulu sortir de sa peau, tout recommencer depuis le début, comprendre ce qui l'avait amenée à n'être rien d'autre que la complice de l'assassinat d'un innocent sans même connaître les tenants et les aboutissants de sa tragédie, pauvre bille de bois flottant sur l'eau ballottée par des intérêts antagonistes. Comment en était-elle arrivée à une telle servitude, à s'humilier devant des maîtres aussi peu respectables, des êtres marginaux obsédés par le pouvoir, persuadés d'avoir transformé leur pathologie en force ? Son enfance, la duplicité de son père, assassin en toute légalité, l'avaient poussée elle aussi dans ce chaudron des ambitions sales. Elle était prête à tout pour en sortir. Elle remit de l'ordre dans ses affaires.

Lars entra pour la convier au souper. Elle pleurait à chaudes larmes, le front dans les mains. Lars resta dans l'encadrement de la porte. Déjà les vagues s'attendrissaient et le navire reprit son oscillation normale. Lars vint s'asseoir en face d'elle. Elle le regarda sans rien dire un long moment. Puis elle balbutia :

— On cherche à m'éliminer.
— Et vous avez peur ?

— Oui, terriblement. Comme j'ai terriblement envie de mourir, tout en sachant que je veux vivre, mais loin de ce monde qui m'a détruite. Vous pensez qu'ils peuvent savoir que je suis sur ce bateau ?

— Je pense qu'ils peuvent tout savoir sur tout, aujourd'hui. On vous protégera en arrivant au Danemark. Je vous cacherai, si vous voulez.

— Ce ne sera pas nécessaire. Je vais filer en France. La seule façon que j'aie de me protéger, c'est de parler à la presse.

— Vous pouvez le faire depuis Copenhague.

— Non, je ne veux pas qu'ils s'en prennent à mon fils.

— C'est amusant, quand j'ai vu comment vous regardiez ce type patibulaire à Húsavík, j'ai compris que vous étiez dans cette sorte de monde. Il avait l'air de sortir d'un film américain, la même détermination aveugle. Je n'ai pas besoin d'en savoir plus, mais vous pouvez compter sur moi.

Ils n'en reparlèrent plus. La tempête ayant relâché son emprise sur les ventres, Lars sortit des bières en quantité et ils fêtèrent tous ensemble le retour au calme.

31

Samson était anéanti. Terence se tenait devant lui dans son bureau vitré. Le directeur de la rédaction lui faisait penser à ces poissons rouges oubliés dans leur bocal par des enfants négligents qui cherchent dans l'air l'oxygène disparu de l'eau croupie dans laquelle ils sont réduits à nager. Il attendait que deux de ses adjoints le rejoignent. Ils entrèrent et refermèrent la porte derrière eux. Samson se mit à parler, blême et essoufflé.

— Tout le monde a lu le papier d'Absalon.

Ils acquiescèrent d'un signe de tête discret.

— Si on sort ton article, Terence, on est tous éjectés. Qu'est-ce que tu proposes ?

Terence regarda un à un les participants.

— Je ne propose rien d'autre que mon article. Je sais qu'il est embarrassant. C'est le premier article complet sur Lubiak depuis qu'il est ministre. Je suis heureux d'être le premier à le boucler.

Samson bégaya :

— Non, mais décrire comme ça les liens entre Lubiak et notre boss, parler aussi crûment des contrats d'armement avec les Émirats, et finir en disant que le père de Lubiak est un clochard que son fils laisse crever dans la rue pendant qu'il mange du caviar à la pelleteuse avec ses amis du Moyen-Orient ? Si je n'en ris pas, j'en meurs ! Je peux te faire une proposition ? C'est une enquête de fond, rien ne presse, on n'est pas à une semaine près, on la laisse de côté. En attendant, tu peux peut-être me donner quelque chose sur l'assassinat du fils de Corti ?

— Le fils de Corti est mort ? demanda un adjoint.

— Oui, exécuté par-derrière, une vingtaine de balles. La dépêche vient de tomber.

Terence assimila l'information.

— Corti va s'en sortir comme un héros qui s'est attaqué aux nationalistes au prix de la vie de son fils.

— Tu ne vas pas dire qu'il l'a fait exprès ?

Terence ne répondit rien.

Samson reprit :

— Là-dessus, tu peux échafauder toutes les théories que tu veux, si ça te fait plaisir.

Terence se leva et se mit à marcher dans le bureau en passant dans le dos des uns et des autres.

— C'est hors de question. Soit vous publiez le papier sur Lubiak, soit je fais jouer ma clause de conscience.

Samson se leva à son tour.

— Je ne comprends pas ce que tu as contre Lubiak.

Terence se posta à la fenêtre et regarda la cour bétonnée qui donnait sur l'arrière d'une boutique de décoration bon marché.

— Je ne supporte plus le fossé qu'il y a entre ses discours et la réalité que je connais. Je sais, c'est une approche journalistique qui n'est plus très en vogue. Mais il n'y a personne d'autre pour écrire que ce type est faux, creux, qu'il n'est là que pour faire un hold-up et pousser dehors Launay en vue de satisfaire ses ambitions d'enfant et de s'en mettre plein les poches sans risque. C'est un chef mafieux qui ne risque ni la prison ni sa vie. Lubiak, c'est quelqu'un qui est capable de dévaliser une vieille dame en l'aidant à traverser la rue. Aucun surmoi constitué. Une errance morale au service d'un enrichissement personnel camouflée par des discours séduisants sur le rassemblement des Français et l'exquise sérénité avec laquelle il envisage le débat politique. Une fois le référendum adopté, il va entrer dans le gouvernement de coalition, le saboter pour faire monter l'extrême droite et imposer un régime présidentiel. Une fois président, il mettrait la main sur les contrats d'armements et tout recommencerait.

Le chef du service politique lui rétorqua qu'une deuxième réforme de la Constitution était impossible.

— Pas si la première a conduit à un tel chaos que le balancier est projeté de l'autre côté.

Le débat, qui n'était pas le sujet de la réunion, finit par s'éteindre.

— La question est de savoir si tu acceptes de différer la publication de ton article. Nous avons le temps de discuter de son possible amendement, dit Samson. Cependant, je voudrais soulever une objection que je pense légitime. Tu parles du père de Lubiak que tu as rencontré, mais as-tu la preuve que c'est bien son père ?

— Je ne lui ai pas demandé ses papiers d'identité, mais à certains détails qu'il a évoqués sur la vie de Lubiak, j'ai compris qu'il ne pouvait pas en être autrement. Des détails qui ne sont jamais sortis dans la presse mais dont j'ai eu connaissance par ailleurs.

— Et si Lubiak dément ?

— Son clochard de père lit notre journal. Nous lancerons une sorte d'appel à témoin. De toute façon, je sais où je peux le contacter, il est souvent devant l'église Saint-Sulpice.

— J'espère que tu es sûr de toi, parce que tu vas loin. Tu prétends qu'après sa faillite sa femme et ses enfants l'ont abandonné avec ses dettes, que sa situation financière catastrophique ajoutée au choc de cette trahison l'a précipité dans la rue...

— Lubiak pourra répondre s'il le souhaite et expliquer à la France les raisons pour lesquelles il laisse son père se décomposer sous les intempéries.

— Bien, alors nous donnes-tu le temps de réfléchir à ton papier ?

— Réfléchir à quoi ? À l'assouplir ? Ça le viderait de sa substance. Je veux bien faire une concession sur l'épisode du père et attendre de le revoir pour en sortir une histoire complète si vous voulez, mais pour le reste je ne changerai pas une ligne.

Les lèvres de Samson se mirent à bouger avant qu'il ne parle. Il se décida enfin.

— Fais jouer la clause de conscience.

Terence sourit largement à l'adresse de tous.

— Nous devions forcément en arriver là, sauf à rallier votre conception du journalisme révérencieux.

Samson objecta :

— On ne peut pas mordre la main qui nous

nourrit, comme le dit le patron. Il y a un équilibre à trouver et tu le refuses, cela te regarde et on le regrette.

— Je ne pense pas que vous le regrettiez. Vous participez d'un contre-pouvoir que vous ne voulez pas exercer parce que vous avez des enfants à élever. Je peux le comprendre, mais alors pourquoi informer quand on n'informe pas sur l'essentiel, qui est la décomposition du paysage démocratique ? Si informer c'est montrer des maisons de stars vues d'avion plutôt que de dénoncer la sous-représentativité de la classe politique, sa collusion avec les milieux d'affaires et les services secrets, l'enrichissement personnel massif de certains quand nombre de citoyens s'appauvrissent, etc., etc.

— Tu ne publieras pas l'article ailleurs non plus.

— Et pourquoi ?

— Parce que l'enquête a été financée par notre journal...

— Si vous refusez de la publier, elle m'appartient.

— La justice tranchera. En tout cas, on fera un référé.

— Pour cela, il faudrait savoir quand je le publierai et chez qui.

— On va faire le tour de la place en prévenant du risque de procès.

— Cela ne servira à rien. Bien, vous avez utilisé tous les moyens d'intimidation ? Je peux partir ?

Absalon quitta le bureau de Samson sans saluer personne.

32

— J'ai pensé à vous appointer comme médecin personnel du président, mais votre qualité de psychiatre rend la chose compliquée. Encore que je pourrais l'expliquer : vous avez soigné ma femme avec succès, il en résulte une grande confiance. Et puis vous êtes avant tout un médecin, il est clair que si j'avais des problèmes psychiatriques je me garderais de prendre un homme de votre spécialité auprès de moi, c'est ce que les gens devraient penser. Alors si le cœur vous en dit...

Stambouli, qui n'était déjà pas grand, s'enfonça dans sa chaise alors que Launay lui servait du poulet à la crème et au vin jaune.

— C'est assez nourrissant, vous verrez.

Launay se servit à son tour puis s'assit et invita son hôte à déguster.

— Ça m'a pris en Arabie Saoudite, lors de mon dernier déplacement officiel. J'étais à table avec les bédouins et je n'avais pas grand-chose à leur dire sinon que le système de surveillance que nous étions sur le point de leur vendre était le meilleur. Pendant qu'on restait silencieux à se sourire et à manger tout ce qui existe de plus cher, je me suis dit qu'il faudrait que je m'invente un hobby à côté de la politique. Et comme j'aime manger, au fond, j'ai pensé que ce serait bien d'agrémenter nos rencontres de quelques expériences culinaires. J'ai envoyé un planton de l'Élysée fouiller mes archives personnelles à la recherche des recettes de ma grand-mère. On ne peut pas cuisiner pour soi. Alors, désolé, mais vous voilà désormais le cobaye du président.

Les deux hommes se mirent à manger. Stambouli écarquilla les yeux, impressionné par la qualité du plat.

— Maintenant, au moins, vous avez une bonne raison d'accepter de devenir mon médecin personnel.

Pour bien connaître la maniaco-dépression, Stambouli nota que son patient prestigieux était dans une phase d'exaltation.

— J'ai aussi pensé à me remettre à lire. J'ai beaucoup lu jusqu'à la fin de mes études. Peu de romans, je n'ai pas le goût du partage de l'expérience personnelle, cette connivence artificielle, cette intimité fabriquée entre deux êtres qui ne se croiseront jamais, l'écrivain et son lecteur. Quant au témoignage sur l'époque qu'on est en droit d'attendre d'un bon roman, je le trouve souvent factice, pour ne pas dire frelaté. La question du roman est consubstantielle à celle de l'ego de l'auteur, un prisme obligatoire et souvent navrant pour rendre compte de la réalité. On sent trop souvent ce besoin qu'ont les écrivains d'être distingués de la masse, d'être nommés, et cette aspiration à la postérité sous-jacente à nombre de romans, elle a quelque chose de pathétique, comme si les écrivains mendiaient un supplément de vie… Vous devez me trouver en forme. Je vais vous dire pourquoi. J'avais un petit contentieux avec les Américains, je viens de les remettre à leur place. Honnête satisfaction. Et qui ne m'atteint pas, contrairement aux autres succès qui sont toujours accompagnés d'une inexplicable mélancolie.

Puis, de but en blanc, Launay demanda en baissant les yeux :

— Vous croyez que j'ai besoin de médicaments ?

Stambouli répondit aussitôt :

— Ce serait une excellente solution pour stabiliser votre humeur, si vous le désirez.

Launay resta un court moment sans rien dire, puis il reprit d'une petite voix :

— La maladie, enfin, si l'on peut considérer cela comme une maladie, fait partie de soi. Surtout quand on la traîne depuis si longtemps. Et je dois vous confesser que ses désagréments ne sont rien à côté de la peur que j'ai, en me soignant, de ne plus être le même, de perdre ma spécificité, que la disparition de luttes internes n'altère mes capacités intellectuelles. Admettons qu'après un traitement je me mette à jouir de mes succès et à pâtir de mes échecs, mes adversaires ne feront qu'une bouchée de moi.

Stambouli lui adressa un petit sourire, signe qu'il avait très bien compris le problème.

— J'ai soigné beaucoup d'artistes, écrivains, musiciens, peintres, plasticiens. Tous en effet craignaient que la guérison n'affecte leur talent. Ce fut le cas pour certains. La fin de leurs maux a coïncidé avec la fin de leur art. La sérénité retrouvée, ils ne sentaient plus le besoin de créer. D'autres, au contraire, se sont trouvés libérés. Mais beaucoup ont lutté pour ne pas guérir.

— Je peux le comprendre. Pour la politique, il faut un certain talent, et une motivation. Que je perde l'un ou l'autre, et je suis fini. Imaginez que du jour au lendemain ma fonction ne m'intéresse plus et que les Français apprennent que je passe mes journées à faire de la poterie en écoutant Simon et Garfunkel !

Stambouli se mit à rire de bon cœur.

— Ce serait une bonne nouvelle pour vous, un pas vers le Graal.

— À condition que cela dure, ajouta Launay en riant lui aussi.

Puis il redevint subitement sérieux.

— Alors qu'est-ce qu'on fait ?

— La disparition de la souffrance est-elle susceptible de gâcher votre plaisir ? Nous pourrions commencer avec une molécule faiblement dosée.

Launay resservit Stambouli, qui reprit volontiers du poulet.

— Savez-vous pourquoi je vous ai choisi ?

Stambouli, gêné, ne sut quoi répondre.

— Je vais être très franc avec vous. Sans que je vous demande quoi que ce soit, vous avez agi en ma faveur d'une façon qui pourrait être décisive à terme. Je dois vous avouer que pendant un temps vous avez été mis sur écoute. Il est apparu que vous vous êtes comporté avec une de vos patientes d'une manière très positive à mon égard. Je vous prie de me pardonner, c'est fini, maintenant, vous avez ma parole que plus personne ne vous écoute. Mais je pense que Corti, le patron de la DGSI, sachant que vous devenez mon médecin personnel, va forcément chercher à savoir ce qui se dit entre nous. Soyez vigilant. En tout cas, une équipe d'experts d'un autre service de renseignement ira régulièrement voir si vous êtes sonorisé, à votre domicile comme dans votre cabinet.

Les premiers temps de leur liaison, Lubiak n'avait pas senti à quel point, insidieusement, Agathe prenait de l'importance dans son existence. Sans être amoureux, puisqu'il en était décidément incapable, il la désirait sans cesse. Leurs contraintes respectives leur permettaient de se rencontrer deux fois par semaine dans ce même hôtel de la rive gauche, aussi discret que sinistre, racheté depuis peu par le fonds d'investissement du prince. Hôpital désaffecté, société d'armement, hôtels, groupe de vente par correspondance au capital immobilier alléchant, chaîne d'information en continu, depuis quelques mois, les investissements allaient bon train. La satisfaction du prince se lisait sur son visage à chacun de ses entretiens périodiques avec Lubiak, dont la fortune avait triplé depuis sa prise de fonction. Comme ministre des Finances et de l'Industrie, Lubiak était loin de réaliser des performances macro-économiques mais une habile mise en valeur des contrats d'exportation qu'il avait initiés donnait le sentiment au public qu'il s'agitait pour créer des emplois.

Malgré l'apparente bonne volonté d'Agathe, il n'était pas persuadé de lui donner du plaisir mais il ne désespérait pas d'y parvenir bientôt, une seconde victoire pour lui, bien plus flagrante que la première. La possession deviendrait alors absolue, incontestable, et il en rêvait, l'idée seule l'excitait. Se rappelant ses conversations avec Edwige, sa femme, il lui arrivait de se demander s'il ne devait pas se satisfaire de cette vie. Il se demanda d'ailleurs à juste titre comment évoluerait sa relation avec

Agathe une fois qu'il l'aurait fait jouir. Quelle serait la prochaine étape ? Cette sérénité dont il faisait la promotion publique, il en était incapable pour lui-même, la considérant comme une antichambre de la mort. Il lui fallait sans cesse de nouvelles stimulations. Terrasser Launay lui paraissait un objectif à sa portée. La réforme constitutionnelle allait faire sauter les clivages politiques anciens, ceux qui obligeaient à critiquer systématiquement les réalisations qu'on jugeait positives dès lors qu'elles étaient accomplies par le camp adverse. Désormais, il faudrait composer, ce qui aurait pour effet de repousser les extrêmes. Ultralibéral, il en vint à se demander si son intérêt, à terme, ne serait pas de mettre la main sur le Mouvement patriote qui, après des résultats électoraux fulgurants, risquait de marquer le pas, handicapé par une absence de figure charismatique, par la faiblesse intellectuelle de ses dirigeants et par une porosité à la corruption pratiquée avec la candeur du nouveau-né. Dans certaines conditions favorables, cette alliance pouvait permettre de constituer une majorité, à condition de fusionner les militants et de les réunir dans un seul parti, nouveau. Mais il était encore un peu tôt pour cela. Lubiak visait dans un premier temps le ministère de l'Intérieur pour consolider son réseau et puiser les informations susceptibles de déstabiliser Launay.

Agathe arriva en retard, ce qui leur laissait vingt-cinq minutes ensemble, au plus. Lubiak devait recevoir une délégation des principaux syndicats à propos du plan de redressement d'une entreprise en difficulté. Six mille emplois étaient menacés. Ce chiffre ne représentait rien à l'échelle du pays, mais beaucoup pour les salariés concernés et plus encore, c'est tout ce qui intéressait Lubiak, en termes médiatiques. Il abhorrait les syndicalistes et la perspective de cette réunion le contrariait.

Agathe se déshabilla sans rien dire, toute à ses pensées, dont il était difficile d'imaginer la teneur. Puis elle se coucha en écartant les bras, les yeux cloués au plafond. Lubiak se précipita sur elle. Elle le tint à distance, une main sur le torse.

— Je ne dois pas être bonne psychologue. Je m'étais imaginé qu'une fois que tu m'aurais possédée tu n'aurais plus envie de moi.

— Je ne suis pas persuadé de t'avoir possédée. Je connais des femmes qui ont des rapports avec plusieurs hommes en même temps et dont la seule jouissance dans la multiplication simultanée des partenaires est de n'être vraiment possédée par personne. Je ne sais pas si je t'ai jamais possédée.

— Tu crois que cela pourrait affecter ton désir, le jour où tu auras cette conviction ?

— Je ne crois pas.

— C'est d'atteindre ce but qui t'excite pour le moment ?

Il n'était pas dans la nature de Lubiak de céder à des considérations intimes mais il joua le jeu.

— Tu veux que je sois franc ? C'est le fantasme du viol qui me conduit à l'orgasme.

Agathe prit sa réponse comme un coup mais elle n'en laissa rien paraître.

— Ce qui veut dire que, quand tu me posséderas vraiment, ton désir disparaîtra, comme il disparaît avec les autres femmes dès que tu les possèdes, j'imagine.

— Pour l'instant tu m'appartiens sans vraiment m'appartenir.

— Tu penses qu'après le viol, même après tout ce temps, je pourrais m'abandonner complètement ?

— Pourquoi tu le fais, alors ?

— Parce que j'en ai besoin. J'ai du désir, jusqu'à un certain point.

— Un point que tu ne dépasseras jamais ?

— Je ne sais pas. Qui aurait dit, il y a ne serait-ce qu'un mois, que je pourrais me trouver ici, dans ces circonstances ?

La conversation avait assez duré, et Lubiak n'imaginait pas entamer de longues discussions avec les syndicats sans avoir pris le plaisir qui lui revenait.

Mais Agathe se leva et commença à se rhabiller.

— Désolée, on a trop parlé. Pour faire redémarrer la mécanique, il faudrait un temps que tu n'as pas.

Soudain, Lubiak se leva, saisit un vase et le fracassa contre le mur de la chambre. Puis il s'excusa.

— Je suis navré. Je n'ai pas pu m'en empêcher. Ce n'était pas dirigé contre toi.

Agathe, calmement, se contenta de commenter sur un ton détaché :

— L'enfant est sorti de sa cage.

Elle finit de s'habiller puis, comme si subitement quelque chose lui traversait l'esprit, elle laissa tomber d'une voix d'une excessive douceur :

— À propos d'enfant, j'ai entendu à la radio, d'après une information du site 100 % investigation, qu'un journaliste aurait rencontré ton père, un SDF.

Ayant déjà épuisé sa rage, Lubiak encaissa.

— Je n'ai pas vu mon père depuis très longtemps.

— Ça change tout de même de la théorie de

l'homme qui se jette par la fenêtre un matin de Noël, devant ses enfants assemblés autour du sapin. Qu'est-ce qu'il faut croire ?

— Je t'expliquerai. Je n'ai plus le temps, je dois partir. Et s'il te plaît, ne me fais plus jamais ça.

— Tu me menaces ?

— Non, je te supplie, répondit Lubiak d'un air qui disait le contraire.

33

Lorraine et Lars multiplièrent leurs conversations pendant le reste de la traversée. Lars lui raconta à la manière d'un feuilleton l'épopée des Vikings vers l'Amérique, comment, alors qu'ils avaient atteint le nouveau continent, ils en étaient repartis vaincus par le harcèlement des indigènes. Comment ils avaient ensuite quitté le Groenland, défaits par sa topographie et son climat alors que les Inuits avaient su s'en accommoder. Lorraine l'écoutait, distraite par son attirance pour cet homme. Elle aurait voulu l'aimer, mais, si son esprit le pouvait, son corps en était incapable : elle ne désirait plus que les femmes, sans pouvoir les aimer, et cette contradiction l'engourdissait autant que la menace qui pesait sur sa vie. Cependant, la « fatwa » des services devenait irréelle. Les jours passant, elle lui paraissait disproportionnée par rapport à l'idée qu'elle se faisait de sa propre importance. Elle s'imaginait fondue dans l'horizon tourmenté et finissait par croire que, le temps de rallier Copenhague, on l'aurait oubliée. Mais elle savait aussi, par intuition, que ce moment de relâchement lié à la dévalorisation de sa propre personne pouvait lui être fatal. L'angoisse montait à la perspective de retourner en France. Ce pays dont on vantait la douceur de vivre dans le monde entier lui donnait la nausée. Alors que Copenhague était en vue, cette angoisse ne fit qu'empirer.

34

— Je dois dire que depuis que vous me faites l'honneur de m'inviter à dîner, je ne vous ai jamais vu aussi enjoué, monsieur le président.

Stambouli faisait discrètement allusion à l'effet des médicaments qu'il avait prescrits à Launay. Launay le comprit mais ne releva pas.

— Je suis content de vous voir. J'aime notre relation et, pour tout vous dire, j'attends nos rencontres avec une certaine impatience. Vous ne parlez jamais de vous, ce qui est prudent quand on est avec un homme politique, et de toute façon il ne vous écoute pas, mais on se connaît maintenant, et j'éprouve un intérêt sincère pour votre vie.

Stambouli eut un sourire de petit garçon.

— Je n'ai pas grand-chose à en dire. Je travaille beaucoup, je passe de l'hôpital à mon cabinet. Quand je rentre chez moi, je lis un peu, j'écoute de la musique ancienne. Le lendemain, je recommence.

— Une vie dédiée à votre art ?

— Je ne pense pas que ce soit un art.

— Dès le moment où on dépasse un certain niveau, dans toute discipline on flirte avec l'art.

C'est là que se rassemble l'élite de notre espèce. J'essaye à ma façon d'être un artiste de la politique. À propos, vous avez entendu parler de l'affaire Lubiak ?

— D'assez loin.

— Laissez-moi vous la résumer. Lubiak prétendait que son père s'était suicidé un matin de Noël. Or, un journaliste a été approché par son père, un SDF, qui niait avoir aussi lâchement abandonné ses enfants. Lubiak, interrogé sur le sujet, se défend maladroitement. Au même moment, un petit commissaire se retrouve avec le cadavre d'un clochard sur les bras. Seul indice, ce clochard dormait sur des magazines pour s'isoler du froid, tous ces magazines parlaient de Lubiak et les pages qui le concernaient avaient été cochées. Un test ADN est en cours. Et comble de coïncidence, ce clochard a été découvert quasiment devant la porte de mon immeuble, place Saint-Sulpice. Vous connaissez les médias, l'imagination a pris le pouvoir sur les faits et on commence à dire, sachant que Lubiak est mon principal adversaire politique – je ne vous apprends rien –, que j'aurais pu commanditer l'assassinat de son père pour lui créer des ennuis. D'autres disent qu'il pourrait être le propre exécuteur de son père, pour éviter de devoir expliquer pourquoi il l'a laissé dans la rue. Intéressant, non ?

Stambouli se prit au jeu et réfléchit pendant que Launay lui servait un vieux malt.

— Ce que j'aimerais savoir, c'est pourquoi il racontait cette histoire de suicide un matin de Noël. Peut-on faire plus de mal à un enfant qu'en se supprimant devant lui un matin de Noël ? Il s'agit là d'une transposition de sa vraie relation avec son père. En sait-on plus ?

— Non, mais ça ne tardera pas.

— Pour avoir vu Lubiak à plusieurs reprises à la télévision, dans des entretiens ou des conférences de presse, je dirais que nous avons affaire à un profil psychologique très particulier et je suis persuadé qu'une étude approfondie ne me démentirait pas.

— C'est-à-dire ?

— Cet homme est, à l'évidence, profondément dissocié.

L'intérêt de Launay ne faisait que croître.

— Vous savez à quel point nous, les politiques, sommes ignares en psychologie, précisez ?

— Quand on le voit, on pense immédiatement que cet homme est un menteur. Or on a tort, il ne ment pas. Je m'explique. Les cas de dissociation sont légion chez les criminels. Une fois l'acte commis, ils s'en dissocient. Celui qui a tué est un autre moi-même, il n'est pas responsable de cette moitié. Ce phénomène leur permet de ne pas avoir à soutenir de mensonge lors de leur interrogatoire. De bonne foi, ils peuvent dire : « Je n'ai pas tué. » L'un de vos prédécesseurs était atteint de ce syndrome, j'ai pu l'observer. Si vous me permettez, monsieur le président…

— Laissez tomber le « monsieur le président », vous pouvez m'appeler Philippe.

— Euh… comme vous voudrez, monsieur le président.

Les deux hommes rirent de bon cœur puis Stambouli reprit.

— Vous concernant, par exemple, j'imagine que si vous aviez commis un acte délictueux, votre système de défense serait de le justifier et d'essayer de le ramener au plus près de la morale qui semble a priori avoir été délaissée. Pour un homme comme Lubiak, je peux me tromper, je ne le connais pas assez, je crois que devant un fait délictueux avéré, alors que la preuve s'étale devant ses yeux, il continuerait à nier, non pas par goût du mensonge mais parce que la partie de lui-même qui est devant l'accusateur est dissociée de celle qui a commis l'acte. Intéressant, non ?

— Passionnant !

— Tout cela pour vous dire qu'il est convaincu que son père est mort un matin de Noël en se jetant par la fenêtre.

— Si je vous comprends bien, cela signifie qu'il ne peut accepter d'avoir devant les yeux la preuve de l'existence de son père.

— Ensuite, les choses deviennent beaucoup plus compliquées, mais puisque nous réfléchissons tout haut, je pense que logiquement, sachant que son père était vivant, il aurait pu avoir la tentation de le… Mais ces allégations sont trop graves, je ne connais pas cet homme. Ce que je pressens toutefois chez lui, c'est une personnalité complexe, et si je devais décrire son rapport à la morale, je prendrais l'exemple d'une lampe qui a un faux contact. Il lui arrive de s'allumer, de façon intempestive, mais la majeure partie du temps elle reste éteinte. Et je ne serais pas étonné que dans le désert moral où il vit il soit tenté de se convaincre qu'il est capable de morale même si, dans ce cas, c'est une construction purement intellectuelle pour lui. Il peut s'y obliger pour se donner l'impression qu'il est capable de rejoindre la norme, le troupeau, alors que sa jouissance profonde est d'avoir quitté le troupeau. Je ne suis peut-être pas clair ?

Launay l'observa, malicieux.

— De moi, vous diriez aussi que je suis un pervers ?

Stambouli sourit largement, conscient de l'importance de sa réponse.

— Très sincèrement, non. Je dirais que vous avez manqué de l'amour que vous pensiez être en droit d'espérer. Que vous cherchez cet amour auprès de la masse alors que vous le refusez d'une seule personne. Que vous manquez probablement d'empathie. Mais pervers... a priori, non.

— Vous me rassurez. Vous savez, je me pose sincèrement des questions sur moi-même.

— C'est tellement rare chez les politiques de votre rang que cela mérite d'être salué. Je connais peu de milieux où les individus subliment à ce point leurs pathologies par un volontarisme affiché. Ces pathologies n'en subsistent pas moins pour autant.

Launay fixa Stambouli longuement.

— Vous parlez trop en détail de Lubiak pour ne le connaître qu'à travers ses apparitions télévisées. Je sais que vous le connaissez indirectement par le biais d'une de vos patientes, mais nous n'en parlerons pas, je respecte le secret médical, même quand il s'agit d'un adversaire si ouvertement déclaré. Il n'empêche, vous m'avez donné ce soir beaucoup d'éléments pour mieux le cerner. Je vous en suis reconnaissant.

Puis il réfléchit intensément avant de conclure.

— De la morale, j'en ai, mais je suis pragmatique, et je pense que la morale ne peut pas, dans certaines situations, indéfiniment entraver la raison et une sorte d'efficacité qui se forme en dehors des notions de bien et de mal. On peut prétendre gouverner au nom de la morale, on peut s'en inspirer pour certaines décisions. Mais dans la plupart des cas, on est obligé de s'en exonérer, sans se dissocier. Car, au fond, ce que veulent les gens c'est n'être pas dérangés dans l'idée qu'ils se font de leur morale personnelle, sauf que l'addition de ces bonnes morales donne un ensemble douteux dont j'ai la charge. Si vous demandez à un individu s'il accepte qu'on tue au Mali pour accéder à des matières premières à bas prix afin de maintenir, voire améliorer son niveau de vie, il s'offusquera. Pourtant, pas une intervention militaire ne soulèvera d'opposition à l'intérieur de notre pays. L'essence de la politique est là. Faire le sale boulot sans déranger les consciences.

Launay se mit à rire, visiblement heureux de leur relation.

35

Dans son bureau de Bercy, Lubiak regardait dans le vague. Ses deux conseillers en communication fixaient leurs chaussures, attendant un signe du prince pour commencer la discussion. L'un était le conseiller attitré, l'autre un consultant recruté à l'extérieur. Les deux hommes se connaissaient et s'appréciaient.

— Je vous écoute.

Le conseiller interne laissa le consultant s'exprimer le premier, moins par politesse que pour se donner du temps.

— Difficile, monsieur le ministre, d'analyser la situation sans disposer de tous les tenants et aboutissants.

Lubiak se redressa dans son fauteuil et bascula au-dessus de son bureau en joignant les mains.

— C'est simple. Demain matin, on annoncera dans tous les médias que le clochard qu'on a retrouvé mort était mon père. Deux problèmes en résultent que je hiérarchise immédiatement. Le premier : on va insinuer que je me suis débarrassé de mon père. Le second : même si on parvient à étouffer cette insinuation, il restera dans l'esprit étroit des cloportes que nous gouvernons que le grand argentier de France, qui n'est pas particulièrement réputé pour vivre dans le dépouillement et qui l'assume d'ailleurs, a laissé son père à la rue, qui est le lieu où chaque Français a inconsciemment une peur panique de finir, surtout dans la psychose de crise qui est la nôtre.

— Vous me permettez plusieurs questions ?
— Faites.
— Vous saviez que votre père vivait dans la rue ?
— Oui.
— Vous l'aidiez ?
— Non.
— Vous savez pourquoi il s'est retrouvé dans cette précarité ?
— Oui, bien sûr. C'était mon père, tout de même.

Lubiak précisa en souriant :
— Mon père avait une entreprise prospère. Le jeu et les femmes vénales l'ont mis sur la paille. Faillite avec responsabilité personnelle. Mon père a demandé de l'aide à ma mère qui disposait d'un patrimoine important, sans être très fortunée. Elle a refusé, sous notre pression. Elle est morte peu après. Tous les biens de mon père ont été saisis. Nous avons refusé, mes sœurs et moi, de l'héberger pour ne pas risquer une extension de responsabilité. Il a disparu. Je n'ai plus jamais eu de nouvelles de lui jusqu'au jour où il s'est manifesté auprès de ce fouineur d'Absalon. Je l'ai fait rechercher et je lui ai proposé de l'aide. Il a catégoriquement refusé. Je l'ai fait reconduire à sa base, à Saint-Sulpice, et je n'en ai plus entendu parler.

Le consultant se racla la gorge.

— Vous avez menti sur les circonstances de sa disparition en le faisant se suicider dans votre enfance.

— Oui. Dès lors qu'il s'est mis à jouer et à fréquenter des professionnelles, il était mort pour moi. Notre mère a beaucoup souffert et je crois qu'elle est morte de cette déchéance.

— Il est vrai qu'on peut vous soupçonner d'avoir voulu l'éliminer pour ne pas être contraint de vous justifier de l'avoir abandonné.

— On ne peut rien faire contre les rumeurs.

Le conseiller parla pour la première fois.

— Je pense que vous devez dire tout cela. Les gens peuvent l'entendre. Bien sûr, on vous reprochera votre manque de compassion pour lui mais on ne peut pas tout sauver. Vous devriez accorder un entretien sur le sujet, un seul, en tête à tête avec un journaliste de renom, dans lequel vous devez vous prévaloir de plusieurs tentatives pour le sortir de sa condition misérable.

— Oui, Pascal a raison, reprit le consultant, il faut dire qu'il s'est puni tout seul après sa faillite en s'infligeant une déchéance sociale définitive. Dire aussi que vous avez tout fait pour le sortir de là, qu'à plusieurs reprises vous lui avez donné de l'argent, mais que vous n'avez rien pu faire contre son entêtement.

— Et surtout, vous précipiter pour reconnaître le corps qui doit encore être à la morgue, ce soir, avant que le résultat des analyses ADN soit publié.

Lubiak inspira longuement.

— Très bien. Et je compte sur vous pour trouver des journalistes qui mettront les pleureurs de mon côté. C'est ma vie qu'il a failli bousiller, ce salopard, c'est moi la victime, non ?

— À vous entendre, c'est ce qu'on pense immédiatement.

— Alors, il faut que cela ressorte de cette façon.

36

Lorraine avait débarqué à Copenhague par un matin de brume qui rendait tout uniforme. Puis cette brume s'était levée, dévoilant une ville pleine de gaieté, sentiment qui contrastait avec son humeur. Elle quitta Lars à regret après bien des promesses de rester en contact et, qui sait, peut-être de se revoir. Elle s'était engagée à le faire le jour où elle saurait qui elle était, pourvu qu'on lui en laisse le temps. On voulait l'éliminer parce qu'elle connaissait des bribes d'un secret d'État dont elle n'avait jamais cherché à tout savoir. Certes, du point de vue du service, elle avait commis une faute impardonnable en se confiant à une cible et, pire encore, en se livrant à elle, corps et âme. Cette défaillance avait joué dans la décision de l'éliminer, elle en était consciente. Cette affaire lui collait à la peau comme un papier tue-mouches sur les ailes de l'éphémère. Sa petite vie d'espionne ne valait pas plus que cela et cette prise de conscience l'effarait. Lorraine se rendit à Hambourg sans prendre l'avion puis de Hambourg à Bruxelles où elle se réfugia dans un hôtel modeste près de la gare du Midi. L'endroit était rendu encore plus sinistre qu'il n'était par une tentative louable mais malheureuse de l'égayer. Des couleurs et des intentions provençales avaient guidé la décoration, sans que ni le personnel ni les clients n'y croient vraiment. Le prix de la chambre était des plus raisonnables. Lorraine s'en félicita car une seule de ses cartes de crédit n'avait pas été bloquée pendant sa longue traversée. Sa chambre donnait sur la façade grise et aveugle d'un bâtiment qui ne révélait rien de sa destination et qui semblait être là plus par habitude que par nécessité. Lorraine avait monté les journaux français mis à la disposition des clients à la réception. On y parlait de l'affaire Lubiak, qu'elle découvrait, étonnée. Le ministre avait reconnu le corps de son père à l'institut médico-légal puis accordé un entretien exclusif à un journaliste de renom connu pour ne pas faire de cadeau. La déchéance de ce père qui avait amené la ruine sur sa famille à cause des femmes et du jeu attendrissait moins le public que le réflexe de défense d'un fils protégeant sa mère et ses sœurs contre cette folie destructrice. À part quelques esprits chagrins qui stigmatisaient le fils pour avoir abandonné son père, toute la population sondée respectait son choix. D'ailleurs, après avoir chuté vertigineusement, sa cote de popularité était remontée en flèche, dépassant ce qu'elle était avant cette affaire. Les journaux étant parus la veille, Lorraine décida d'allumer sa télévision. Une chaîne d'information en continu traitait le sujet en alternance avec celui de nouvelles menaces terroristes sur la France. Les mêmes images revenaient en boucle, trajectoire que suivaient également les commentaires quand ils furent sauvés par une information

de dernière minute portée en gras sur l'écran :
« Un clochard vient de témoigner dans l'assassinat place Saint-Sulpice d'Honoré Lubiak. » Il prétendait avoir vu rôder deux hommes en costume, de type moyen-oriental.

Lorraine avait longuement pensé à la façon dont elle allait approcher Absalon. Pour l'avoir écouté pendant des semaines, elle connaissait tous ses numéros de téléphone. Elle savait d'expérience que le plus facile pour éviter les écoutes était de passer par le standard. C'est ce qu'elle fit : la standardiste lui apprit que Terence Absalon avait quitté le journal. L'appeler directement sur son portable l'exposait, car la DGSI n'avait certainement pas relâché sa surveillance du journaliste, même si elle opérait en toute illégalité. Mais dans cette période de menace terroriste, personne ne s'offusquerait de ces écoutes. Les grandes oreilles devaient tout savoir pour le bien et la tranquillité de la population. Après avoir étudié toutes les possibilités, Lorraine n'en discerna qu'une qui lui permettrait d'entrer en contact avec Absalon discrètement. Elle fit alors rapidement son sac, descendit à la réception, paya et prit la direction de la gare.

Trois heures plus tard, elle était postée au fond du couloir sur lequel donnait l'appartement d'Absalon. L'attente dura. Quand elle en eut assez de ressasser les mêmes craintes, dans un fonctionnement assez similaire à celui d'une chaîne d'information en continu, elle pensa à son fils et à leur départ pour un autre pays. Absalon finit par apparaître, la démarche longue et souple. Elle s'avança vers lui dans la lumière pauvre.

— J'ai besoin de vous parler.

— Qui êtes-vous ? demanda Terence, intrigué.

— Vous avez un téléphone sur vous ? Vous pouvez le laisser dans votre appartement ?

Terence comprit et s'exécuta. Il sortit ses clés de sa poche, pénétra dans son appartement, y posa sa veste à une extrémité puis revint et referma la porte derrière lui.

Lorraine reprit.

— Maintenant, je peux vous répondre. Je suis la personne qui vous a écouté pendant plusieurs semaines, et qui a mené la sonorisation de votre appartement. Je peux même vous dire où se trouvent deux caméras miniaturisées. Vous avez une cave ?

— Pourquoi ?

— C'est le seul endroit où l'on puisse parler. Trop dangereux d'aller dans la rue, à cause des caméras de surveillance, on nous verrait ensemble et ça créerait l'affolement là-haut.

Sans rien dire, Terence retourna dans son appartement et prit la clé de la cave, où ils descendirent. Plusieurs sièges jusque-là inutiles s'y trouvaient à leur disposition, des chaises pliantes. Terence en disposa deux.

— Je vous écoute.

Lorraine sourit.

— C'est votre tour.

— D'abord, pourquoi me parlez-vous ?

— J'espère que vous allez m'aider à sauver ma peau. Je quitte les services, mais ils ont lancé une chasse à courre. La DGSE, la DGSI et la CIA.

Avant de poursuivre, Lorraine rassembla ses esprits.

— Je suis agent de la DGSI. Au départ, spécialiste de l'Asie. C'est comme ça qu'on m'a donné une artiste chinoise à tamponner. Cette femme était la maîtresse du numéro deux d'Arlena, Deloire. On pensait qu'elle travaillait pour le renseignement chinois. En réalité, elle travaillait peut-être pour eux mais aussi pour Volone et probablement pour la CIA. Je n'ai rien pu en tirer, même si j'ai eu une relation avec elle.

— Vous voulez dire ?

La lumière s'était éteinte. Terence se leva pour la rallumer. Lorraine l'en dissuada.

— Laissez, on peut rester dans le noir. On en était où ?

— Votre relation avec la Chinoise.

— Oui, j'ai couché avec elle, une fois.

— Par devoir ?

— Non, par désir. Je désire les femmes mais je n'ai de sentiment que pour les hommes, que je ne désire pas longtemps. C'est un peu compliqué, je suis d'accord. Une complexité qui me fait tout rater. Bref, ce n'est pas le sujet. Puis subitement, Corti, qui sent que quelque chose n'est pas clair, me demande d'enquêter sur la mort de Sternfall, vous savez, l'homme qui a disparu et dont on a retrouvé la famille assassinée.

— Je connais le dossier.

— J'ai mené mon enquête à Cherbourg. J'ai fini par retrouver Sternfall, en Irlande, protégé par la CIA.

— Il serait donc vivant ?

— Il l'était. Il est mort depuis, descendu en Islande par la DGSE. Une opération à laquelle j'ai assisté, passivement.

Terence n'en revenait pas.

— Enfin, je pense qu'ils ont réussi. Le matin

où on lui a balancé un drone sur la figure, j'ai refusé d'être de l'opération et je suis partie de mon côté. Je n'ai plus eu de nouvelles et je suis revenue d'Islande par mes propres moyens, en bateau via Copenhague...

Terence, impressionné par le tombereau d'informations qui lui tombait dessus, lui saisit le bras, sans brutalité.

— Avant que l'on poursuive, je veux savoir pourquoi vous me racontez tout cela.

— Très simple, je n'ai pas trouvé d'autre moyen de me protéger. La DGSE, la DGSI et la CIA veulent ma peau parce que j'ai vu Sternfall vivant. Mais je ne sais pas pourquoi Sternfall a été enlevé par la CIA, je ne sais pas pourquoi on a tué sa femme et son fils, et je ne sais pas pourquoi Deloire est mort, certainement assassiné. Je ne veux pas mourir parce que je détiens un bout du secret, vous comprenez ? Ce serait ridicule. Outre le fait que j'ai un fils qui a besoin de moi. Il a le syndrome d'Asperger.

— Asperger ?

— Une forme d'autisme, relativement légère mais désocialisante. Attendez que j'aie fini avant de me poser des questions. J'ai aussi découvert que le voilier, comment il s'appelait, déjà, oui, *Le Louarn*, n'a pas été accroché par un sous-marin comme on l'a laissé entendre pour conduire l'enquête vers le secret-défense mais par un porte-containers qui transportait du combustible nucléaire. Apparemment, Sternfall, syndicaliste d'Arlena, avait demandé des explications à sa direction sur ce contrat appelé « Mandarin », avant de disparaître. Après la mort de Deloire, j'ai été informée par la DGSE qu'on cherchait à m'effacer. J'ai commis l'erreur de m'en ouvrir à cette espionne chinoise. Corti l'a su et m'a virée. J'ai collaboré un temps très court avec la DGSE et je leur ai transmis toutes mes informations. Corti et la CIA m'en veulent pour cela, mais je n'avais pas le choix. Et la DGSE, je pense que, concernant mon sort, elle prend ses ordres d'en haut.

— Des ordres de qui ?
— J'en sais rien. Volone ? L'Élysée ? Bref, ils m'ont obligée à accompagner la mission d'effacement de Sternfall pour me tremper. Là-bas, j'ai compris un soir qu'on avait donné l'ordre que je ne revienne jamais d'Islande.

Terence réfléchit, et c'est alors qu'ils réalisèrent l'un et l'autre qu'ils étaient dans le noir total.

— Pourquoi les Américains ne l'ont pas gardé chez eux ?
— Je ne sais pas. J'imagine qu'ils ne voulaient pas qu'on puisse prouver qu'ils le détenaient.

Terence resta un moment circonspect avant de demander à Lorraine ce qu'elle attendait.

— Qu'est-ce que je peux faire pour vous ?
— Empêcher qu'on me tue.
— Vous me prêtez un pouvoir que je n'ai peut-être pas.
— Il vous suffit de dire que vous avez rencontré un agent des services secrets qui vous a déclaré avoir vu Sternfall vivant en Irlande, et ajouter que cet agent craint pour sa vie. Alors, personne ne pourra prendre le risque de m'éliminer.
— Vous auriez pu aller voir le juge qui instruit l'affaire Sternfall.
— Mais lui, je ne le connais pas.
— Moi non plus.

— Vous si, je vous ai écouté pendant plusieurs semaines.

— Et vous ne vous dégoûtiez pas ?

— Non, je croyais faire cela pour la bonne cause. Je ne savais pas laquelle, mais quand on fait ce genre de métier, il n'est pas nécessaire de préciser. Maintenant que j'ai pris conscience à quel point cette machine est funèbre, je ne le supporte plus.

— Je peux dire que vous avez avoué m'avoir mis sur écoute ?

— Vous pouvez dire tout ce que vous voulez, désormais.

— Le juge va vous convoquer.

— Sauf si vous lui opposez la protection de vos sources.

— On va déclencher un énorme bazar.

— C'est certain.

— Vous allez où, ce soir ?

— Je ne sais pas. Ils ne doivent pas me trouver tant que vous n'avez rien dévoilé.

Terence se leva pour allumer la lumière. Puis il resta un moment à regarder Lorraine assise.

— Vous ne pouvez pas imaginer comme je me sens soulagée.

— Vous le serez encore plus lorsque j'aurai mis mon article en ligne. Je n'ai aucun moyen de savoir si vous dites vrai ou si vous êtes une extraordinaire comédienne. Qu'est-ce qui me prouve que Corti ne vous a pas envoyée pour me piéger ?

— Rien, je sais. Je vais vous raconter d'autres détails, si vous voulez, mais vous avez raison, à un moment ou à un autre vous devrez me faire confiance.

— Et on sait tous les deux que la confiance ne signifie pas grand-chose dans nos sphères.

Terence lui tendit la main pour l'aider à se relever.

— Vous pouvez rester chez moi si vous voulez, l'appartement est assez grand et personne ne viendra vous tuer ici. En contrepartie, vous allez débrancher micros et caméras.

Après qu'ils eurent mangé en partageant une bouteille de bon vin, Terence installa Lorraine dans l'ancienne chambre de son grand-père. Elle s'endormit aussitôt, et il réfléchit à ce qu'il allait faire. Il ne voulait pas être l'instrument d'une vaste manipulation. Il décida d'entrer en liaison avec son contact à la DGSI et de lui demander de confirmer que Lorraine avait fait partie de la maison et qu'elle avait récemment perdu son habilitation. Ce qu'il fit dès le lendemain en passant par son confesseur à Saint-Sulpice. La réponse ne fut pas longue à venir. Lorraine avait bel et bien été rayée des cadres et il était de notoriété publique dans le service que Corti lui vouait une rancune comme seuls les Corses sont capables d'en avoir. Il mit aussitôt l'information en ligne. Elle n'eut pas le retentissement escompté car la France était à trois jours de voter pour le référendum qui lui proposait une nouvelle Constitution. La bataille, menée par Lubiak, avait fait rage sur la question de savoir s'il était légal que le mandat de Launay soit confirmé par le vote. Saisi, le Conseil constitutionnel avait tranché. Launay devrait se représenter devant les électeurs, car il n'avait pas été élu pour exercer les fonctions prévues par la nouvelle Constitution.

37

Launay le prit d'abord très mal, même s'il s'y attendait. Les sondages aussitôt réalisés par son entourage adoucirent son dépit. La Constitution allait être adoptée à une très large majorité. La nouvelle assemblée serait constituée majoritairement de représentants du centre droit et du centre gauche. Launay serait réélu président avec plus de 57 % des voix. Néanmoins, il savait que bien des obstacles pouvaient surgir entre l'avènement de la VIe République et sa réélection. Trois mois s'écouleraient durant lesquels Lubiak allait tout tenter pour l'abattre. Et « tout », venant de Lubiak, dépassait l'entendement. Alors il se prépara de nouveau au combat comme un vieux général rappelé par ses troupes. Désormais, l'objectif n'était plus d'affaiblir Lubiak mais de l'anéantir, d'obtenir sa décapitation politique. Et d'entraîner avec lui Volone et Corti, les deux insubmersibles de la République qu'il voyait finir échoués dans des profondeurs sablonneuses comme ces vieilles épaves rouillées qui jonchent le fond des mers, là où la lumière a renoncé. La question n'était plus de répondre aux attaques de Lubiak, mais de les prévenir par des frappes assassines. Lubiak, dont il présumait les calculs, disposait de trois mois pour proposer au Mouvement patriote une alliance décisive.

38

Lubiak se versa un verre d'eau.

— Il n'a pas été bien dans l'affaire concernant votre fils.

Corti cracha son noyau d'olive dans sa main en regardant plus loin comme s'il cherchait quelqu'un dans l'arrière-salle.

— Je sais que le ministère de la Justice était derrière l'enquête de gendarmerie. Je le sais parce qu'un gendarme lui-même me l'a dit. Ils avaient la consigne de mettre le petit en examen le plus vite possible. Je ne leur en ai pas laissé le temps. J'ai dégommé le témoin. En faisant cela, je savais que la famille de ce témoin se vengerait sur mon fils. C'est ce qui est arrivé. Je suis toujours là et Launay sait très bien ce que ça veut dire. Au nom de notre très ancienne amitié et des services que je lui ai rendus pendant la campagne, il aurait pu intervenir auprès du parquet pour que l'enquête sur le petit s'enlise. Au contraire, il a fait pression pour accélérer l'enquête. Le procureur m'a dit que les ordres venaient de l'Élysée directement. Il a été trop loin.

Corti piqua dans une nouvelle olive dont il inspecta les contours.

— Je suis content que vous ayez gagné devant le Conseil constitutionnel et qu'il soit obligé à une nouvelle élection présidentielle.

— Cela nous laisse trois mois. C'est assez pour le tuer, vous croyez ?

— Tout dépend des armes.

— Auxquelles pensez-vous ?

— Je vous l'ai dit, j'ai quelque chose de radical contre lui, mais Volone risque d'être salement éclaboussé.

Lubiak fit mine de réfléchir.

— Dommage collatéral. On peut le gérer. Je tiens les actionnaires de Beta Force.

Corti, qui retrouvait ses automatismes après son deuil, eut une expression de renard.

— Mais vous devez bien partager quelques financements...

— Raison de plus pour qu'il ne bronche pas. Non, sincèrement, Ange, si au final il faut sacrifier Volone, on s'y résoudra. N'oubliez pas que si Launay en reprend pour huit ans, c'est fini pour nous. Non... et puis une fois en place on n'arrivera jamais à le déboulonner. Ce qui serait fort, c'est de l'empêcher de se représenter, par exemple.

— Il me fait penser aux Kennedy quand ils ont commencé à s'embrouiller avec tout le monde, mafia, CIA, complexe militaro-industriel.

— Ce qui le différencie de Kennedy, c'est qu'il n'en a ni le charisme ni le priapisme.

— Mais il est aussi tordu, avec ses airs de type bien. Regardez comment il a retourné Blandine Habber. C'est sur elle et sur le patron de la DGSE qu'il s'appuie maintenant. Tout a commencé quand il a décidé de se défaire de l'emprise américaine.

— Quelle emprise ?

— Une manière de chantage. Je vous en parlerai quand ce sera nécessaire. En attendant, ce que je peux vous dire, c'est qu'il n'est pas pour rien dans l'histoire du clodo témoin du meurtre de votre père. On a fait pression sur ce SDF pour qu'il déclare avoir vu deux hommes de type moyen-oriental, en costume sombre, s'approcher de votre père ce soir-là. C'est la DGSE qui s'en est occupée, vous imaginez, les services secrets extérieurs en sont à monter des opérations spéciales minables sur le territoire. Et ce n'est pas tout.

— Quoi d'autre ?

— Le fils de votre ami le prince.

— Hassan ?

— Je crois, un prénom de ce genre.

— Eh bien ?

— Ils le tamponnent depuis plusieurs mois et ils ont placé un type qui l'accompagne dans ses virées nocturnes. Ici, on ne trouverait rien à y redire mais pour un musulman c'est une bombe à retardement.

— Vous voulez dire qu'il est gay ?

— Oui, et ils ont tout, photos et films.

Le regard de Lubiak se troubla alors que sa bouche se déformait.

— Il a vraiment déclaré la guerre. Maintenant qu'on travaille ensemble, si on ressortait l'affaire des incinérateurs de seconde génération ?

— Non, ça prendrait trop de temps. Fini la guerre de tranchées, il faut procéder par une attaque rapide, décisive, mortelle.

39

La nouvelle Constitution fut adoptée un dimanche d'automne par un temps clair mais voilé.

La marge d'erreur qu'on accorde généralement aux sondages n'aurait pas suffi à changer le résultat. Ce nouveau pacte républicain fut approuvé par 57 % des suffrages exprimés alors que l'abstention n'avait pas excédé 30 % des inscrits. Le nouveau texte stipulait que les élections législatives auraient lieu dans les trois mois, suivies immédiatement de l'élection présidentielle. Launay était parvenu à glisser dans le texte que les candidats à l'élection présidentielle devraient avoir démissionné de tous leurs mandats locaux ou législatifs à la date de leur candidature. Une façon de décourager les incertains et ceux qui voulaient se griser en s'inventant un destin pour lequel ils n'étaient évidemment prêts à rien sacrifier.

Cette disposition, Launay l'avait concoctée contre Lubiak. En l'obligeant à démissionner de tous ses mandats et par voie de conséquence à n'en solliciter aucun avant l'élection présidentielle, Lubiak, s'il se portait candidat, ne pourrait pas se présenter aux législatives. Or, la nouvelle Constitution stipulait qu'on ne pouvait être ministre sans être élu du peuple. Launay avait justifié cette disposition comme une manière de revaloriser la fonction présidentielle, et de l'installer pour de bon au-dessus des partis, là où la Ve République avait échoué. Ce dispositif mettait Lubiak devant un dilemme. S'il se présentait à la présidentielle, soit il réussissait à battre Launay, soit il se retrouvait sans aucun mandat, risque qu'il ne pouvait pas courir, car cette situation aurait sonné la fin de sa carrière politique et la fin de sa crédibilité auprès de ses partenaires du Moyen-Orient. Son opposition à la nouvelle Constitution le handicapait aussi pour briguer la fonction.

— La nouvelle Constitution fait du président un sage, avec le pouvoir de dissoudre l'Assemblée ou de la contourner si elle se bloque en faisant passer un train de lois par référendum. Lubiak s'y sentirait à l'étroit. Je vous parie qu'il ne se présentera pas contre moi. Qu'en pensez-vous, Germain ?

Stambouli, les semaines passant, était consulté amicalement par le président sur des sujets autres que ceux de la psychologie. De même qu'on se place devant une glace pour vérifier son nœud de cravate, Launay livrait à Stambouli nombre de ses réflexions stratégiques. Leur intimité était devenue telle que parfois ils regardaient la télévision ensemble, des documentaires essentiellement, car Launay n'avait aucun goût pour la fiction. Si la soirée se prolongeait, il leur arrivait aussi de suivre une émission de chasse et de pêche où ils apprenaient beaucoup sur les différents types de chasse, que ni l'un ni l'autre n'avaient jamais eu l'intention de pratiquer.

— Voyez-vous, Germain, je pense que pour Lubiak comme pour moi la partie qui se prépare va bien au-delà de nos ambitions respectives. L'un de nous deux doit mourir, j'entends politiquement. C'est le risque, lorsque cette envie, cette nécessité dépasse l'intérêt politique, on commet des erreurs. Je ne pense pas que, ni l'un ni l'autre, nous soyons animés par des sentiments de haine, pas plus qu'entre deux espèces de dinosaures. Pourtant une pièce est en trop sur l'échiquier. Et maintenant que vous commencez à me connaître, vous savez à quel vide je serai confronté quand je l'aurai anéanti. Je crains plus ce moment-là que le combat lui-même, qui s'annonce pourtant d'une violence inouïe, d'autant plus que tout cela se joue dans un renversement d'alliances. Corti et Volone, qui étaient mes fidèles, sont désormais ligués contre moi. Parce que je l'ai bien voulu. Je ne pouvais pas durablement avoir partie liée avec des gens comme eux. Le patron de la DGSE est plus mon genre. Et puis, sans entrer dans les détails, Volone m'a créé des ennuis par son inconséquence et Corti s'en est servi pour me mettre sous sa coupe et celle des Américains, ce que je ne pouvais pas souffrir. Car j'ai quelques principes, rares, j'en conviens, sinon je ne ferais pas de politique, mais j'y tiens. Là où le jeu devient intéressant, c'est qu'avec ses nouveaux alliés Lubiak en sait plus sur moi qu'il n'est nécessaire et je suis persuadé qu'il pense pouvoir m'abattre facilement car il a toutes les cartes en main. Sauf que pour m'éliminer il lui faudra éliminer aussi Volone, qui n'est pas le premier venu. C'est passionnant. Mon seul problème aujourd'hui, c'est que je ne suis pas encore certain que Lubiak soit un adversaire à ma hauteur. Pourtant, je vous le dis sincèrement, je le souhaite. Et puis, je pense que je suis beaucoup plus qualifié que lui pour servir la France. Lubiak est un opportuniste qui aime le pouvoir d'un côté, l'argent de l'autre. La façon dont il fait de l'argent dans son association avec un émirat arabe est très contestable dans le contexte actuel. Les gens comme Lubiak se donnent au plus offrant. Vu ce que je sais sur lui, il est de mon devoir de bloquer son ascension. Et vous m'aidez beaucoup. Je vous en suis reconnaissant. Quand tout cela sera terminé, Lubiak à terre, bavant dans la poussière, vous me direz quel poste vous ferait plaisir.

— Mais... loin de moi l'idée de...

— Je sais, mais entre un service ponctuel et votre assiduité près de moi, j'ai senti les ferments d'une amitié désintéressée. J'y suis très sensible. Probablement parce que, sans en souffrir, nous vivons un peu la même solitude. Vous n'avez jamais eu de famille. J'en ai eu une, mais je n'en ai plus. De plus, vous m'avez rendu un grand service, sans le savoir.

— Et comment ?

— Votre patiente, celle dont Lubiak aurait abusé dans sa jeunesse. J'étais sur le point de vous demander d'intervenir mais votre science vous a conduit exactement où nous le souhaitions : vous l'avez encouragée à affronter son tortionnaire.

— Comment le savez-vous ?

— Je vous l'ai dit, par la sonorisation de l'appartement d'un journaliste avec lequel elle a une relation épisodique. Une fois la chose faite, je veux parler de sa nouvelle liaison avec Lubiak, nous sommes entrés en contact avec elle. Pour lui faire quelques suggestions. Nous verrons ce que cela donne… Je vous sens circonspect. Voyez-vous, gouverner aujourd'hui sans s'appuyer sur les services secrets, c'est marcher les yeux fermés au bord d'un précipice. Le pouvoir de ces organisations augmente à proportion de la baisse de celui des politiques. Regardez les États-Unis : après le 11-Septembre, ils ont permis à la NSA de poser un couvercle sur le monde et déclaré la fin du secret et de l'intimité en toute chose. Le terrorisme a été le bon prétexte. C'est une menace, je suis bien placé pour le savoir. Mais il en existe une autre, celle de l'ascension des réseaux mafieux dans les démocraties. L'administration Bush, c'était quoi ? Hein ? Je vous le demande. Et curieusement, c'est en Irak qu'ils ont été combattre Al-Qaida. Drôle de coïncidence. Depuis, c'est le chaos. Les services de renseignement sont plus proches des grandes entreprises mondiales que nous. Pour une simple raison : les plus grandes entreprises de la planète, les plus grandes fortunes travaillent directement ou indirectement dans le renseignement, comme producteurs de technologie compatible ou fournisseurs de données ou sous-traitants. Tout ce monde-là travaille pour le grand marché de l'impatience, qui veut que chacun soit occupé à tout moment, capable de se connecter toujours plus vite, dormir moins longtemps, se créer un maximum d'addictions à des choses qui n'en valent pas la peine, vendre son intimité au diable. Il en résulterait une dictature parfaite dans laquelle les politiques ne seraient que des laquais. Nous nous dirigeons vers l'extinction totale du politique, de la littérature, de la philosophie et de l'histoire. J'ai pris conscience de cette dérive depuis que je suis entré en fonction. Le suicide collectif de la pensée qui menace me fait froid dans le dos. Il crée des hommes comme Lubiak, des bonimenteurs dissociés, comme vous le qualifiez vous-même, qui ne sont là que pour voler de l'argent, dont la pensée politique est faite de stuc et de faux plafonds derrière lesquels sont cachés des centaines de millions soustraits à la collectivité. Le principal problème de Lubiak est de blanchir son argent. Jusqu'ici, il procédait à des ventes aux enchères de livres anciens bidons. Il vient de se rallier à un système bien connu, celui des conférences. Pas des conférences à Harvard ou à Cambridge, mais devant des auditoires confidentiels qui soi-disant payent très cher pour venir l'écouter. En réalité, j'ai appris que ces conférences à 150 000 euros — il en donne une trentaine par an — sont payées par des fonds offshore qui lui appartiennent indirectement. C'est comme ça qu'il blanchit une partie de son argent, un procédé utilisé par bien d'autres hommes d'État avant lui. Ce qui est extraordinaire, c'est qu'il s'en vante alors qu'il se paye lui-même. Je dois vous l'avouer, mon cher Germain, je suis arrivé au pouvoir avec un minimum de conviction. Si j'en avais eu plus, j'aurais raté la marche, mais maintenant que je vois la réalité de plus près, j'ai décidé de faire mon possible contre cette décomposition générale même si je sais que mon pouvoir est limité.

— Une façon supplémentaire de vous inscrire dans la postérité, suggéra Stambouli en souriant.

— Peut-être.

Launay se leva, signe du départ pour son invité. Il alla à la fenêtre.

— Je devrais faire un peu de sport, je me rouille. D'ailleurs, du sport, il va y en avoir. Si les sondages me donnent vainqueur pour la présidentielle, il en va différemment pour les législatives. Lubiak ayant provoqué la scission de notre parti, ses députés ajoutés à ceux du Mouvement patriote peuvent parvenir à constituer une majorité. De justesse, mais une majorité tout de même. Lubiak pourrait alors se hisser au poste de Premier ministre. Il va encore falloir se battre. Les enjeux hérités des grandes pensées devront attendre...

40

La crainte d'être manipulé ne quittait pas Terence. Lorraine avait été certes écartée de la DGSI mais rien ne prouvait qu'elle ne travaillait pas pour la DGSE. Il avait pris le risque de la laisser seule dans son appartement, au milieu de ses objets et de ses dossiers. Manigancer cette histoire pour entrer chez lui légalement et piéger les lieux était plausible. Pourtant, elle semblait sincère. Il eut la preuve qu'elle ne mentait pas immédiatement après son retour.

— Hier, j'ai enlevé le dispositif installé chez vous par la DGSI. Aujourd'hui, comme j'avais plus de temps, je vous ai sorti les micros et les caméras miniaturisées planquées par la DGSE. Apparemment, ils savaient que vous travaillez sur un ordinateur sans connexion Internet. Alors ils ont installé un faisceau de caméras qui permettent de lire ce qui apparaît sur votre écran, quelle que soit son orientation.

Terence l'observa sans rien dire puis la remercia sur le ton de quelqu'un que rien n'étonne ni n'inquiète.

— Ils savent donc que vous êtes chez moi ?

— Ils ont dû voir ma tête de près au moment où je débranchais les caméras. Le branle-bas de combat a dû commencer à la piscine. Votre texte est en ligne ?

— Oui, depuis une heure.

— Ça va faire du bruit. Moins pour la mise en cause des politiques que pour Sternfall, le prétendu tueur fou, celui sur qui on a jeté l'opprobre pour l'assassinat de sa femme et de son fils trisomique. Le monstre évaporé reprend chair. Qu'avez-vous écrit précisément ?

— Qu'une femme, agent des services secrets, se sent en danger de mort pour être le dernier témoin à avoir vu Sternfall vivant, en Irlande, dans le Connemara.

— Vous n'avez pas dit que j'ai participé à la mission en Islande visant à l'éliminer ?

— Non. Tant que je ne connais pas l'issue exacte de l'opération, je ne peux pas dire que les services français sont partis l'effacer en Islande. C'est un métier, vous comprenez. Il faut avancer pas à pas en essayant toujours de savoir qui on sert ou qui on dessert involontairement. Plutôt que de balancer tout ce que j'ai, je préfère le goutte-à-goutte. Attendons les réactions, d'autant plus intéressantes qu'ils sont au courant que, vous ayant rencontrée, j'en sais plus que je ne veux bien le dire. Ils vont démentir, dans un premier temps. Puis le juge va vous convoquer. Ensuite on verra. Je peux être direct ?

— Oui, allez-y.

— J'ai passé ma journée à regretter votre préférence pour les femmes.

— Vraiment ? Pourquoi ?

— Je n'aime pas voir le champ des possibles se rétrécir.

— Vous n'avez personne dans votre vie ?
— J'ai eu quelques aventures décevantes. Actuellement, j'ai une relation bizarre avec une femme qui l'est aussi mais qui, comment dire... me sert d'informateur et... pour être sincère, je n'ai pas intérêt à couper les ponts. Vous avez fouillé dans mes ordinateurs ?

Lorraine fut d'abord surprise de la question puis elle lui parut légitime.

— Non. Je peux vous le jurer sur la tête de mon fils, si vous voulez, et il est tout ce qui me reste.
— Votre parole suffira. Vous voulez le faire venir ici, provisoirement ? Si vous retournez chez vous, je pense qu'ils vont tenter de vous contacter pour ce qu'on appelle, je crois, « un débriefing un peu viril », je me trompe ?
— C'est un risque.
— Alors je vais le chercher. Mon appartement est assez spacieux pour trois.

L'insistance du regard de Lorraine s'apparentait à une question, à laquelle il répondit sans tarder.

— Ne vous inquiétez pas, je n'ai aucune arrière-pensée... Vous n'avez jamais eu d'homme ?
— Si, le père de mon fils.
— Bien sûr, comment je...
— Ensuite, j'ai couché avec un certain nombre d'hommes, souvent pour des raisons d'utilité liées au service. Mon problème avec les hommes vient de mon père. Je pensais que sa mort le résoudrait, mais au contraire, depuis, il s'est durci. La dernière fois que j'ai couché avec un homme, c'était avec l'agent de la CIA qui avait organisé la fuite de Sternfall. Un homme de plus de soixante-cinq ans, qui avait beaucoup de classe. C'est lui que la DGSE a cuisiné pour savoir où ils avaient trans-

féré Sternfall. Ils n'y ont pas mis les formes, ils ont enlevé sa fille, le temps de l'opération. Le pire, c'est que je pensais naïvement que coucher avec lui me vaudrait sa protection. En fait, c'est lui qui a le plus milité pour mon élimination. Bref, je sais parfaitement d'où vient mon problème avec les hommes, mais cela ne change rien. Ne croyez pas non plus qu'ils me dégoûtent. C'est compliqué, voilà tout.

Lorraine s'interrompit et se mit à rire.

— C'est kafkaïen, comme situation.

— Vous avez lu Kafka ?

— Non, mais maintenant que j'ai du temps, je vais m'y atteler. D'abord, je dois panser ma culpabilité.

— Laquelle ?

— D'avoir laissé tuer ce pauvre Sternfall. Voilà un homme qui s'est retrouvé au milieu d'une conjuration sans en connaître les tenants et les aboutissants et dont on a raccourci la vie pour de sombres intérêts. J'aurais dû les arrêter.

— Mais il n'est pas sûr qu'il soit mort. Vous me l'avez dit vous-même, le drone était un prototype.

— Reste que la situation dans laquelle nous sommes est surréaliste. Il y a encore quelques semaines, je vous espionnais, vous étiez une cible, et me voilà installée chez vous, attendant que vous ameniez mon fils.

— C'est logique, je protège mes sources. Je ne serais rien, je ne trouverais rien sans elles. Toutes mes révélations sont le fruit d'un travail d'enquête, bien sûr, mais si la tectonique des plaques à l'intérieur de chaque organisation n'en venait pas à éjecter certains de ses membres, je n'aboutirais jamais. Frustration, peur, indignation quand la morale finit par reprendre le dessus et, souvent, des individus qui n'étaient pas faits pour ce monde souterrain. Et il se crée une brutale attraction vers la lumière. Je sais que je prends des risques avec vous. Mais j'en prends moins en vous gardant près de moi qu'en vous laissant repartir. Ce que j'ai annoncé sur le site concernant Sternfall est fondé sur votre témoignage, mais nous n'avons pas de preuve qu'il est mort. Je n'ai pas encore parlé du contrat Mandarin, c'est trop tôt. Pour l'instant, vous et votre fils serez à l'abri ici. On avisera ensuite.

41

Le lieu avait été choisi pour sa discrétion : le bar d'un hôtel luxueux de la rive droite détenu par des Saoudiens. En contrebas de la réception où le marbre glaçait l'atmosphère s'ouvrait un antre feutré : moquette à carreaux écossais d'une épaisseur peu commune, fauteuils en cuir sombre et boiseries, tout cela censé imiter les clubs anglais. Lubiak s'était installé dos à l'entrée. Son visiteur ne tarda pas. Il fit le tour de la pièce du regard. À cette heure matinale, le bar était vide. Ne voyant que Lubiak, il s'approcha. Lubiak se leva pour le saluer, signe d'une prévenance qui ne lui était pas coutumière. L'homme retira son imperméable puis s'assit, s'essuyant le visage.

— Il tombe des trombes, dehors.

— Vraiment ? répondit Lubiak. Quand je suis arrivé il y a dix minutes, le ciel se contentait de menacer.

— Désolé pour le retard, mon taxi a été pris dans les embouteillages.

— Je vous en prie. Merci de vous être déplacé.

Marchand, car c'est ainsi que s'appelait le trésorier et vice-président du Mouvement patriote, rangea le mouchoir brodé à ses initiales, comme l'était sa chemise.

— Qu'est-ce qui vous ferait plaisir ?

— Un double expresso.

Lubiak fit signe au garçon, qui se tenait droit sans sa livrée blanche derrière le bar acajou. Il prit la commande et, quand il se fut éloigné, Lubiak se racla la gorge.

— Je n'ai pas voté en faveur de la Constitution mais je comprends que vous ayez eu intérêt à le faire. Le plan de Launay était d'assurer une majorité stable qu'il contemplerait de son nouveau perchoir. Cette majorité est supposée courir des sociaux-démocrates à la droite modérée en passant par le centre, qui est avec vous le grand bénéficiaire de cette réforme. Launay n'avait pas prévu que je profiterais de cette campagne pour faire exploser notre parti. Il n'avait pas non plus prévu que l'addition des sièges que vous prêtent les sondages et de ceux que l'on me prédit à la prochaine Assemblée pourrait nous donner la majorité, ensemble. La campagne des législatives va être lourde et coûteuse. Quand on a été éloigné aussi longtemps des responsabilités que vous l'avez été, j'imagine que votre financement provient de petites opérations qui ne constituent pas un pécule à la mesure de vos besoins. Vrai ou pas ?

— Vrai.

— Alors je serai direct. J'ai cette réputation et je ne vais pas l'infirmer. L'un sans l'autre, pas de majorité. On est d'accord ?

— Mathématiquement, oui.

— Bon. Dans cette nouvelle majorité, c'est vous qui pèserez plus lourd, j'en conviens. Alors voilà ce que je vous propose. On va à la bataille sans parler de coalition. Le lendemain du second tour des législatives, on s'allie.

Marchand, qui portait admirablement son nom au sens où il ne concevait pas de donner quelque chose sans contrepartie, haussa un sourcil.

— En échange ?
— Je vous trouve l'argent pour votre campagne.
— Comment ?
— Peu importe comment. Ce qui compte, c'est d'avoir cet argent. Revenez vers moi avec un engagement de Filochère dans les quarante-huit heures et je vous ferai visiter les cuisines, vous voulez bien ? Vous pensez qu'il acceptera ?

— Je ne peux pas parler pour lui. Je crois que si notre parti est très en avance sur le vôtre...

— Je vise la présidence. Launay va être réélu, normalement. Mais pas pour longtemps. Je veux lui succéder. J'ai ce qu'il faut pour le dynamiter. Filochère, lui, ne peut pas viser la présidence. Autant nous pouvons construire une coalition après les législatives si nous ne dévoilons pas nos plans avant, autant je pense que mes électeurs ne voteraient pas pour Filochère à la présidentielle. Moi président, lui Premier ministre, on ferait un beau ticket tous les deux, non ?

— Et pour les montants, vous pensez à combien ?

— C'est à vous de me dire. Revenez me voir avec un accord et un chiffre.

Lubiak sourit, puis se leva, boutonna sa veste, tendit la main à Marchand qui se leva à son tour.

— Quarante-huit heures, n'est-ce pas ? Je dois vous quitter, je vais à la radio.

42

Lubiak n'aimait pas le journaliste assis en face de lui. Il s'efforçait de ne pas le regarder, comme s'il voulait minimiser son importance. Ses yeux étaient posés derrière lui, sur la cabine technique où se tenaient quelques-uns de ses proches collaborateurs dont un jeune conseiller en communication qui opinait à chaque réponse.

— Est-ce votre différend sur la Constitution qui vous a conduit à scinder le parti, ou vos différends vont plus loin encore avec le président ?

— Je ne suis pas pour cette Constitution qui place le président dans une position de lévitation, d'arbitrage. Il n'est pas dans l'exécutif mais il peut le censurer, organiser des référendums si l'Assemblée se bloque. Qu'est-ce que cela veut dire, au fond ? Qu'en dehors de la Défense et des Affaires étrangères qui sont désormais son domaine, il garde le pouvoir sur le législatif avec la possibilité de le court-circuiter. J'ai dit qu'un vrai régime présidentiel eût été préférable. L'extrême droite et le centre, défavorisés par l'ancien système électoral, y ont trouvé leur compte. De fait, on va assister au morcellement des partis. Au lieu d'avoir une droite forte, ou une gauche forte, la réforme favorise un large centrisme et un consensus mou.

— Les sondages montrent que le découpage territorial a servi les extrêmes plus que prévu à l'origine. Les sièges qu'on vous prête ajoutés à ceux de l'extrême droite pourraient constituer une courte majorité. Envisagez-vous de vous lier avec le Mouvement patriote ?

Un petit rire appuyé sur deux temps suivit la question.

— Je savais que vous alliez en venir là. Je n'ai pas l'intention à ce stade de m'allier avec l'extrême droite, dont les valeurs ne sont pas les miennes. Ma préférence va à une alliance avec la droite classique et un centre élargi sur un programme de réforme qui libérerait le pays du couvercle qui pèse sur lui. Au terme des élections, et c'est ce que favorise la nouvelle Constitution, il y aura des tractations pour former un programme, des alliances et un gouvernement. Cela demandera à la fois de la souplesse et des positions fermes car chacun doit garder son identité.

— Vous n'excluez pas de négociation avec le Mouvement patriote ?

— Le Mouvement patriote sera obligé de s'amender. Il n'a pas ma préférence, mais un Mouvement patriote qui s'alignerait sur le cœur de mes convictions, ce ne serait plus le parti qu'on diabolise, donc la discussion serait possible. Mais je le répète, ce ne serait pas ma préférence.

43

Blandine Habber se tenait devant le président, qui lui versa lui-même un café.

— Sucre ?
— Non merci.
— Lait ?
— Non merci.

Il lui tendit la tasse et s'assit en face d'elle dans un des cabriolets Louis XV qui composaient son petit salon.

— Alors, comment se passe le retour au bercail ?

— Très bien. Pour l'instant, j'en suis à refaire connaissance avec l'entreprise et à créer une équipe de confiance autour de moi.

— C'est la difficulté à laquelle nous sommes tous confrontés, s'entourer de gens loyaux et compétents qui ne passent pas la plus grande partie de leur temps dans des rivalités. Kennedy y était arrivé. Des types jeunes, dynamiques, dévoués autour de lui...

— Mais inexpérimentés.
— Certes.

Launay sourit sans arrière-pensée.

— Je voulais vous féliciter pour l'adoption de la nouvelle Constitution, dit Habber avec cet air d'élève de classe préparatoire que les années n'étaient pas parvenues à effacer.

— Merci. Je crois que j'ai assez bien joué. J'ai voulu créer les conditions d'une alliance des bonnes volontés, des modérés, que l'ancien système ne favorisait pas car ils étaient toujours taraudés par les extrêmes. J'espère que ce sera possible. Sinon on verra le Mouvement patriote en piste. Sauf qu'avec la nouvelle Constitution j'ai les armes pour sonner la fin de la récréation.

— Lubiak a l'air remonté.

— Il l'est. Mais il est né avec une clé dans le dos. C'est quelqu'un d'énergique et de dangereux. Il m'en veut parce qu'il espérait, dans des conditions normales, me succéder. Ce sera plus compliqué maintenant. D'ailleurs, je ne le souhaite pas. L'affairisme et l'égoïsme sont en train de ruiner ce pays. Je ne pensais pas que Lubiak irait jusqu'à la scission. Son nouveau parti est vraiment de petite taille mais il peut faire pencher la majorité d'un côté ou de l'autre. Il va se vendre au plus offrant dans l'objectif de revenir au gouvernement avec une seule idée : me faire partir. Il s'est mis en position de minoritaire et, chacun le sait, ce sont les minorités qui font la loi au bout du compte dans les démocraties.

Puis Launay sourit longuement à Habber, qui reprit une gorgée de café.

— Venons-en à l'essentiel.

Habber sourit à son tour.

— Oui.

— Je comprends que vous vouliez en savoir plus. En attendant notre entrevue, j'ai demandé qu'on évite toute réaction. Je sais qu'en plus Sternfall était proche de vous. C'est d'ailleurs par cette proximité que tout a commencé. Sternfall, sur vos indications, a essayé de creuser sur le dossier Mandarin. On ne va pas se mentir, Blandine. Mandarin a aidé à financer ma campagne. Volone s'est proposé et, honnêtement, je n'avais pas le choix. Je pense qu'il a profité du montage de rétrocommissions pour se remplir les poches, j'en suis même certain, sinon la suite ne serait pas cohérente. Quand Sternfall commence à fouiner dans le dossier Mandarin, Volone ne sait pas comment se débarrasser de lui. Il confie le problème à Deloire, son âme damnée. Deloire décide de monter une machination contre Sternfall. Il recrute des hommes de main chargés d'assassiner sa femme et son fils trisomique avec l'idée de faire passer Sternfall pour le criminel après l'avoir suicidé. Une sorte de Dupont de Ligonnès *bis*, si vous vous souvenez. Sauf que Sternfall disparaît. Deloire, qui travaillait pour la CIA, nous a tendu un piège dont j'étais la cible principale. Sternfall a été enlevé et expédié en Irlande. Corti a mené son enquête. C'est d'ailleurs l'agent qu'il a envoyé enquêter là-bas qui a déclenché l'article qui nous réunit ce matin. C'est elle qui a découvert que Sternfall était vivant, parce que la CIA l'a bien voulu. C'est ainsi que les Américains ont souhaité prendre le contrôle sur moi et sur Volone, et à travers lui mettre la main sur notre complexe nucléaire. En accord avec Corti, ils ont éliminé Deloire et, quand j'ai été élu, ils ont commencé à essayer de me dicter leurs conditions. Je me suis retrouvé sous leur emprise et indirectement sous celle de Volone et de Corti. Les Américains ont tenté de me placer dans un rapport de vassalité. Je l'ai mal pris. La suite ? J'ai demandé à la DGSE de mettre fin à ce chantage. Ils ont retrouvé Sternfall en Islande. Ils l'ont atomisé. Les agents ont été rattrapés par la CIA, qui les a éliminés, malheureusement. La femme qui avait fait l'enquête pour Corti a été récupérée par la DGSE, qui était chargée de s'en délester après la mission. Mais elle a disparu, pour réapparaître dans cet article qu'elle a inspiré afin de se protéger. Corti m'en veut beaucoup de m'être passé de ses services pour cette opération. Volone, lui, m'en veut de votre nomination à sa succession. Voilà, ma chère. En mettant Sternfall sur la piste Mandarin, vous n'imaginiez pas initier une affaire d'État.

— Je suis assaillie de questions par les journalistes.

— Je m'en doute. Pour l'instant, les révélations de cette femme disent qu'elle a vu Sternfall, rien de plus. Elle n'a pas assisté à son élimination, elle ne peut donc pas en témoigner. Je pense que cela devrait s'arrêter là. Sinon, nous sous-entendrons que Sternfall était un espion à la solde des Américains.

Launay devint subitement pensif puis il reprit :

— Vous savez que Volone et Lubiak sont cul et chemise, désormais.

— Oui.

— Ils montent ensemble des usines à gaz pour s'enrichir et financer les ambitions politiques de Lubiak. J'ai besoin de vous pour ma prochaine campagne, Blandine. Je n'avais pas prévu de devoir remettre mon mandat aux électeurs. Sans argent, mes chances ne sont plus les mêmes. Pourquoi ne pas reprendre le même canal ?

Blandine Habber se montra soucieuse.

— Parce que Volone et Corti le connaissent.

— Justement, Volone en a croqué la première fois, il n'a pas intérêt à ébruiter le schéma.

Launay fit une pause en observant Habber.

— Je vous sens dubitative. Mais nos sorts sont liés. Et je me suis donné trois mois non seulement pour me faire réélire, cela va de soi, mais aussi pour clouer Lubiak à une porte comme on le faisait autrefois des chouettes. Je vous laisse réfléchir. Pour le reste, je vous encourage vraiment à faire en sorte qu'Arlena prenne un virage écologique et à investir dans les énergies renouvelables.

L'entrevue tirait à sa fin. Blandine Habber nota que la règle selon laquelle on ne peut pas sortir d'un entretien avec un homme politique sans être mis dans une position inconfortable ou devant un dilemme cornélien s'était vérifiée une nouvelle fois. « Vous êtes avec moi et tout ce qui s'ensuit, ou vous êtes contre moi. » Launay n'avait pas été jusque-là, il n'en avait senti aucune nécessité. Elle se leva, aussitôt suivie par Launay.

— Le patron de la DGSE m'a présenté sa démission pour raisons de santé. J'en suis désolé, je m'entendais bien avec lui. Il faudrait le remplacer par quelqu'un qui soit en phase avec nous deux, qu'en pensez-vous ? Sécuriser nos approvisionnements en uranium est une priorité. N'hésitez pas à venir me voir dans les tout prochains jours, que je sache comment vous voulez procéder pour notre petite affaire.

44

Terence prit sa moto pour se rendre au domicile de Lorraine. À cette heure de la journée, le flot des véhicules gonflé par les sorties de bureau congestionnait la ville, libérant l'oxyde de carbone dans une incontinence coupable. Certains avaient dû hésiter au petit matin, à savoir s'il ne valait pas mieux prendre les transports en commun. La promiscuité, les dysfonctionnements récurrents, l'insécurité latente les en avaient dissuadés. Les deux-roues, électrisés par les encombrements, s'offraient un ballet d'incivilité. En bas de l'immeuble où logeaient Lorraine et son fils, Terence remarqua une voiture stationnée occupée par deux hommes en civil, minés par l'ennui. Il passa devant eux et les regarda avec insistance avant de les saluer d'un clin d'œil. Arrivé à l'étage, il sonna. Gaspard ouvrit distraitement et se posta devant lui en souriant.

— Je viens de la part de ta mère.

La nouvelle le réjouit.

— Je commençais à me demander ce qu'elle faisait. Elle est partie il y a exactement 32 jours, 22 heures et... (Il regarda sa montre.)...

43 minutes. Elle avait parié sur un voyage de deux semaines au plus.

Il rentra dans l'appartement sans inviter Terence à le suivre.

— Je n'ai plus d'argent depuis deux semaines et ma mère n'est pas le genre à me laisser sans argent. Bon, bon...

Terence perçut que l'adolescent ne savait pas quoi penser.

— Je viens te chercher, on va s'installer tous les trois ensemble pendant quelque temps.

— Je croyais que ma mère était partie pour son travail.

Terence fut décontenancé.

— Mais oui, elle est bien partie pour son travail.

— Ben non, si vous êtes là et qu'on part chez vous, c'est que vous êtes son nouvel amoureux. Ne pensez pas que je sois déçu, je savais que ce jour viendrait. Ma mère ne pouvait pas avoir que moi et son travail.

— Oh non ! Ce n'est pas ça, c'est un peu plus compliqué. Je pense que ta mère t'expliquera mieux que moi.

— D'accord. Je vais réunir mes affaires.

— On est à moto, d'accord ?

— D'accord. Je vais réviser mes ambitions à la baisse. Si je remplis un sac à dos, ça ira ?

— Oui, je crois.

— Pas de limite pour la taille du sac à dos ? Il peut déborder loin derrière la moto sans qu'on soit verbalisés ou il faut y attacher un triangle lumineux ?

— S'il est trop lourd, tu vas être tiré en arrière à l'accélération.

— Oui, c'est logique. C'est de la physique

simple. Et au freinage je risque de m'écraser sur vous. On dit combien de kilos max ?

— Je dirais dix. De toute façon, on reviendra.

— Je n'en doute pas mais j'essaye d'évaluer mes besoins sur les trois prochains jours, vêtements, livres, films, ordinateur. Cela veut dire que je fais le pari qu'on sera de retour dans les trois jours. Vous pensez que c'est une hypothèse raisonnable ?

— Oui.

— Vous voulez qu'on emporte mes réserves du frigidaire ? Parce que ma mère m'a donné un certain montant pour un certain nombre de jours. Là-dessus je n'ai pas tout consommé. Et au lieu de tirer sur mes réserves quand les quinze jours sont passés, j'ai été demander de l'argent à mon père pour pouvoir continuer à constituer des réserves. Ce qui fait qu'au bout du compte j'ai une bonne semaine de réserves, soit divisé par trois trois jours trente-trois trois trois, etc., enfin vous savez comment ça marche après la décimale. Mais encore faut-il que vous aimiez la nourriture que j'ai économisée, hein ? J'ai pris des dates de péremption longues.

— Donc on peut venir les prendre dans trois jours. Tu es d'accord ?

— Il ne faudrait pas qu'il y ait une panne d'électricité, mais on peut essayer.

Gaspard fit signe à Terence qu'il ne serait pas long. Il revint un quart d'heure plus tard avec un grand sac à dos militaire aux coutures tendues. Il s'immobilisa dans le couloir d'entrée, complètement perdu, regardant fixement devant lui.

— Ça va ? lui demanda Terence, inquiet.

— Je ne sais pas encore. Je ne sais pas si l'excitation de cette aventure dépasse l'angoisse d'être coupé de mes habitudes. Quand je le saurai, je pourrai gérer, mais pour l'instant, je suis dans l'expectative et ce n'est pas très confortable.

Comme s'il s'apprêtait pour un saut en parachute, il se frotta les mains en tremblant :

— Allons-y !

Il tendit la clé à Terence.

— Je vous laisse fermer, c'est plus sûr. Une fois, je crois que j'ai mal fermé et quand je suis revenu de mon cours de théâtre, il y avait deux hommes installés dans l'appartement. Ils n'étaient pas agressifs mais je les ai trouvés assis dans le salon.

— Et alors ? demanda Terence, intrigué.

— Alors, ils m'ont questionné sur ma mère, sur les nouvelles que j'étais censé recevoir, sur la façon dont je me débrouillais tout seul. Ils ont compris que je ne savais rien, ni mon père d'ailleurs, puisqu'il avait l'air ébahi quand je suis allé lui demander de l'argent après deux semaines de solitude. Il faut dire qu'il lançait son *Richard III*. Entre nous, cela n'a pas marché. Je lui avais dit qu'il prenait des acteurs trop âgés mais il n'a pas voulu m'écouter. Il n'écoute personne.

— Pourquoi n'as-tu pas été habiter chez ton père ?

— Parce qu'on ne peut pas cohabiter. Nous sommes très exigeants tous les deux mais pas de la même façon. Et puis je le dérange. La première fois, c'était parce que je suis né. La deuxième fois, c'est quand il s'est aperçu que je raisonnais différemment des autres, c'est ce qu'il dit, personnellement je ne le crois pas. Ensuite, c'est quand je me suis mis à faire du théâtre, il s'est senti menacé. Il avait raison. Bon, on y va, c'est lourd.

Quand ils sortirent de l'immeuble, les deux

hommes étaient toujours assis dans leur voiture, un sandwich à la main. Gaspard les reconnut. Subitement, il se dirigea vers eux et frappa à la vitre.

— Je voulais vous dire bonjour. Je me suis dit qu'après la discussion que nous avons eue l'autre fois ensemble chez moi vous me trouveriez impoli de ne pas venir vous saluer.

Sans attendre la réponse des deux hommes éberlués, Gaspard rejoignit Terence. Il eut beaucoup de mal à monter à l'arrière de la moto, déséquilibré par son sac. Les deux agents de filature eurent le temps de finir leur sandwich et de noter le numéro de plaque de la moto.

45

Le second rendez-vous eut lieu dans le même bar du même hôtel. Filochère s'était joint à son trésorier. Lubiak s'efforça de paraître plus modeste qu'à l'habitude.

— Au fond, on dit vous et moi à peu près la même chose. Quand je le dis c'est plus audible que vous car vous souffrez de préjugés sur les racines idéologiques fascistes de votre mouvement.

— Vous êtes ultralibéral à l'américaine alors que nous ne le sommes pas, répondit Filochère.

— Non, précisa Lubiak, je suis pour libérer les énergies mais aussi pour reprendre le contrôle de nos décisions. En tout cas, sur la plupart des autres sujets je vous rejoins. Ensuite, parce que nous sommes là pour avoir une conversation sans langue de bois, nous savons les uns comme les autres que sur le plan économique et social les contraintes extérieures sont telles que la marge de manœuvre est étroite. Il faut taper vite et fort avec des réformes symboliques. Avant de se faire rattraper par la réalité.

Lubiak prit son menton entre ses doigts et le caressa lentement.

— Il y a une autre façon de ne pas s'user, c'est de se tenir à l'écart du pouvoir. C'est à vous de voir. À l'évidence, aucune majorité ne pourra se constituer sans moi. Idéologiquement, je suis plus proche de vous que du magma centriste. Mais dans une vision cosmétique ils sont plus « fréquentables » que vous. Avec le retour à la proportionnelle, les minorités comptent plus que leur vrai poids et je compte en tirer tous les avantages possibles. C'est pour cette raison que j'ai fait sécession avec Launay. Ce qui mérite d'être souligné, c'est que, sans moi, vous ne pourrez pas prendre le pouvoir avant longtemps. Voilà comment je vais procéder. Après l'élection, j'entamerai une négociation avec les centristes pour être Premier ministre. Ils refuseront parce que je suis trop à droite et que je me suis opposé à la Constitution. Je le ferai savoir et me tournerai vers vous.

« Je sais que vous êtes financièrement un peu court. Vous avez certes augmenté votre nombre d'élus récemment à tous les niveaux mais il vous manque le nombre et l'ancienneté pour monter des réseaux de collecte efficaces comme les ronds-points et autres mignardises. Voulez-vous que je vous aide ou pas ?

Ses deux interlocuteurs se regardèrent rapidement avant que Filochère opine discrètement.

— Vous comptez procéder comment ? demanda Filochère.

— Une part de rétrocommissions sur un contrat de vente d'armes avec la Russie. L'intermédiaire agent d'affaires du contrat vous contactera directement pour la marche à suivre. Vous pourriez disposer de 7 à 8 millions d'euros sous quinze jours.

46

Le juge s'était déplacé pour auditionner Lorraine. Elle était parvenue à le convaincre du danger qu'elle courrait à prendre le train pour Cherbourg. Il était venu accompagné de son greffier, qui avait pris note de sa déposition. Il eut très vite le sentiment de pénétrer dans un nid de guêpes et, à mesure que les minutes passaient, on pouvait voir l'angoisse envahir son visage. À plusieurs reprises, il ouvrit grand la bouche sans en sortir un son, comme s'il cherchait désespérément de l'air. Le contexte criminel classique dans lequel il avait enquêté se trouvait subitement obsolète. Et il n'aimait pas le tour politique que prenait son instruction. Quand Lorraine parla de la CIA, il tourna plusieurs fois la tête de côté comme s'il espérait que ces informations glissent sur son profil. Sternfall avait été enlevé par un service secret étranger pendant que sa femme et son fils étaient assassinés dans leur maison. Il sentit un abîme s'ouvrir sous lui, qui pouvait très bien engloutir sa carrière. Il ne se sentait ni l'aptitude, ni le courage d'affronter une affaire de cette importance qui somnolait depuis plusieurs mois pour se révéler subitement colossale et démoniaque. La perspective de devoir interroger le supérieur de Lorraine, de demander des comptes au plus haut niveau d'Arlena, de chercher à percer les secrets de la très brutale industrie nucléaire française, le terrorisait. Pendant que Lorraine puisait dans sa mémoire les derniers détails de son témoignage, le juge se demandait comment il allait procéder pour qu'on le dessaisisse. Nombre de magistrats plus téméraires que lui, rompus aux pressions de la chancellerie à travers le parquet, amateurs d'exposition médiatique, lui succéderaient certainement avec beaucoup d'enthousiasme. Il quitta Lorraine avec l'air de minimiser la gravité de tout ce qu'il venait d'entendre. Au tribunal le lendemain, le procureur vint lui rendre une visite de courtoisie. Le juge lui fit l'exacte relation de l'audition de Lorraine. Le procureur en conclut que rien ne pressait dans cette enquête et qu'à l'évidence lui donner la moindre accélération en cette période préélectorale serait une façon d'influencer le cours politique des choses, ce qu'il ne souhaitait pas. Lorraine s'était bien gardée de révéler au juge la présence de Sternfall en Islande et sa participation au commando chargé de l'éliminer. La prochaine étape pour le juge était donc d'auditionner Corti puis de se rendre en Irlande pour y solliciter de l'aide. De longues semaines en perspective.

Dans l'après-midi, après que le procureur eut transmis à la chancellerie les informations dont il avait eu connaissance, lesquelles avaient été acheminées sans délai à Corti, ce dernier fit une déclaration selon laquelle Lorraine avait été radiée de la DGSI pour instabilité et pour connivence avec des intérêts étrangers. En conséquence, toute cette histoire ne pouvait être que l'invention d'un agent déchu qui, faute d'avoir réussi dans l'ombre, cherchait à exister dans la lumière.

Terence avait repéré dans l'attitude de Gaspard quelques tentatives de créer une connivence entre eux. De façon très intuitive, beaucoup plus rapidement que ne l'aurait fait un adolescent ordinaire, Gaspard avait pris la mesure de cet adulte qui semblait n'attendre aucune contrepartie à son offre d'asile. Lorraine, qui avait beaucoup couché utile, elle le reconnaissait elle-même, n'imaginait pas de compromettre l'équilibre qui s'était installé par une relation physique avec Terence. Ils passaient donc beaucoup de temps à s'observer, Terence cherchant chez elle les indices d'une tentative d'infiltration. Il fallait qu'un agent de renseignement ait été très loin dans les regrets et le désaveu de son métier pour qu'on puisse commencer à lui faire confiance. Cette personnalité instable qui l'avait conduite à se structurer dans le renseignement, Lorraine la retrouvait. Mieux se connaître n'implique pas forcément la capacité et la volonté de s'améliorer, elle en faisait la tragique expérience. Elle savait très bien au fond d'elle-même que cette sécession n'avait pas été dictée à l'origine par des considérations morales mais par la peur, et elle seule. Passer en quelques semaines de chasseur à chassée l'avait désemparée. Elle tentait en permanence de donner à Terence des gages de sa conversion mais elle continuait à le trouver sceptique.

— Quand j'ai quitté le service, nous étions sur les traces d'une balance au sein de la DGSI suspectée de vous approvisionner...

Terence prit un air étonné.

— Une balance qui me tuyauterait ? Non, je ne vois pas.

— Je suppose qu'ils sont sur lui comme des mouches sur une charogne. Ils finiront par le débusquer.

— J'imagine bien, mais je ne sais pas de qui vous parlez.

Gaspard regardait *2001, l'Odyssée de l'espace* pour la vingt-huitième fois à l'autre bout de l'appartement, un casque sur les oreilles. Il s'était fixé l'objectif de comparer le chef-d'œuvre de Kubrick au travail de Cuarón dans *Gravity*. Une sorte d'analyse comparative. Terence et Lorraine se faisaient face, confortablement installés dans deux grands canapés. Ils finissaient une bonne bouteille de vin, la tête posée sur le dossier, le regard fixé au plafond dérivant parfois vers la grande baie vitrée, attiré par la lumière jaune de la rue.

— Si Sternfall est mort dans cette affaire, ce dont nous ne savons rien pour le moment, il n'est pas le seul. Deloire aussi, et ce qui me frappe, c'est que son accident a eu lieu quelques jours après que vous avez retrouvé Sternfall dans le Connemara. J'ai enquêté sur sa mort.

— Et qu'est-ce que vous avez trouvé ?

— Ce que vous devriez savoir. Que l'employeur du chauffeur qui a renversé Deloire est un ancien des renseignements généraux, où il a fréquenté de près Corti. Que le chauffeur est un repris de justice bénéficiant d'une conditionnelle. Deloire a donc été puni. De quoi ? D'avoir travaillé pour les Chinois ? Ça ne colle pas. Vous l'avez dit vous-même, votre « maîtresse », Li, travaillait pour les Chinois. Quel intérêt de filer Deloire s'il travaillait pour eux ?

— Je ne suis pas certaine qu'elle travaillait pour eux. Je la vois comme un agent double au service des Chinois et de Volone qui faisait surveiller son ami.

Terence se redressa, prit son verre, avala une gorgée de vin, le reposa et se remit dans sa position initiale.

— Tout vient des mouvements de combustible nucléaire. D'expérience, on imagine des mouvements financiers derrière. Sinon, ils ne se seraient pas mobilisés pour faire dériver l'histoire du naufrage du voilier vers un sous-marin et créer un brouillard de secret-défense. La seule personne qui puisse me faire avancer dans cette affaire, c'est Blandine Habber. J'aurais dû aller la voir avant qu'elle soit nommée à la tête d'Arlena, elle aurait eu les coudées plus franches. Mais on ne sait jamais.

Terence regardait la bouteille de vin depuis un petit moment quand subitement il se pencha et la prit en main.

— C'est dingue !
— Quoi ?
— C'est vous qui avez acheté ce vin aujourd'hui ?
— Oui, pourquoi ? Il n'est pas bon ?
— Si, mais c'est incroyable. Aujourd'hui, un des journalistes qui travaillent avec moi sur le site d'investigation m'a parlé de ce domaine. Il est l'objet d'une instruction judiciaire suite à la mort d'un ouvrier agricole qui vaporisait les vignes de pesticides. L'avocat du domaine est un député proche de Lubiak. Il se trouve qu'il est aussi l'avocat d'un groupe américain producteur de pesticides. Il est suspecté par mon collègue d'être le porteur de

valise de l'argent qui circule pour dissuader certains d'édicter des règles plus strictes en matière de pesticides à Bruxelles et à Paris. Ce qui est intéressant — ce n'est pas encore public —, c'est que cet avocat parlementaire s'est fait attraper par les douanes avec une valise pleine d'espèces en revenant de Bruxelles hier. Les douanes n'avaient aucune raison de le contrôler, sauf à avoir été informées par quelqu'un qui attendait de l'argent. Qui a diffusé la bonne nouvelle à l'Élysée, qui va s'en servir pour déstabiliser Lubiak ? Et par qui mon collègue a-t-il été informé ? Par un homme de l'Élysée. Il ne faut pas attendre de raison d'une société où quelqu'un qui pousse un ballon devant lui gagne des milliers de fois ce que gagnent un chirurgien, une infirmière ou une aide-soignante. Surtout quand la taille du gâteau à partager ne grandit plus. C'est le combat des voraces contre les coriaces. La voracité suit la même courbe que celle de l'évolution des cancers chez les enfants. Mais cela n'intrigue personne. On a toujours tué pour de l'argent. Plus une société est complexe, plus le meurtre est indirect, loin de son commanditaire et responsable. Mon père est mort pour avoir dénoncé une forme de voracité en Guyane. Voilà pourquoi je suis devenu un coriace.

Terence but une gorgée de vin et la fit rouler contre son palais.

— Il est bon en plus... évidemment.

Lorraine se redressa à son tour, subitement.

— En allant faire les courses à la supérette, j'ai été abordée par un agent de la DGSI. Il m'a proposé protection, argent et facilités à l'étranger pour m'y installer si je vous tamponne.

Terence rit aux éclats.

— Me tamponner ? Mais je ne demande pas mieux.

Il se rembrunit aussitôt.

— Cela mérite d'y réfléchir. Corti est allié à Lubiak et Volone maintenant, ils veulent se positionner en amont des affaires. Cela pourrait être un moyen de leur filer des rats crevés.

— Adieu votre indépendance, vous allez travailler pour Launay.

— C'est un vrai cas de conscience. Est-ce qu'on peut se dégager complètement des uns et des autres ? C'est une utopie. Lubiak est le déshonneur de notre pays. Si l'extrême droite vient aux affaires, c'est à lui que nous le devrons. Launay, c'est différent, il a un peu plus le sens de l'État, de la France.

Il soupira tristement.

— Vous devriez accepter. Et me tamponner pour de bon tout en me faisant croire que vous êtes de mon côté, et quand vous penserez entendre la vérité, je serai en train de vous manipuler. Je vais vous dire ce que je pense. Que vous le vouliez ou non, vous leur appartiendrez toujours. Un fil invisible vous reliera toujours à eux.

Puis il se leva.

— Faites ce que bon vous semble, je vais me coucher. Bonne nuit...

Lorraine resta seule un moment, inquiète. Qui était ce type pour lui refuser l'absolution ? Elle eut envie de pleurer mais les larmes ne vinrent pas, comme si elles doutaient aussi de sa sincérité. Elle ne se souvenait pas d'avoir été à ce point désorientée. Comme souvent, sous des dehors de forte personnalité, elle avait laissé les autres choisir pour elle. Mais de personnalité, elle n'en avait pas. Tout le monde s'en rendait compte, sauf elle, qui continuait à donner le change. Qu'allait-elle devenir ? D'une identité trouble, elle s'imaginait sombrer dans une absence d'identité. Elle ne se sentait pas capable de mieux. Et pourtant, elle avait moins de la moitié de son espérance de vie derrière elle.

47

Lubiak avait la réputation de s'ennuyer à table. Ses déjeuners et dîners officiels étaient bâclés, laissant aux autres convives le souvenir d'un homme pressé, peu respectueux des convenances et des personnes qui s'abritaient derrière. Pourtant, ce soir-là, il était agrippé à la table. Par une intuition qui ne le trompait jamais, il mesurait l'importance de ce dîner, le premier qui réunissait en face de lui Corti et Volone. Si on les surnommait généralement « les insubmersibles de la République », il arrivait que certains esprits aiguisés donnent à leur réputation un tour moins agréable. « Il n'y a pas de décomposition sans vers, et ces deux-là suffisent à nettoyer un cadavre », avait dit une fois un haut fonctionnaire de la République, dont ils avaient eu la peau sans effort. Il faut dire que ce grand serviteur de l'État s'était targué de donner des leçons de morale dans une affaire qui n'en souffrait pas. Ses diplômes et mérites légitimes n'avaient rien pu contre les deux invertébrés. Leur force tenait aussi à la qualité de leur relation qui dès le début avait résolument tourné le dos à l'amitié, un sentiment dont l'efficacité peut être comparée à celle d'un arrosoir d'enfant pour éteindre un feu de forêt. Curieusement, le pouvoir de Volone venait, outre ses méthodes péremptoires et violentes, des informations qu'il détenait sur nombre de politiques locaux dont il avait longtemps étanché la soif par des procédés dupliqués par centaines. Lubiak, qui s'était heurté une première fois contre le mur qu'ils formaient, se félicitait de pouvoir compter les deux hommes dans son camp.

— Cette information selon laquelle Sternfall a été vu en Irlande, malgré les démentis, me semble ouvrir un océan d'opportunités. Je sais que cela tourne autour d'Arlena parce que c'est dit dans l'article et que Sternfall était syndicaliste dans cette entreprise. Il n'y a que vous qui puissiez me dire si je me trompe. Sachant que la momie de l'Élysée ne se contentera pas d'une victoire aux points. Habber nommée à la tête d'Arlena, la pression sur l'enquête en Corse qui a conduit à la tragédie que l'on sait, les insinuations nourries sur la mort de mon père sont les signes d'une guerre totale. Il n'y aura pas de prisonniers.

Corti et Volone se regardèrent, circonspects. Lubiak poursuivit :

— Je ne parle pas de dévoiler la vérité si elle risque de gêner. On peut toujours bâtir une fiction sur des fondations solides.

Volone désapprouva.

— Il ne faut pas compter sur cette histoire pour abattre Launay. Trop compliqué, trop long et trop de dommages collatéraux.

Corti resta pensif un moment sans rien dire. Les deux autres l'observèrent respectueusement.

Tout en regardant Volone, Corti parla enfin :

— Sternfall travaillait pour des services étrangers. On l'a démasqué. Avant de fuir, il s'est débarrassé de sa famille. On l'a vu en Irlande puis en Islande où l'on a envoyé un commando pour le bousiller. Voilà la véritable histoire, et j'ai les films.

— Quels films ?

— Un drone lui arrive dessus. Après, il ressemble à un puzzle dans lequel un enfant aurait mis un coup de pied. À part que c'est un peu violent, c'est une opération de nettoyage classique qui n'appelle pas vraiment de commentaire. Au contraire, même, il a fait son travail de chef d'État.

— Vous êtes le seul à détenir les films ?

— Je ne les détiens pas. On me les a montrés. Je sais qu'avec un peu d'insistance je pourrais me les procurer.

Volone fit une moue caractéristique chez lui de prise de décision définitive.

— C'est une mauvaise piste. Laissons tomber.

— Qu'est-ce qu'on a d'autre ? demanda Lubiak.

— Je ne vois pas, répondit Corti. Launay n'aime pas l'argent, encore moins les femmes. Il n'a qu'un vice, c'est la politique.

Avant de quitter les deux compères, Lubiak prit le temps de la réflexion. À l'évidence, l'affaire Sternfall recelait des éléments susceptibles d'éclabousser Launay, mais la promiscuité était telle dans ce milieu qu'il était difficile d'atteindre quelqu'un sans éclabousser les uns et les autres. Corti le savait et il venait d'exprimer devant Volone sa répugnance à l'écorner. Volone et lui-même avaient désormais partie liée par des contrats d'armement signés avec les Émirats et la Russie.

Il ne pourrait pas empêcher Launay de monter sur le trône, il en eut l'immédiate conviction. Mais il aurait tout le temps, ensuite, de l'en faire descendre.

48

Il restait à Lubiak trois heures avant de rentrer chez lui. Après, il éveillerait les soupçons d'Edwige. Elle voudrait savoir avec qui il avait couché, ce qu'il avait ressenti et tout un lot de détails intimes qu'elle aimait à partager et qui seuls pouvaient désamorcer les conséquences de l'adultère sur leur couple, adultère qu'elle encourageait par ailleurs. Edwige aimait voir son mari attirer des femmes, les posséder et les renvoyer en leur disant qu'il lui était impossible d'aimer une autre femme que son épouse. Elle se trouvait courageuse de tenter le diable. Elle en tirait une supériorité sur les autres femmes réduites à construire autour de leurs maris un mur contre les tentations. Voir son mari s'éloigner lui procurait le frisson du danger, très vite submergé par le sentiment triomphal de son retour. Plus ces femmes avaient été éprises de son mari, plus elle en tirait satisfaction. Les mécanismes du désir dans le couple sont un labyrinthe offert à un aveugle privé de sa canne. Edwige avait édifié une construction particulière qui reposait sur le désir des autres femmes pour son mari, dans une triangulation sordide qu'elle s'infligeait pour mieux triompher. Son mari lui servait à dominer les autres femmes, condition de son désir pour lui. Leur intimité physique, de plus en plus rare, se ranimait brièvement lorsqu'il venait d'annoncer à une maîtresse la fin de leur relation.

La négociation du contrat russe l'avait fatigué. Le président russe et son vice-président avaient exprimé le désir d'augmenter leurs parts de rétro-commissions à travers une société sise à Chypre. L'émergence du Mouvement patriote dans la répartition des dessous-de-table compliquait l'affaire. Les Russes se montrèrent étonnamment conciliants en proposant que les commissions qui leur étaient destinées transitent par leurs comptes. Mieux encore, ils proposèrent de les augmenter, afin de s'attirer les bonnes grâces d'un parti profondément anti-américain.

Agathe était au rendez-vous. Il la trouva désinvolte, sûre d'elle. Comme à son habitude, elle retardait leurs ébats par des séjours prolongés dans la salle de bains, d'où elle ne ressortait qu'au dernier moment pour une étreinte furtive qui laissait le sentiment qu'elle ne donnait rien, comme si l'acte lui était totalement étranger. Après l'amour, Lubiak perdait de sa superbe. Son visage s'affaissait, ses yeux s'enfonçaient, les remparts de son âme falsifiée s'éboulaient. Il regarda sa montre.

— Ce n'est pas très poli, nota Agathe.
— Je dois rentrer. Edwige connaît le monde des affaires. Passé une certaine heure, si on n'est pas rentré c'est qu'on a une maîtresse ou une relation tarifée.

Agathe, après avoir enfilé une robe de chambre, vint s'asseoir au pied du lit, les jambes repliées sous elle, de côté.

— Tu devrais lui parler de moi.

Lubiak la regarda, circonspect.

— Pourquoi ?

— Tu devrais la préparer à ton départ.

— Mais... tu perds la raison.

Elle poursuivit du même ton monocorde et neutre.

— Pourquoi ? Tu crois qu'on va continuer comme ça longtemps ? Se voir dans cet hôtel luxueux et glauque ? Tu prends, mais tu ne donnes rien.

Lubiak, habitué aux négociations, demanda :

— Qu'est-ce que tu veux ?

Agathe tira sur la ceinture de sa robe de chambre.

— Que tu la quittes, que tu m'épouses. Elle mise à part, personne ne s'apercevra de rien, on se ressemble tellement. Je te laisse une semaine.

Lubiak ne répondit rien. Il se leva et s'habilla en songeant. Cette femme qu'il ne parvenait pas à posséder commençait à perdre de son éclat à ses yeux. Son charme s'étiolait. Le conduire dans les recoins de ses fantasmes avec une telle crudité ne relevait chez elle que du calcul. Elle lui donnait son corps car ce corps ne comptait plus pour elle, il était mort depuis longtemps, d'où son échec à la faire jouir. Elle lui apparut soudain comme un encombrement, et son désir pour elle s'évanouit subitement.

— Tu sais, on ne se verrait pas plus si on vivait ensemble. Et puis, comment dire, Edwige a une certaine tolérance pour mes passades. Tu n'en serais pas capable. Et il faudrait que j'aie la preuve que tu me désires. Tu en fais des tonnes au lit, mais finalement tu es pingre.

Agathe inspira longuement.

— Alors il vaut mieux qu'on se quitte, non ?
— Tu as raison, c'est mieux comme ça.

Elle lui sourit et commença à se rhabiller à son tour.

— Tu vas me manquer, tu sais ?
— Toi aussi, répondit Lubiak dont les pensées étaient déjà ailleurs.

La séparation, imprévisible une heure plus tôt, s'était déroulée sans heurts, ne suscitant aucune rancune entre eux. « Un char de combat ne peut se laisser entraver par un buisson », se dit-il, satisfait de cette métaphore qui contenait tout le mépris qu'il portait aux femmes au plus profond de lui.

49

L'heure du rendez-vous approchait. Pour trente minutes, durée convenue d'avance. Elle tergiversait encore à propos de ce qu'elle allait dire à ce journaliste qui venait la solliciter sur l'affaire Sternfall. Elle rencontrait Terence Absalon pour la première fois. Elle l'imaginait surpris qu'elle ait accédé à sa demande d'entretien. Quand il franchit la porte de son vaste bureau hérité de Volone, elle avait finalement décidé de le voir venir et d'improviser au fur et à mesure. Elle l'installa au bout d'une table de réunion en verre poli et s'assit de l'autre côté face à lui. Son regard vif et intrusif était accompagné d'un sourire bienveillant comme si elle cherchait à atténuer l'impression de force intellectuelle qu'elle dégageait.

— On va éviter les préliminaires. J'ai lu votre article sur Sternfall. Je vous écoute.

Terence sourit à son tour.

— Je suis désolé, je ne peux pas éviter les préliminaires, au moins un.

— J'en ai un aussi, finalement : vous ne me citez jamais.

— Parfait. Je préfère.

— Pourquoi ?

— Parce que vous allez m'en dire plus, comme ça.

— Pas faux. Allez-y.

— J'ai appris par quelqu'un du renseignement que, lorsque vous étiez en Irlande en vacances, une opération a été montée soit pour vous intimider, soit pour vous éliminer.

Blandine Habber, ébranlée, pâlit.

— Vraiment ?

— Vraiment.

— Votre source ?

— Un agent de la DGSI qui a été en contact avec un agent de la CIA en Irlande, qui lui aurait confié que la CIA avait déjoué une forme d'attentat contre vous. Auriez-vous une idée des commanditaires et de leurs raisons ?

Blandine Habber fouilla dans ses souvenirs.

— En effet, j'ai senti une menace. Puis plus rien. Quand je dirigeais le nucléaire avant sa fusion avec l'électricité qui a conduit à mon éviction, je savais assez de choses pour qu'on veuille me supprimer. Au moment des faits que vous relatez, certains craignaient aussi que je quitte la France avec mes secrets, que je devienne une sorte de transfuge. C'est mal me connaître, mais dans ce milieu, une suspicion peut suffire à vous mettre à l'horizontale dans une boîte sans confort.

— Vous ne pensez pas qu'il y avait un lien avec l'affaire Sternfall ?

— C'est possible.

— J'ai mené mon enquête autour de la mort de Deloire. Lui, j'en ai la certitude, a été éliminé par la DGSI. Vous savez pourquoi ?

Blandine Habber détourna les yeux et resta pensive.

— On ne va pas jouer indéfiniment au chat et à la souris. À part quelques « détails » que vous avez mentionnés, je sais tout de l'affaire Sternfall.

— Tout ? répéta Terence, étonné.

— Oui, tout. C'est une affaire très complexe. Qu'est-ce que vous savez, vous ?

— Plus que vous ne le pensez.

— Dites-moi où vous en êtes d'abord.

Terence connaissait ce genre de tactique. Mais il considérait plutôt Habber avec bienveillance.

— Je sais qu'il a été enlevé par la CIA. Et qu'un commando de la DGSE a été chargé de l'éliminer.

— Je vais vous donner un gage de collaboration possible entre nous. À condition qu'elle soit exclusive et que vous ne preniez aucune initiative d'articles sans m'en parler avant. On est d'accord ?

— D'accord.

— J'ai votre parole ?

— Vous avez ma parole.

Blandine Habber lui sourit.

— Comment ils appellent cela dans les grands restaurants, déjà ? Oui, la mise en bouche. Sternfall a été exécuté. Deux des trois agents français en charge du coup ont été tués par la CIA.

Terence la scruta longuement.

— Quel est votre intérêt de me le dire ?

— Contrôler l'information, son rythme, et soigner mes intérêts, qui sont complexes, je ne vous le cache pas. Avant d'aller plus loin, je dois prendre le temps de réfléchir.

Elle se leva subitement.

— On se quitte là et on se revoit sans faute sous... disons quatre jours.

50

— C'est l'histoire d'un ivrogne qui entre dans un bar. Il demande quatre whiskies au barman et pour se justifier il dit : « C'est pour moi et mes frères. » Il vient comme cela plusieurs fois par jour et le barman finit par lui faire un clin d'œil en posant les verres : « Pour vous et vos frères. » Puis un jour l'ivrogne entre dans le bar l'air triste et demande trois whiskies. Le barman dit : « Un de vos frères est mort ? » « Non, répond l'ivrogne, c'est moi qui ai arrêté de boire. »

Gaspard regarda sa mère, désolé. Elle regarda à son tour Terence qui regarda Gaspard désolé. Puis Gaspard se leva en souriant et partit visionner un film. Lorraine attendit qu'il ait disparu.

— Il ne comprend pas le second degré.
— Si j'avais su...
— Non, c'est difficile à saisir quand on ne sait pas. C'est de là que vient sa désocialisation. Le second degré, les sous-entendus, le mensonge créent chez lui un sentiment d'angoisse. Non parce qu'il les réprouve moralement, mais parce qu'il ne les comprend pas. C'est une vraie souffrance pour lui.

Terence reprit un whisky sans en proposer à Lorraine. Il s'en rendit compte et s'excusa mais Lorraine déclina. Puis il se posta à la fenêtre. La vue obstruée par l'immeuble d'en face laissait au ciel une bande sombre qui dévoilait un coin de lune.

— C'est la première fois que je la vois.

— Elle devait déjà être là.

— Oui, mais c'est la première fois que je la vois. On dirait un bout de *Melancholia*. Tu as vu le film ?

— Non.

— Ce n'est pas facile de vivre dans un univers où la mort est la règle et la vie l'exception. Et quand on voit ce qu'on fait de nos vies, l'entreprise n'est pas à la hauteur du cadeau. J'ai vu Blandine Habber ce matin. Cette femme est à la tête à la fois du plus grand groupe énergétique français et d'une énorme capacité de destruction avec toutes les centrales et les déchets. Je ne sais pas si elle y pense. De toute façon, elle est poussée par des considérations qui excluent ce type de réflexion. L'être humain s'impose des contraintes issues de constructions intellectuelles qui ne correspondent à rien dans l'univers. Croissance, performance, compétition, marché, on se fouette avec des concepts qui ne sont là que pour justifier notre nature reptilienne et notre incapacité à la dépasser malgré des milliers d'années de civilisation, de sophistication.

Terence finit son verre d'un trait.

— Ne compte pas sur moi pour te raconter notre entrevue. Quand je te regarde, je ne vois que ce qui me plaît en toi, puis les réflexes professionnels, la méfiance reprennent le dessus. Les enjeux sont tellement contraignants qu'ils n'autorisent personne à être simplement soi-même.

Lorraine se leva.

— On va partir. Je ne sais pas encore quand ni comment, mais on va partir. C'est malsain. Je ne risque plus rien, moins que toi désormais.

— Qu'est-ce que tu vas faire ?

— Comme tous les anciens flics : de la sécurité, du renseignement privé. Qu'est-ce que je sais faire d'autre ? Ce sera forcément à l'étranger, en Belgique ou en Suisse ou… je ne sais pas. La DGSI va essayer de me fermer toutes les portes, mais je finirai bien par en trouver une ouverte.

— De toute façon, le renseignement est un marché qui ne connaîtra plus de limites. Tu ne seras jamais au chômage.

— Je voudrais quitter ce monde, mais il me colle à la peau. Si je n'avais pas Gaspard, j'aurais peut-être plus de latitude.

51

— Je n'imagine pas la croissance redémarrer. Les Français en sont conscients. Notre appareil industriel est inadapté, notre structure sociale obsolète. Le mouvement vers l'immobilier devrait plus que jamais s'amplifier. L'hôtellerie est définitivement un bon choix. Vous êtes sur deux marchés, celui du tourisme et celui de l'immobilier. Nous avons encore des biens publics qui se prêteraient à une exploitation hôtelière de luxe. Je pense à un bâtiment dans le 8e. Pour l'industrie, je connais une opportunité dans le luxe, une entreprise familiale à très haute valeur ajoutée. Tout est produit à la main, les marges sont remarquables. Ils ont toujours refusé de s'ouvrir à des investisseurs extérieurs. Un contrôle fiscal est en cours sur l'entreprise et particulièrement sur l'un de ses dirigeants. Il a planqué à l'étranger l'argent d'une partie du chiffre d'affaires de la société. Ces sommes n'ont jamais été déclarées en France, elles ont été soustraites au fisc et aux actionnaires. Dans les deux cas, il risque la prison. La stratégie est simple. Je lui propose que mon administration laisse tomber l'affaire. En contrepartie, il s'arrange pour vous faire entrer dans la société à un bon prix.

— Un bon prix pour 20 %, ce serait combien, selon vous ?

— 400 millions d'euros. Si en plus vous les aidez à se développer au Moyen-Orient, cela devient une opération gagnant-gagnant. Par contre, il faut faire vite. L'administration fiscale a été informée de ces détournements mais n'a pas commencé son enquête. Je peux éteindre l'incendie maintenant. Ensuite, il sera trop tard pour intervenir.

Le prince repoussa son assiette, à laquelle il n'avait pratiquement pas touché, et regarda Lubiak dans les yeux.

— Pourquoi ne vous présentez-vous pas à l'élection présidentielle ?

Lubiak sourit :

— Parce que je perdrais, altesse. Ma stratégie est différente. Je peux devenir Premier ministre si je m'allie à l'extrême droite. Les sondages montrent qu'aujourd'hui nous sommes pratiquement à égalité. Une fois Premier ministre, j'irai le chercher sur son perchoir.

Le prince opina sans rien dire. Lubiak avait un sens aigu des affaires complexes et personne ne mariait aussi bien les intérêts économiques et politiques. En lui présentant cette opportunité dans le secteur du luxe, Lubiak se montrait une nouvelle fois incontournable comme vecteur des investissements de son émirat en France. Si Lubiak devait perdre de son influence dans les prochains mois, il serait toujours temps de trouver quelqu'un d'autre sur qui s'appuyer. Il se leva, et avec lui le petit aréopage qui ne le quittait jamais.

Lubiak se leva à son tour.

Agathe lui manquait assez pour qu'il en prenne conscience mais pas assez pour regretter leur séparation. Cette réflexion furtive passée, il se remit au travail pendant que son chauffeur le conduisait à son ministère. Derrière les vitres teintées, Paris semblait soudainement orné de couleurs surnaturelles sorties d'un étalonnage hasardeux où les verts dominaient outrageusement. La majesté de la ville, qui ne se démentait pas au gré des monuments, ne le touchait pas.

Un déplacement en province lui avait été organisé pour le lendemain et sa seule évocation le faisait bâiller d'ennui. Il détestait la bourgeoisie de province et ses certitudes rances. C'était pourtant en elle qu'il cherchait et trouvait ses plus fervents supports. Elle ne voyait en lui que dynamisme et volonté. Quand, à l'occasion, quelques doutes étaient prudemment distillés sur son honnêteté, son électorat les balayait d'un revers de manche comme on le fait d'un propos aussi invraisemblable qu'obscène. Les efforts de son armée de lieutenants qui défilaient sur les ondes en essayant de montrer l'opportunité qu'il pouvait représenter pour les couches populaires ne suffisaient pas à lui faire reprendre des voix au Mouvement patriote, qui, en plus d'une logorrhée démagogique éprouvée, bénéficiait de sa virginité aux affaires.

Lubiak fit le compte de ce que les deux investissements évoqués avec le prince pouvaient lui rapporter. Ils allaient suivre le canal habituel, largement rodé, qui conduisait à une cascade de holdings pour finir aux Bahamas dans une grande banque internationale sous un nom d'emprunt pour lequel il détenait un faux passeport déposé dans un coffre ouvert à son vrai nom. Edwige avait une procuration sur le compte, elle aussi établie sous un faux nom. Cette procuration, elle ne le savait pas, était révocable à tout moment, la confiance n'excluant pas la prudence. Un avocat d'affaires spécialisé dans le blanchiment d'argent avait organisé cette cascade de holdings fictives avec le souci de tracer un chemin de croix en cas d'investigation judiciaire. Il faudrait plus de douze ans d'instruction à un juge zélé pour aboutir aux Bahamas avant de se heurter au mur de la fausse identité. Encore ce délai ne prenait-il pas en compte la renégociation de conventions de coopération judiciaire qui freinaient parfois considérablement la procédure. Malgré cela et selon une logique qui lui était toute particulière, Lubiak venait de lancer un programme de lutte contre la fuite de capitaux et la fraude fiscale à travers ce qu'il avait dénommé lui-même « les paradis fiscaux scélérats ». Il communiquait abondamment sur le sujet dans une incantation qui ne laissait aucun doute sur sa volonté, communication accompagnée des apparences de l'action, sous forme de réunions internationales stériles qui convoquaient ses homologues européens. La contradiction entre ses exhortations et sa conduite relevait apparemment de la duplicité et du double langage. Mais, encore une fois, il n'en était rien, chaque versant de sa personnalité agissait indépendamment de l'autre en s'efforçant de ne pas le heurter. Sa puissance s'exprimait tout autant par son pouvoir de faire la loi que de la transgresser. Toute règle entraîne son exception. Son orgueil l'autorisait à faire des lois pour la satisfaction, qu'il jugeait légitime, de les contourner, la société devant par là admettre, pour ne pas dire reconnaître, son caractère unique. Cette faillite de son altérité, cette obstination à se mettre au centre de tout, loin de lui peser, le réconfortait. Se faire élire par des gens qu'il ne considérait ni n'aimait était pour lui une forme très aboutie de volupté. Assez semblable à la manie qu'il avait de parler d'Edwige devant Agathe, en vantant ses mérites, ce qui revenait à les mépriser toutes les deux, au-delà du mépris ordinaire que certains hommes entretiennent envers les femmes.

52

La maison, modeste mais magnifiquement située, trônait sans ostentation face à la mer dans le quartier le plus recherché de Saint-Lunaire, la pointe du Décollé. De son promontoire, Launay pouvait admirer les mouvements de l'océan, ses menaces, ses démonstrations de force, ses minauderies quand plus au large il se mettait à onduler en changeant de couleur et que, comme par miracle, sous l'action du soleil apparu dans une porte entrouverte, le vert cul-de-bouteille de ses profondeurs cédait subitement à l'émeraude. Ce mouvement incessant fixait ses pensées et leur donnait une étonnante stabilité. Launay n'avait jamais eu pour la mer la fascination des écrivains mais il avait pour sa masse et sa force un respect inné. La bâtisse austère possédait un jardin assez bien configuré pour assurer sa protection, et de hauts murs en pierre l'encerclaient. De grands pins tortueux affaissés sur eux-mêmes privaient la maison de lumière par endroits et leurs aiguilles recouvraient le sol d'un tapis moelleux aux teintes havane. Launay s'était bien gardé de l'acheter. Il n'en avait pas les moyens officiels et mettait un point d'honneur à n'utiliser ses ressources officieuses que pour servir ses desseins politiques. Lui qui avait renoncé à toutes les demeures présidentielles, à Versailles comme à Brégançon, s'était soudainement décidé à louer à l'année un havre de tranquillité et d'air marin dans ce lieu de Bretagne qui n'est pas réputé pour aimanter les affamés de notoriété. La petite ville balnéaire, pour ne s'être jamais méprise sur sa destinée, conservait une authenticité naturelle que l'afflux estival parvenait à peine à perturber. En retrait du littoral, il s'y construisait certes à l'arrière de vilaines choses dessinées sans goût ni âme au profit de quelques promoteurs et des élus qui les encourageaient, mais en cela elle ne faisait pas exception. Launay y passait désormais ses moments de détente sur les conseils de Stambouli, acquis à ces lieux depuis son enfance. C'est aussi sur son conseil qu'il s'était résolu, lui, homme d'une nature plutôt immobile, à marcher au lever du jour ou à la nuit tombée en suivant la digue de la plage de Longchamp. Il remontait ensuite l'éperon de la Garde Guérin fouetté par les accès de colère de l'océan en empruntant un sentier magistral qui retombait le long du golfe de Saint-Briac. Il revenait par le même chemin, précédé par des gardes du corps assez discrets pour le laisser croire à sa solitude. Il lui arrivait aussi de s'entretenir avec l'un d'entre eux, de choses et d'autres, de la France insondable, celle qui lui échappait et dont il ne connaissait ni les ressorts ni les aspirations profondes.

Tout en marchant, par un matin d'automne hésitant, environné de quelques mouettes turbulentes et entêtées à tournoyer, il réalisa que le renouvellement de son mandat était acquis, aucun adversaire n'étant capable de le défier, et que l'alchimie sur laquelle reposait sa relation avec les Français se bonifiait de semaine en semaine. Dans le ciel immaculé de ses perspectives, il n'attendait plus qu'une chose : que la météorite Lubiak suive la trajectoire qu'il lui avait assignée avant de se désagréger à l'heure prévue. Son intuition lui disait que le ministre des Finances n'en avait plus pour longtemps. Les révélations d'un journaliste sur la disparition de Sternfall ne l'inquiétaient pas. La fièvre était déjà tombée. La contre-offensive faisait passer Sternfall pour un syndicaliste vendu à une puissance étrangère. La jeune espionne n'en savait pas assez pour mener les journalistes à la vérité. Launay se dit qu'il avait eu raison d'ordonner son élimination, les conséquences de l'échec de celle-ci le confortaient dans sa décision.

Après quelques tâtonnements, Stambouli avait fini par trouver la bonne molécule, celle qui égalisait son humeur, qui faisait de ses joies de vraies satisfactions sans qu'une mystérieuse force ne vienne les saper dans son dos.

Sur le chemin du retour, Launay bifurqua vers le village. À cette heure matinale, Saint-Lunaire était encore désert. Il se dirigea vers la boulangerie pour y acheter des croissants. Quand il entra, la boulangère était en conversation avec une jeune femme. Comme il se tenait voûté, une casquette enfoncée jusqu'aux yeux, les deux femmes ne lui prêtèrent pas attention.

— J'ai vu les articles qui parlaient de vous comme d'une espionne à la solde d'on ne sait qui. Je n'en ai rien cru, pensez donc. En tout cas, vous avez bien fait de revenir ici, on y est toujours mieux que dans le chaudron parisien, enfin espérons que ça dure, voilà que le président Launay loue une maison sur la pointe, c'est sûr que pour la sécurité on va être au maximum, mais pour la tranquillité je crains que ça soit autre chose.

Lorraine prit son pain après avoir payé puis se retourna, nez à nez avec le président qu'elle reconnut malgré son camouflage. L'homme qui avait ordonné son exécution ne fit pas le lien entre la bribe de conversation qu'il avait vaguement entendue et cette jeune femme qui, sans être belle, lui apparut incroyablement attirante, au point de réveiller un désir maltraité depuis des années.

Lorraine rentra chez elle. Elle s'était installée dans sa maison quelques jours plus tôt avec Gaspard, dans l'attente d'un nouveau départ. Elle ne revit plus jamais le président Launay.

53

Blandine Habber se préoccupa d'abord de la façon dont elle pourrait rencontrer le journaliste sans éveiller les soupçons des services de renseignement, qui la surveillaient étroitement au titre de la sécurité nationale, encore plus étroitement depuis que Launay lui avait révélé toute l'histoire. La DGSE comme la DGSI observaient ses moindres gestes. À l'issue de leur premier entretien, Terence avait remarquablement donné le change en brouillant les pistes par un grand article sur la politique énergétique de Blandine Habber, vantant ses convictions en matière d'énergies alternatives. Mais s'ils se revoyaient, ils risquaient d'alerter les agents chargés de sa surveillance. La technologie développée au cours des dix dernières années par les services secrets occidentaux rendait a priori impossible que deux personnes de cette importance se rencontrent incognito. Habber était tracée en permanence. Terence l'était à nouveau depuis son article sur Sternfall, d'autant plus qu'il avait hébergé une transfuge des services.

Habber pensait que la surveillance s'effectuait via son chauffeur et évidemment son téléphone.

Elle avait proposé à Terence qu'il l'appelle depuis une cabine sur le téléphone de la bonne portugaise qui vivait à demeure chez elle. Elle lui donna ainsi rendez-vous, tard le soir, dans un bar du quartier.

De son cerveau d'une puissance remarquable était sorti un raisonnement au final assez simple. Launay avait joué un jeu dangereux avec elle en lui révélant entièrement l'affaire Sternfall. La facilité avec laquelle il avait partagé ce secret l'avait surprise. En fait, persuadé que, lui devant sa nomination, elle allait céder à sa demande de financement de campagne en réitérant le schéma imaginé par Volone, il pensait ne courir aucun risque de son côté.

Son mari lisait dans un fauteuil profond de velours doré, légèrement usé aux accoudoirs. *Finnegans Wake*, de James Joyce, lui donnait le sentiment de percer une montagne de granit et il s'en réjouissait. Blandine Habber, allongée de travers sur le canapé qui formait un angle avec le fauteuil, se consacrait à ce qu'elle faisait le mieux : décider. Launay, s'il gagnait l'élection, n'aurait plus aucun pouvoir de nomination à Arlena. Informée du rapprochement entre Lubiak et Volone, elle savait en revanche que, si Lubiak devenait Premier ministre, les deux hommes auraient à cœur de la détruire et de l'expulser d'Arlena une seconde fois. Révéler l'affaire Sternfall conduirait à l'affaiblissement de Launay comme de Volone. Il lui était impossible de nuire à Volone sans écorner Launay, qui allait réagir violemment à son refus de financer sa campagne par de nouvelles rétrocessions de commissions liées à la vente de combustible nucléaire. Car sa décision était prise, elle n'accepterait jamais de dupliquer le montage de Volone. Le nucléaire était depuis longtemps la proie des prévaricateurs. Une nuée de mouches vertes tournait autour de ses colossaux enjeux, qui concernaient aussi bien l'achat de mines d'uranium que des contrats d'études et des réalisations pharaoniques, prétexte à une porosité financière endémique dont quelques honorables sans scrupules issus de la sphère politique faisaient leur miel, grisés par les montants en jeu. La demande de Launay de réitérer le système Volone lui était apparue insultante au dernier degré. Il lui signifiait qu'elle n'était qu'un pion interchangeable, qu'il ne faisait aucune différence entre son intelligence supérieure au service de la plus haute technologie et la bassesse d'un arriviste de petite extraction servant les intérêts d'une mafia politico-financière impunie depuis des décennies. Cet affront, elle aurait aimé le lui faire payer.

L'après-midi précédant leur rendez-vous, Terence avait garé sa moto à mi-chemin entre son appartement et le lieu de la rencontre. Une façon de casser la filature, car une fois sorti du métro, où il pouvait avoir été suivi, son poursuivant se trouverait sans relais pour pister la moto, d'autant que Terence laissait ses téléphones chez lui pour ne fournir aucun signal GPS. En inspectant sa moto, quelques jours plus tôt, il avait découvert un émetteur habilement glissé sur le garde-boue arrière, près de la plaque d'immatriculation. Plutôt que de s'en débarrasser, il avait décidé d'en jouer : il le retirait pour tout déplacement sensible et le remettait pour ses déplacements de routine.

Habber l'attendait dans le sous-sol humide d'un bar du Quartier latin. Sous les atteintes de l'âge, ses traits d'adolescente pointaient avec une obstination qui intrigua Terence.

— J'ai mis Sternfall sur la piste du contrat Mandarin. Je savais que quelque chose se tramait, que ce contrat servait de couverture à une opération de financement politique. Volone a confié la gestion de crise à Deloire, une pourriture qui a été son bras droit pendant toute sa carrière. Mais Volone ne savait pas que Deloire travaillait pour la CIA, probablement en plus de son lien avec les Chinois. Deloire a été chargé de recruter une équipe pour assassiner la famille de Sternfall et le « suicider » à son retour du temple, un dimanche. L'opération visait à accréditer la thèse de la folie meurtrière justifiée par la vie familiale désespérante de Sternfall, un fils trisomique, une femme infidèle. Deloire a laissé exécuter la famille puis une équipe de la CIA a enlevé Sternfall pour le cacher en Irlande. Le piège s'est refermé sur Launay. Le marché était simple : Launay agissait comme l'ami des Américains ou ils balançaient tout. Il a coopéré dans un premier temps. Puis il s'est révolté, ce qui est tout à son honneur. Comme chez ces gens-là l'honneur est souvent inversement proportionnel à leur ambition, ce n'était pas de trop. Donc Launay, avec l'aide de la DGSE, décide d'effacer Sternfall là où il se trouve, en Islande. Le commando l'atomise, avant de se faire régler son compte sur place par la CIA. Voilà toute l'affaire. Ah, j'allais oublier Deloire, exécuté par la DGSI en accord avec la CIA.

Terence commanda un autre café.

— Vous n'allez jamais dormir, lui dit Habber presque maternellement.

— Après ce que vous venez de me raconter, de toute façon...

Elle ressentait de la sympathie pour lui. Même si sa narration avait été guidée par l'intérêt, l'aider ne lui déplaisait pas. Elle aurait aimé avoir un fils comme lui. Ce moment de sentimentalisme passé, elle ajouta :

— Mais vous ne pourrez jamais évoquer tout cela sans tomber sous le coup de la diffamation, à moins... à moins que je ne vous transmette certains documents... qui prouvent les rétrocommissions.

Terence scruta longuement Blandine Habber.

— Pourquoi feriez-vous cela ?

— Vous le savez très bien. Je n'ai pas aimé la façon dont j'ai été débarquée d'Arlena et comment ceux qui m'ont succédé ont privatisé certains intérêts de la société. On ne fait pas carrière dans le nucléaire sans faire de compromis avec la morale. Mais il y a des limites que je me suis toujours fixées. Volone les a franchies, ce qui lui a procuré un avantage différentiel. Voilà pourquoi je vais vous aider.

— Quitte à faire sauter la République ?

Habber éclata de rire.

— La République ne sautera pas, il faudrait une charge équivalant à une bombe à neutrons. Launay m'a demandé de l'aider à financer sa prochaine campagne. Il n'a pas l'argent pour en faire deux successivement dans un si court laps de temps. J'ai refusé. Il ne pourra pas me virer avant les élections, ensuite, la nomination du PDG d'Arlena ne sera plus de son ressort.

— De fait, vous allez aider Lubiak, non ?

— Non, c'est l'ami de Volone, désormais. Ennemis hier, amis aujourd'hui, les robots n'ont pas de préférence.

— Si Lubiak devient Premier ministre, il aura votre peau. Et Launay ne sera pas là pour vous défendre.

— C'est probable. Mais je ne suis pas loin de l'âge de la retraite. De toute façon, je devrai partir dans les trois ans. Mais j'aurai nettoyé le pays de Volone, quoi qu'il en coûte.

— Et vous ne pensez pas à Sternfall.

— Euh... si, bien sûr.

Elle sourit, gênée.

Terence tenta de boire une gorgée du café qu'une serveuse maussade lui avait apporté. Mais il se brûla et reposa la tasse.

— Vous savez, cela fait pas mal d'années que je me consacre à l'investigation. Et je suis frappé de voir à quel point les gens de votre monde sont à part, dans une réalité incompréhensible pour les gens ordinaires.

— Et cela ne fait que commencer. L'évolution technologique radicale dans laquelle nous sommes va creuser le fossé entre ceux qui savent, ceux qui possèdent, honnêtement ou pas, et les autres. Bientôt on pourra se passer de l'homme dans la plupart des process industriels. Les richesses seront de plus en plus concentrées et pour le reste on donnera aux gens l'illusion d'une répartition équitable.

Terence réussit finalement à boire son café, ce qu'il fit d'une traite.

— Il n'y a pas si longtemps, j'aurais sauté de joie pendant une bonne semaine à l'idée de suivre une enquête pareille.

— Et maintenant ?
— Maintenant, je vais avancer guidé par la raison mais sans enthousiasme.

Blandine Habber eut un léger rictus de rongeur, émanation discrète de sa supériorité intellectuelle.

— C'est normal. Vous ne voyez pas le bout du tunnel. Mais je vous rassure, il n'y en a pas. Toutes ces péripéties cachent la mort programmée du politique. Les grandes décisions se prennent ailleurs. Nos représentants connaissent le passé, pour les plus cultivés, appréhendent mal le présent, et quant au futur, il dépasse leur entendement. Ils ne feront pas partie des décideurs de demain et ils jouent la dernière représentation théâtrale du quartier des condamnés à mort. Ceux qui l'ont compris s'en mettent plein les poches dans un élan mafieux qui gangrène la classe politique européenne. Les autres font de leur mieux, déprimés par leur manque de résultat.

Elle laissa passer un moment puis reprit :
— Je vous laisse l'exclusivité. Je vous donnerai de quoi vous nourrir. À vous de voir... si vous reprenez du poil de la bête. Quelque chose d'autre vous tracasse ?

Terence renifla, sombre.
— Oui. Si je sors l'affaire avant les élections, je fais le lit de Lubiak et de l'extrême droite. Si je la sors après, ce ne sera pas mieux. Est-ce que je peux endosser la responsabilité de porter au pouvoir un pourri corrompu qui est prêt à tous les compromis avec une idéologie rance, et cela au nom de l'honnêteté et de l'intransigeance ? C'est une bonne question, vous ne trouvez pas ?

Habber réfléchit rapidement.
— C'est une bonne question. La réponse est

entre vos mains. Vous êtes le seul à pouvoir sortir cette affaire. À part Corti, bien sûr, il peut tout balancer à un de vos concurrents. On dit qu'il est très remonté contre le président depuis la mort de son fils. Un Corse remonté est difficile à démonter, vous le savez. Oui, c'est une lourde responsabilité, c'est certain. Rares sont les journalistes à être en situation d'exercer le pouvoir, puisque, encore une fois, c'est de cela qu'il s'agit.

Terence rentra dans la nuit sur sa moto, à faible allure. Il régnait alors dans Paris une quiétude inespérée. Saint-Germain semblait s'excuser d'avoir livré ses devantures au commerce de luxe pour sombrer dans une effervescence artificielle. La rue de Rennes, elle, n'avait changé en rien, elle gardait sa froideur polie. Montparnasse, désespéré par sa tour plus que par son cimetière, n'avait rien conservé de sa gloire des années trente, quand l'histoire des beaux-arts s'y écrivait librement. La bruine rendait le boulevard Raspail sinistre et assez humide pour que Terence s'applique à tourner doucement dans la rue Campagne-Première, déserte à cette heure.

Le code de la porte de l'immeuble s'était échappé de sa mémoire comme un petit oiseau de sa cage. Il en suffoqua, avant de s'intimer de se calmer. Il finit par retrouver le numéro magique et entra sans bruit dans son appartement. Il s'assit sur une chaise dans la cuisine et prit sa tête dans ses mains. Puis il se mit à rire d'un rire intérieur puissant. La démocratie française en était donc là, son destin entre les mains d'un journaliste d'investigation, basculant sur lui l'écrasante responsabilité d'influencer le scrutin dans un sens ou dans l'autre. La vérité avait un prix qu'il n'était pas prêt à faire payer à ceux qui devraient la partager avec lui. Concours de circonstances, emprise, violente évasion, Launay avait participé à l'exécution d'un homme innocent pour se libérer de ses propres fers. Le président était à sa façon un criminel qui avait tué pour se dégager de ses liens. Et il fallait que ce soit lui, Terence, qui soit chargé de l'absoudre, de l'exonérer au nom du réalisme politique. La révélation d'une telle affaire emporterait le président dans un torrent de boue et assurerait la victoire de Lubiak et de son allié objectif, l'extrême droite, il en était certain. Terence fut tenté de pousser la logique de son métier à son comble, de se désintéresser des conséquences, d'ignorer le pouvoir considérable et disproportionné qu'une succession d'intrigues et de lâchetés avait fini par lui donner. Il se reprocha un moment de détester Lubiak pour des raisons personnelles, même si ses enquêtes démontraient toutes qu'il était l'homme le plus malhonnête de la République. Cette subjectivité, qui tenait aux circonstances de la mort de son père, ne devait pas peser dans sa décision, il voulait s'en assurer. Restait le problème de la vérité, ce mot inventé pour aveugler, ce mot qui claque fièrement dans le vocabulaire avant de s'éteindre, submergé par la réalité humaine. On ne dit la vérité qu'à ceux qui sont prêts à l'entendre, ce qui demande quelque disposition et une forme d'esprit qui a longuement mûri. Terence pensait qu'à ce moment de leur histoire les citoyens français oscilleraient entre l'indifférence et la conclusion hâtive que toute la classe politique méritait le panier à linge sale pour faire place au Mouvement patriote drapé dans une virginité odieuse empruntée à Jeanne la Pucelle. L'électorat vivait dans la nostalgie du monde d'hier, exception faite des sympathisants du Mouvement patriote qui n'avaient pas quitté celui d'avant-hier. Le cybermonde en rotation accélérée ne connaissait plus aucune des règles dans lesquelles la classe politique essayait de se rassurer, l'individu était aspiré ailleurs que dans les vieilles solidarités, promis à fuir le lien social pour se réfugier dans la bulle de la connexion, traitement psychotique de l'impatience, règne de la toute-puissance et du passage à l'acte sans conséquence. Névroses à l'air, se préparant à refuser tout net le principe même du transfert à l'autorité incarnée, mais asservi volontaire, l'homme de demain n'avait plus rien à faire de cette petite troupe balzacienne qui prétendait le représenter. Puisque le choix ne pouvait plus être celui du meilleur, Terence avait visé le moins pire et il devait s'en contenter, assumer ce choix médian, médiocre, qui lui était imposé par le système lui-même et ses émanations douteuses.

Alors que le jour pointait sur le passage d'Enfer, il ne dormait toujours pas. Il se sentait fatigué, oppressé, déprimé.

54

Attirer un éminent représentant de la CIA dans son restaurant, Corti en était fier. L'Américain n'avait cédé à sa demande qu'en raison des enjeux.

— Malgré tout ce que Launay a pu faire, nous ne souhaitons pas qu'il perde la présidentielle. Nous savons ce qu'il nous a fait, nous savons ce qu'il vous a fait. Mais nous devons nous montrer responsables, nous comme vous, monsieur Corti. Nous avons la preuve que le Mouvement patriote est sous contrôle du FSB, les Russes sont derrière eux. Et il faut reconnaître que le Mouvement patriote est idéologiquement plus près des Russes que de nous.

Corti maugréa.

— Parce que les Russes ont une idéologie ? De mon point de vue, ils n'en ont jamais eu la moindre. Parlons plutôt d'impérialisme bleu puis rouge puis blanc. Un État mafieux qui ne pense qu'à étendre son territoire, sans aucune considération pour les intérêts de ses propres citoyens.

— Je vois que nous sommes sur la même page.

— On dit « la même longueur d'onde », en français, mais pardon, je vous ai interrompu.

— C'est nous qui avons orienté l'affaire Sternfall de façon à en faire un moyen de pression. C'est nous qui vous demandons de ne pas l'utiliser contre Launay, au cas où vous seriez tenté.

Corti posa sa fourchette, et il ne le faisait que lorsque cela en valait la peine.

— Vous voyez, depuis que je sers l'État, j'ai toujours su faire la part des choses entre l'intérêt de l'État et mon intérêt personnel. Launay n'a eu aucune loyauté à mon égard. Pire, il est à l'origine de pressions sur une enquête en Corse qui a conduit mon fils au cimetière, je le sais et j'en ai la preuve. Launay président, il y a de fortes chances que les législatives nous donnent Lubiak comme Premier ministre. C'est bien assez. Et je pense qu'avec Lubiak Premier ministre associé à l'extrême droite Launay est le seul homme politique à pouvoir contrebalancer cette engeance que je n'apprécie pas beaucoup.

— Vous êtes vraiment le pilier de ce pays, monsieur Corti.

— À ma façon, je le crois. Mais je ne suis pas le seul qui pourrait sortir toute l'affaire.

— Qui d'autre ?

— La présidente d'Arlena.

— Blandine Habber ? Oui. Nous avons eu un échange informel. Elle a une sacrée rancune contre Volone mais si nous l'aidons à le casser par d'autres moyens, elle se dit prête à tourner la page. Vous, personnellement, vous verriez un inconvénient à ce que Volone...

— Sincèrement ? Non.

55

Il paraît que c'est assez courant. Juste après avoir fait l'amour avec Agathe, Lubiak lui parlait longuement de sa femme. D'ordinaire, les hommes qui agissent ainsi puisent dans la tristesse qui succède au coït la force de justifier leur trahison. Il en parlait comme d'un problème qu'il ne parvenait pas à définir. Il ne l'aimait pas, ne la désirait pas, mais l'attachée parlementaire dévouée était devenue la complice idéale. Agathe faisait semblant d'écouter mais, au fond, elle savait très bien à quelle logique ces propos répondaient. Seuls l'intéressaient de menus détails sur la vie de sa femme, comme ses déjeuners répétés au Valois, au bout de l'avenue de Messine, face aux grilles du parc Monceau, flamboyant d'une splendeur désuète. Elle y déjeunait trois ou quatre fois par semaine pour cultiver ses relations, la princesse, en particulier, qui se joignait régulièrement à elle en toute simplicité, en civil, pour peu qu'on considère le voile comme un uniforme. La simplicité avait son prix, qui dépassait la valeur des vêtements de toutes les femmes réunies dans ce lieu couru où les gens se retrouvaient sans affectation. Agathe s'y rendit donc à plusieurs reprises et ne manqua pas de tomber sur Edwige, qu'elle n'eut aucun mal à reconnaître tant elle lui ressemblait. L'architecture du visage était la même. Les traits convergeaient désormais vers des destinations différentes mais il était encore trop tôt dans leur vie pour les distinguer vraiment. Cependant, elles exprimaient des âmes qui ne partageaient rien et, à bien y regarder, cette différence finissait par effacer leur ressemblance. Agathe se plaça derrière Edwige, qui conversait avec enthousiasme. Le déjeuner dura, ni l'une ni l'autre des deux femmes attablées ne travaillaient. La façon qu'avait Edwige de se contorsionner frappa Agathe. Elle ondulait sur sa chaise, du plaisir de l'ascendant qu'elle s'attribuait sur son interlocutrice, une femme malheureuse, robotisée par quatre décennies de soumission, habituée à tout avoir sans jamais rien être. Parfois la princesse regardait dans le vague comme si elle détachait du monde qui l'avait portée jusqu'ici. Puis elle raccrochait à la conversation par un sourire irréprochable, comme l'étaient ses traits retendus à la perfection. Parfois, dans un élan de familiarité, Edwige s'approchait de son invitée en décollant une fesse qu'elle reposait aussitôt en rejetant ses cheveux en arrière.

Vers la fin du repas, Edwige se leva et se rendit aux toilettes, laissant la princesse dans une solitude qui la contraignit à se remaquiller. Son propre visage dans un petit miroir circulaire lui sembla plus rassurant que la perspective des autres. Agathe emboîta le pas à Edwige et descendit à son tour. Une grande glace surmontait le lavabo, recouvrant tout le mur. Agathe se lava les mains en attendant Edwige, tête baissée. Edwige la rejoignit bientôt. Dans un premier temps, elle ne prêta aucune attention à la femme qui se tenait à ses côtés. Lorsqu'elle eut terminé, elle s'observa longuement dans la glace, moment que choisit Agathe pour se redresser. Quand Edwige l'aperçut dans le miroir, elle recula, un mouvement qui semblait guidé par la stupéfaction autant que par l'effroi. Tout ce qu'elle trouva à dire fut :

— On se connaît, non ?

Agathe répondit par un sourire dans la glace alors qu'Edwige se tournait carrément vers elle, puis elle ajouta d'une voix presque sensuelle :

— Vous et moi, non. Mais je crois que nous avons un ami commun.

— Qui cela ? demanda Edwige, intriguée.

— Eh bien, votre mari, répondit Agathe comme s'il s'agissait d'une évidence.

Puis elle tourna les talons, remonta dans le restaurant sans se presser et le quitta en prodiguant des sourires à ceux qui croisaient son regard.

56

— Je suis étonné que la science ait conduit au recul de la spiritualité. La science nous a appris que la vie dans l'univers connu, qui s'étend constamment, est une telle exception que nous devrions passer notre temps à louer le Créateur ou en tout cas l'éclosion providentielle si fascinante de cette minuscule probabilité. J'irai même plus loin, si la vie est l'exception dans l'univers, l'esprit est l'exception dans toutes les formes de vie. En tant qu'êtres humains, nous sommes donc l'exception de l'exception. Au lieu de vénérer cette chance, d'en faire le contexte et la loi de nos existences, nous mettons toute l'énergie qui nous a été donnée à faire reculer la vie, à la détruire, à sonner le glas de cette anomalie.

Launay regarda longuement Stambouli, dubitatif. Ce dernier prit son regard pour un encouragement et poursuivit :

— Nous n'allons pas dans la bonne direction : servitude volontaire aux technologies connectées, déni de l'altérité, fin de la pensée, perte du sens critique, surpopulation, empreinte écologique insupportable, psychose sociale débouchant sur la paranoïa individuelle et collective. Ce monde qui se prépare, vous êtes impuissants à l'empêcher, je veux dire vous les politiques. Quant à nous, d'un côté nous allons assister à la fin de la psychanalyse, mais de l'autre nous n'allons pas chômer en psychiatrie, c'est une évidence.

— Vous avez certainement raison, c'est d'ailleurs comme cela que je conçois ma mission présidentielle dans la nouvelle Constitution, penser le monde de demain. Je voudrais être un éclaireur. Enfin, si je suis élu. Je n'ai pas beaucoup d'argent pour ma campagne, elle sera réduite à sa plus simple expression. Fini les grandes fanfares médiatiques.

— Comment est-ce possible ?

— Je comptais sur quelqu'un à qui j'ai rendu service. Mais dans ce monde-là, il ne faut attendre de reconnaissance de personne. Je suis déçu, non parce que l'argent va manquer pour ma campagne, mais parce que j'ai mal jugé cette femme. Je pensais la circonvenir assez facilement, et j'ai échoué. Je ne comprends décidément rien aux femmes. Voyez la mienne, depuis notre divorce, maintenant qu'elle a mis la main sur la quasi-totalité de mes biens, on me dit qu'elle revit comme une fleur arrosée dans un parterre calciné. Me voici pauvre comme Job, l'abbé Pierre à côté de moi aurait eu des airs de Rockefeller.

Launay rit de la comparaison et poursuivit :

— Je vais en faire un argument politique. Sans argent personnel, sans moyens pour ma campagne, je pense que cette situation, bien mise en perspective dans les médias, est susceptible de me rapporter plus de voix qu'un show à l'américaine. Transformer des lacunes en avantage, c'est un des principes de la politique, vous ne croyez pas ?

Stambouli opina.

— Et vos... vos troubles bipolaires ?

— Depuis que vous me prescrivez du lithium, je ressens une grande stabilité d'humeur mais peut-être moins de créativité dans le cheminement de ma pensée politique. Et... comment dire, j'ai une conscience plus... honnête de ma solitude. Avez-vous conscience de la vôtre ?

Stambouli eut un petit sourire timide.

— Je m'y suis fait. Mon physique m'a beaucoup desservi. Et l'intelligence, le charme, la culture que certaines femmes ont bien voulu me prêter n'ont jamais suffi à les retenir. Il est un point où la laideur devient disqualifiante et rien ne parvient à la compenser. Surtout quand vos préférences profondes vont aux hommes. Les femmes pardonnent plus facilement les physiques disgracieux. Pour ne pas sombrer dans des pratiques humiliantes, j'ai renoncé à l'amour comme au sexe. J'ai trouvé la chose difficile les premières années, puis je m'en suis accommodé jusqu'à en tirer une certaine satisfaction. La laideur vieillit mieux que la jeunesse, maigre consolation, appréciable tout de même. Je n'ai pas non plus vraiment d'amis, je supporte plutôt bien ma propre compagnie. J'ai trouvé dans mon goût pour la musique de merveilleuses compensations, la musique baroque uniquement. Elle entretient un air de tragédie en sustentation qui me réjouit. J'éprouve aussi un plaisir sincère à aider les autres à mieux vivre.

— Je vis mieux, c'est une certitude. J'aspirerais presque à devenir quelqu'un de normal, qui se contente de peu, sans grande ambition. Si je sens que je perds mon ressort, il faudra envisager de changer ma thérapie. Le talent en toute chose est une anormalité, mais rentrer dans le rang représente un inconvénient majeur. Ah oui, autre chose. J'ai une douleur persistante dans le dos. Vous connaissez quelqu'un de très discret que je pourrais consulter ?

— Certainement.

Launay se leva et apporta une bouteille de vin rouge, un grand cru de Bordeaux qu'il avait ouvert avant le repas.

— Vous me direz ce que vous en pensez. Je suis assez circonspect sur le bordeaux depuis qu'ils suivent les normes de Parker, ce gourou américain qui a réussi à mettre les viticulteurs bordelais à genoux. Chêne à outrance, micro-oxygénation, cela afin de répondre aux goûts américains. Celui-là est trop vieux pour avoir perdu son âme.

Stambouli mesura l'étrangeté de la scène : le président de la République en bras de chemise, dans ses appartements de l'Élysée, penché sur lui, une bouteille de vin à la main, enroulée dans un torchon blanc, tel un maître d'hôtel attentif. Quand il eut rempli les deux verres, Launay s'assit.

— J'ai rarement apprécié quelqu'un comme je vous apprécie. Vous savez pourquoi ?

Il leva son verre et Stambouli l'imita.

— Parce que vous restez à votre place, vous n'empiétez jamais, vous ne cherchez à profiter d'aucun avantage. Je vous l'ai déjà dit, mais je le répète : il fallait que j'arrive à mon âge et dans ma position pour me découvrir des sentiments amicaux.

Les deux hommes trinquèrent puis burent une petite gorgée. Launay fit aussitôt la moue.

— Le corps est encore là, mais l'âme a passé. Trop vieux. Je le dirai au sommelier.

Il se resservit.

— Il se boit quand même.

Launay regarda devant lui comme s'il puisait dans ses souvenirs.

— Ah oui. Je voulais vous dire que votre patiente, comment s'appelle-t-elle, déjà ?

— Agathe.

— Agathe, c'est cela. On vous doit vraiment beaucoup. Elle vient de terminer son travail, on attend les résultats. Le ver est dans le fruit, ou la bombe à neutrons.

57

La princesse marchait, réfugiée derrière ses lunettes de soleil, un foulard sur la tête, un sac de prix en bandoulière. Elle semblait prendre plaisir à l'humidité de l'atmosphère. Edwige en était loin. Son regard plongeait devant elle, et ses sourires répétés à l'adresse de son amie ne parvenaient pas à lui ôter son air inquiet. Les deux femmes remontaient la rue du Faubourg-Saint-Honoré, suivies par des gardes du corps discrets. L'Élysée, devant lequel elles passèrent sur le trottoir d'en face, avait des allures de musée un jour de fermeture.

— Si tout va bien, c'est là que nous viendrons un jour nous reposer de nos achats, lança la princesse d'un ton ingénu.

Edwige, pour toute réponse, serra les mâchoires.

Les deux femmes poursuivirent leur route. La tâche n'était pas facile pour Edwige Lubiak, la princesse dépensait sans compter, continûment, et dégoter de nouveaux produits de luxe qu'elle ne possédait pas déjà était un défi chaque jour plus difficile à relever. Elles avaient écrémé ensemble toutes les boutiques de sacs, de vêtements, de bijoux, de montres, de chaussures. Ce que le monde produisait de plus cher ne suffisait pas à satisfaire la frénésie possessoire de la princesse. Quand elle rentrait bredouille, on pouvait lire sur son visage une inquiétante mélancolie. Elles léchèrent longuement chacune des vitrines jusqu'à la rue Royale, qu'elles remontèrent pour finir, dépitées, place de la Madeleine où, tournant le dos à la contrariété, elles s'engouffrèrent dans un restaurant de caviar.

La princesse commanda ce qu'aucun ventre affamé n'aurait pu ingurgiter. Les serveurs durent adjoindre une table à celle où étaient installés les deux femmes. Elles picorèrent en buvant. La princesse sirotait un cocktail de fruits rouges, mélange dont elle abusait depuis qu'un magazine en avait vanté les qualités contre le cancer. Le cancer la terrorisait depuis que par le truchement de sa propre sœur, très atteinte, elle avait réalisé que cette maladie ne pouvait ni s'acheter ni se corrompre. Edwige, en revanche, s'était fait servir une vodka frappée.

— Vous semblez préoccupée, lança la princesse.

Edwige sursauta comme si elle avait été surprise nue.

— Oh non, je me demandais simplement où je vivrais si je ne devais pas rester en France.

— Venez chez nous, vous y serez toujours la bienvenue. Mais je ne crois pas qu'il y ait mieux que la France, tout y est tellement raffiné. J'aimerais pouvoir vivre durablement à Paris.

— Pourquoi ne le faites-vous pas ?

La princesse baissa la tête.

— Vous connaissez mon problème, dit-elle à voix basse. Je ne peux pas vivre dans une autre

maison que la mienne. J'ai réussi à la faire construire à l'identique en Normandie, à Los Angeles, à Singapour, à Marbella, mais à Paris, dans le 8e, il n'y a pas de terrain disponible, je crois. Pas n'importe où dans le 8e, je ne voudrais pas être loin de l'Arc de triomphe. Mon mari me dit que c'est difficile, et il dit rarement ce genre de choses. Vous savez, il est très attaché à moi. Je suis sa seule épouse du point de vue juridique. Je sais qu'il voit des call-girls mais cela ne compte pas, ces femmes ne sont rien pour lui. Il est préoccupé par notre fils en ce moment, il paraît qu'il fait beaucoup de bêtises. Je ne comprends rien aux enfants. Alors qu'on leur donne tout, on a parfois l'impression qu'ils veulent nous le faire payer. C'est la même chose chez vous, n'est-ce pas ?
— Oh oui.
— Hier, nous avons acheté un chalet à Gstaad.
— Vraiment ?
Edwige se forçait à entretenir la conversation. Elle aurait préféré être seule, ressasser ses pensées. Elle se sentait aspirée de l'intérieur par un mouvement nourri de colère et de dépit mêlés. Elle s'exhortait à patienter avant de décider que l'un et l'autre sentiments s'éteignent. Elle ne pouvait plus se regarder dans une glace sans revoir le visage de cette femme, si proche du sien, comme si elle avait voulu lui voler son identité, la reléguer dans le rôle de doublure. Son mari l'avait choisie pour sa ressemblance avec une autre, elle en était certaine. Elle ne lui en parlerait pas. Elle ne voulait en aucun cas entendre sa défense. À ces pensées douloureuses succédèrent un sentiment de liberté soudain, une invitation brutale à

se délester d'elle-même, au point d'éprouver un vertige et la promesse d'une jouissance qu'elle s'était interdite jusque-là. Elle en ressentit un frémissement.

58

Agathe pénétra dans l'appartement de Terence sans rien dire. Puis elle le regarda en souriant, comme si elle affichait son bien-être. Elle disposa lentement sa veste sur le dossier d'une chaise puis s'approcha de lui.

— Ne me dis pas qu'elle a été ta maîtresse.

Terence ne répondit rien, comme si la réponse allait de soi.

— Où est-elle maintenant ?

Terence hésita.

— En Bretagne.
— Pourquoi l'avoir hébergée si longtemps ?
— Parce que je n'avais pas le choix.
— Elle te plaisait ?
— Beaucoup.
— Et alors ?
— Alors rien, elle ne désire que les femmes.
— Dommage ?
— Va savoir. Et toi ?

Elle soupira d'aise puis s'assit sur un canapé.

— J'ai suivi les conseils de mon thérapeute.
— Et ?

— Lubiak est tombé dans le panneau. Le ver va lui manger les chairs jusqu'à l'os.

— Tu crois ?

— Tu verras. Je l'ai fait pour nous aussi, tu sais ?

— Tu me l'as dit. Mais maintenant que le diable a disparu, il reste ton mari.

— Non, je ne crois pas qu'il soit le problème. Je dois te convaincre que Lubiak ne m'habite plus, que le souvenir de ses actes... m'a quittée.

— Malgré tout, il restera ton mari.

Elle se mit à rire bruyamment.

— Parce que tu t'imagines vivre avec une femme ?

— Je peux me l'imaginer.

— Tu n'y es pas encore prêt.

Puis Agathe se leva pour tirer les rideaux qui protégeaient l'appartement des regards extérieurs. Ensuite elle se déshabilla très naturellement, sans provocation.

Elle ne s'abandonna guère plus que les fois précédentes et, de même, il lui sembla qu'elle en faisait toujours trop dans la manifestation de sa jouissance. Pour sa défense, malgré son merveilleux optimisme, Lubiak n'était pas tout à fait mort. Il faudrait attendre encore.

59

Corti s'était levé péniblement ce matin-là, une douleur sourde dans le bras devenue, au fil des heures, de plus en plus aiguë. La belle matinée ensoleillée sur son oliveraie en surplomb de la baie ne put rien pour lui. Il fallut que la douleur dépasse un certain stade pour qu'il se décide à appeler un médecin, Caducci, un vieux bonhomme raviné par la cigarette, qui enfumait le souvenir des certificats de décès qu'il signait semaine après semaine dans cette région meurtrière comme aucune autre en Europe. Le diagnostic ne fut pas long à établir : l'infarctus menaçait à plus ou moins brève échéance de prendre la vie de Corti. Dans l'ambulance qui le conduisait à l'hôpital, allongé mais le dos relevé sur un brancard confortable, l'idée qu'il pouvait disparaître lui traversa l'esprit et il s'étonna du peu d'effet qu'elle avait sur lui. Son fils mort, sa vie se terminait dans une impasse sombre où ne venaient plus que les chiens pour lever la patte sur des murs gris au salpêtre incertain. À deux semaines des élections, il pensa qu'il recevait un signe de la providence lui indiquant que son chemin s'arrêtait là. Cette nouvelle ère n'était pas pour lui. Le jeu auquel il se livrait depuis plusieurs décennies avec une science incontestable prenait fin avec la nouvelle Constitution. Il ne pouvait raisonnablement pas être l'allié de Lubiak et Launay l'avait trahi. Arbitrer entre les deux ne l'amusait pas. Cet infarctus n'était là que pour l'inviter à quitter ce cirque. Il considéra alors sa douleur comme un signe amical du destin et il s'en accommoda. Il ne se voyait pas continuer à diriger la DGSI en pleine mutation technologique, à l'heure où les Américains étaient capables de mesurer la fréquence cardiaque de chaque individu n'importe où dans le monde, à l'heure où le secret et la vie privée s'apprêtaient à disparaître, livrés aux géants de la Toile, petits marquis du renseignement, recouvrant d'une chape une humanité asservie pour la première fois sans bruit de bottes ni musique militaire.

60

Le bar avait de faux airs de pub irlandais et travaillait soigneusement son folklore à coup de Guinness mais Terence ne s'y méprenait pas. L'homme qui lui avait fixé rendez-vous était en noir des pieds à la tête, le visage à moitié dissimulé par de grosses lunettes, les cheveux ondulant en torsades sur sa nuque. Terence semblait détendu, presque détaché. L'homme se mit à parler avec un accent moyen-oriental léger.

— On m'a dit que vous en savez long sur le président. C'est vrai ?

Terence renifla.

— Quelle raison j'aurais de vous répondre ?

— Je vais vous en donner. Mes commanditaires sont prêts à agir vite pour vous satisfaire en échange de tout ce que vous avez pu réunir sur Launay.

Terence sourit en soupirant.

— Il est vrai que c'est la mode de corrompre les journalistes d'investigation. C'est très récent, et j'ai entendu dire que les prix montent considérablement.

— Nous pouvons aller jusqu'à 5 millions d'euros sur un compte inaccessible pour les autorités françaises si vous nous livrez tout ce que vous savez. Entre la petite espionne qui a fait défection, vos contacts avec Blandine Habber et vos travaux personnels, j'imagine que vous avez de quoi le faire sauter.

— J'ai en permanence de quoi faire sauter une grande partie du personnel politique. Mais je vais vous faire une confidence. Les gens comme vous et ceux qui vous envoient représentez tout ce que j'exècre, vous êtes le cancer de l'humanité, des êtres bas de plafond, sans âme ni conscience autre que celle de vos intérêts, que vous imaginez aussi infinis que peut l'être la galaxie. Le mal du siècle n'est pas le terrorisme dont vous entretenez la menace, il est la conséquence de la dérive mafieuse dont vous métastasez tous les systèmes politiques. Prendre, confisquer, usurper, vous approprier tout ce qui peut l'être vous obsède. Vous êtes plus forts que les Siciliens, qui ne sont jamais parvenus à mettre la main sur des États. Dites à ceux qui vous envoient que je consacre ma vie à leur nuire, alors vos 5 millions d'euros, dites-leur de ma part de s'en bourrer le côlon jusqu'aux amygdales. Launay a bien des défauts, je n'ai aucune considération pour lui, mais il ne fait pas partie d'une organisation, lui.

— Vous devriez surveiller vos paroles.

— Vous ne pouvez rien contre moi. Butez-moi et ça conduira directement à Lubiak. Et je n'ai pas de famille, alors vous n'avez pas de moyen de pression. Bien, j'ai assez perdu de temps avec un abruti gominé et sanguinaire de votre genre, salut !

Terence jeta un billet de 5 euros sur la table

pour les deux cafés et sortit. Dans la rue, il fut surpris par la fraîcheur de l'air et par les reproches qui montaient en lui, dont il était le seul destinataire. Il se mit à marcher.

« J'aurais dû le tuer », se dit-il à plusieurs reprises, hors de lui.

61

Dans le port de Saint-Tropez, l'humiliation guette tous les propriétaires de yacht, qui ne sont jamais à l'abri qu'un navire plus long, plus lourd, plus beau, plus flamboyant que le leur ne vienne gâcher le concours d'exhibitionnisme informel auquel se livrent les grands de ce monde. Quelques Russes, Ukrainiens, Arabes, Grecs participaient encore à ce concours dérisoire mais coûteux alors que l'automne offrait ses dernières belles journées, frétillant du réchauffement climatique. Le bateau du Premier ministre émirati frisait la taille d'un paquebot. Une trentaine d'hommes d'équipage évoluaient sur le pont dans une tenue impeccable. Cette réunion en petit comité, démonstration de puissance, de bien-être et de richesse, s'annonçait sous les meilleurs auspices. La Méditerranée, effleurée par un clapotis bienveillant, s'abandonnait lascive à cette croisière de deux jours qui réunissait quelques amis importants du propriétaire du bâtiment. Parmi eux, Lubiak et Volone figuraient en bonne place et s'étaient vu attribuer des cabines somptueuses grandes comme des suites de palace parisien. Des cadeaux de prix y attendaient les invités. Alors que Lubiak, curieux de rencontrer les autres, était déjà monté sur le pont supérieur agrémenté d'une piscine d'une trentaine de mètres bordée de teck, Edwige se limait rageusement les ongles des pieds sur son lit. Elle se félicitait de ne rien avoir laissé paraître de sa colère à son mari, qui ne suspectait rien de son état ni des intenses tractations menées dans son esprit entre des intérêts contradictoires. Elle s'était fixé comme objectif d'aboutir à une décision pendant ces deux jours. L'extrême politesse de leur hôte fit qu'aucune mauvaise surprise n'advint lors de ce séjour de rêve, où moins d'une heure fut consacrée au travail pour faire un point exhaustif, rapide et précis de l'état des investissements de l'Émirat en France. Chacun put mesurer à quel degré il s'était enrichi dans le sillage de cet État poussé par les pétrodollars comme le serait un esquif par les alizés. Edwige, qui n'assistait pas à cette petite reddition des comptes, s'occupa de savoir si les principaux montants qui leur revenaient avaient déjà quitté la France via une tuyauterie complexe.

Lubiak trouva le moyen de nouer une courte idylle avec une hôtesse et n'en fit pas mystère à sa femme qui, sans relever l'anecdote, en profita pour lui annoncer le voyage aux Bahamas qu'elle comptait entreprendre afin de contrôler que les tuyaux en or qui charriaient leurs rétributions avaient bien débouché sur les comptes ouverts à cet effet. Elle préférait cette courte visite à des échanges de mails ou à des entretiens téléphoniques, ce qui lui permettrait de tout vérifier de visu.

Même si l'issue de l'élection présidentielle était certaine, Lubiak s'enquit du résultat avant de monter dans l'hélicoptère qui devait l'emmener jusqu'à l'aéroport de Toulon. Deux heures avant la fermeture des bureaux de vote à Paris, Launay était donné vainqueur avec un peu plus de 57 % des voix. Il restait trois semaines à Lubiak pour faire basculer les élections législatives en sa faveur. Une indiscrétion lui avait été téléphonée par un membre de son cabinet la veille, à l'heure de l'apéritif. On disait Launay malade. Une radio des poumons exécutée dans le plus grand secret au CHU de Rennes sous un nom d'emprunt révélait une tumeur préoccupante. Launay ne finirait pas son mandat, Lubiak en avait la certitude. Cette information changeait la donne, elle l'obligeait à repenser toute sa stratégie pour les législatives en réexaminant les alliances à court terme qui pourraient compromettre son élection à la magistrature à plus long terme. Une profonde jubilation l'envahit devant cette intrusion du sort. Il recommanda alors à Edwige d'identifier, à l'occasion de son voyage, des fonds pour une éventuelle prochaine campagne présidentielle. Edwige vit à son air de mystère qu'elle ne disposait pas de toutes les informations que détenait son mari. Mais, désormais, elle s'en moquait.

62

On se fait des idées sur un lieu qu'un imaginaire à la dérive alimente lentement, année après année. Cayenne n'était pas différent de la représentation construite par son esprit. Ce bout de Brésil cornaqué par les Français suintait d'humidité, de chaleur moite, d'odeurs fétides qui volaient au-dessus du pays à basse altitude. Les subventions généreusement distribuées par la métropole maintenaient le territoire à un niveau de pauvreté acceptable. Suffisamment acceptable pour ne pas menacer la base de Kourou, avant-garde technologique près de laquelle les orpailleurs courbés dans les cours d'eau ressemblaient à des figurines de musée. Peu après l'atterrissage, Terence n'eut qu'une envie, repartir. Sans doute impressionné par les enjeux du voyage, il aurait voulu rebrousser chemin. Il n'était venu que pour avoir la confirmation de tout ce qu'il pressentait. Dix jours et quelques liasses de billets suffirent à lui obtenir toutes les informations qu'il désirait. Sa mère était morte d'une hépatite il y avait un peu plus de cinq ans, mais il put rencontrer sa sœur, une bonne fille souriante qui, n'attendant rien de la vie, n'avait jamais été déçue. Terence parvint à distinguer les traits de sa mère dans son visage métissé un peu rieur. Son corps, qui comme celui de sa défunte sœur avait servi en son temps de marchandise, était envahi par une poitrine opulente et flasque à l'aplomb d'un ventre protubérant, le tout porté par deux petites jambes flétries. Que Terence fût son neveu ne changeait rien à l'affaire. Elle ne répondit à ses questions qu'une fois largement dédommagée de la douloureuse incursion dans sa mémoire, qu'elle accomplit les mains jointes plaquées contre ses yeux.

Elle lui demanda une dernière fois de l'argent pour lui livrer l'information cruciale dont Terence se doutait. Mais l'entendre, là, au bout du monde, dans cette contrée qui lui glaçait le sang malgré la fournaise, l'affligea.

— Ta mère a bien connu Absalon, un bon moment. Ils se voyaient souvent. Lui travaillait beaucoup et, quand il avait fini, il se détendait avec ta mère. À la fin, ils couchaient de moins en moins ensemble. Parfois, il buvait trop pour pouvoir l'honorer. Elle était belle comme tu ne pourras jamais l'imaginer, tu sais. Alors, un autre homme l'entretenait, un Brésilien qui venait ici régulièrement pour ses affaires. Il a disparu juste après ta naissance. On nous a dit qu'il avait été abattu au Brésil, où il faisait des affaires louches. Et ton père a été assassiné et brûlé. Enfin, quand je dis ton père, c'est comme ça que tout a été arrangé. Ton grand-père avait eu vent qu'il fréquentait ma sœur. Quand ton père est mort, il est venu la voir et il lui a donné beaucoup d'argent pour pouvoir récupérer le bébé. Ma sœur n'a pas su lui mentir. Elle lui a dit que l'enfant n'était pas de ton père, il ne la touchait plus depuis six mois et elle n'était enceinte que de quatre mois. C'est le Brésilien qui l'avait engrossée. Je suis témoin, elle l'a dit à ton grand-père, mais il n'a rien voulu savoir. Cinq mois après la naissance, il t'a emmené et ta mère a été bien soulagée. Il vit toujours ?

— Non, il est mort.

— Ça ne m'étonne pas, il était déjà bien vieux à l'époque. Il a dit à ta mère que tu serais son élixir de vie. Quand elle lui a dit que tu ne serais jamais de son sang, il a répondu que cela n'avait pas d'importance, que seule l'éducation comptait. C'était beaucoup d'argent, oh oui ! On peut dire qu'on a vécu avec pendant vingt ans.

Terence se perdit dans ses pensées. Sa généalogie avait été falsifiée. Il n'était donc pas le fils d'un journaliste d'investigation français mais celui d'un homme d'affaires marron et brésilien. Le vieil Absalon avait eu raison, qu'importe la génétique, seule compte la filiation intellectuelle et morale. Tout en réfléchissant, il se sentit faiblir. Il eut envie de pleurer en contemplant sa tante qui, silencieuse, palpait machinalement ses billets, le regard perdu sur un mur où l'humidité dessinait d'étranges contorsions. Puis il se reprit et se leva. Il ne pensa même pas à embrasser la seule personne sur cette terre avec laquelle il eût un lien familial. Il n'eut pas la force de lui demander si sa mère avait eu d'autres enfants. Sa tante le laissa sortir de son appartement sordide sans plus d'attention qu'elle n'en aurait eu pour un préposé venu relever un compteur. Terence fila ensuite à l'aéroport. Une pluie battante l'y accompagna. Il renonça à poursuivre l'enquête sur l'assassinat de celui qui, faute d'avoir été son père, avait été son modèle. Mais ce n'était que partie remise. Il se promit de revenir le jour où il aurait fait le deuil de cet homme qui avait tellement influencé sa vie.

Dans l'avion qui le ramenait à Paris, il pensa longtemps au vieil homme qui l'avait choisi pour continuer son existence, se donner un but, se nourrir d'une illusion qui n'en était pas vraiment une. Sans lui, il aurait certainement grandi dans la pauvreté et le désœuvrement. Si quelques locaux corrompus n'avaient pas eu la sombre idée d'éliminer un journaliste gênant, il n'aurait peut-être jamais vu cette lumière qu'il s'acharnait à entretenir. Mais, plus que tout autre, il réalisa à quel point il était l'otage d'un destin.

63

La mer s'était retirée si loin qu'on pouvait légitimement se demander si elle avait l'intention de revenir. La grande bande de sable mouillé ne finissait pas. Une dizaine d'embarcations dansaient encore sur le clapotis. Quelques promeneurs, pantalon retroussé sur les mollets, inspectaient la plage, courbés puis violemment redressés par un vent froid et continu.

Launay s'était réfugié dans sa maison de bord de mer juste après l'annonce de sa victoire pour se donner une perspective. Seul Stambouli avait été admis auprès de lui pour ces vingt-quatre heures de la vie d'un président qui réalisait l'exploit d'avoir été élu deux fois en quelques mois. Les hommes s'étaient installés sur la terrasse autour d'une table en bois ajouré qui semblait être là depuis les années trente. Avec son gros manteau, son chapeau et son écharpe, Launay était méconnaissable. L'humeur grave, il scrutait l'horizon comme le ferait n'importe quel mortel devant une étendue pareille. Les menaces du ciel ne se réfléchissaient pas dans l'eau. Launay trouva ce phénomène curieux et il s'en ouvrit à Stambouli, qui lui faisait face dans une tenue inappropriée pour de telles températures. Mais le petit homme semblait inaltérable, comme si sa pauvre apparence était largement compensée par une constitution exceptionnelle. Il ne disait rien, buvant un café brûlant qu'il gardait dans les mains en inspectant les alentours. Launay se décida enfin à parler.

— Pourquoi un cancer du poumon ? Je n'ai jamais fumé sérieusement.

Stambouli prit un temps pour répondre.

— C'est le cancer de la tristesse, c'est souvent là que la tristesse se loge. Mais il faudrait aller voir dans le séquençage de votre génome, il y a certainement une prédisposition génétique.

— Et pourquoi la tristesse ?

Stambouli se pinça le nez puis renifla plusieurs fois.

— Votre fille, probablement. Ne pas avoir tiré cela au clair peut vous avoir valu votre maladie. Je me souviens que lors de nos premières rencontres vous vous étonniez de ne pas avoir été si affecté que cela par son suicide, que votre réaction avait plutôt été la colère devant quelqu'un qui se soustrait à la vie pour punir son entourage dans une mise en scène macabre. Cette colère ne vous a certainement pas aidé à faire le deuil de sa mort, ce qui a permis à cette dernière de s'infiltrer profondément en vous jusqu'à menacer votre propre vie.

— On se connaît assez maintenant pour que vous me fassiez la grâce de ne pas me mentir, il me reste combien de temps ?

Stambouli se livra à un calcul intérieur.

— Je pense que vous pouvez y survivre. Mais ce n'est pas la plus forte probabilité, aujourd'hui. Un terme de trois ans est raisonnable, mais un terme beaucoup plus long peut être envisagé. Maintenant, si vous me demandez si vous serez en mesure de battre le record de François Mitterrand, je vous répondrai que c'est tout à fait possible. Avec les évolutions récentes spectaculaires dans le traitement de cette maladie, je pense que si elle ne vous a pas emporté dans les trois ans, vous pouvez espérer vivre jusqu'à soixante-seize ans, le terme de deux mandats consécutifs. J'y ajoute deux éléments positifs. Le premier, vous avez une forte constitution. Le second, vous êtes un homme politique de premier plan et le cancer craint les hommes politiques de premier plan. À mon sens, nous devons mener un double travail, de thérapie mentale en travaillant sur le deuil de votre fille et de thérapie génique et physiologique.

— Je vais pouvoir travailler normalement ?

— Oui. Il faudra seulement réduire les voyages, car la chimiothérapie vous fatiguera.

— Je ne suis pas un acharné des déplacements, de toute façon, ils ne conduisent souvent nulle part. Je n'ai pas l'intention de faire de la figuration, je veux consacrer mon temps et mon énergie à préparer sérieusement la France au futur.

Launay s'interrompit et but une gorgée de thé au jasmin dont le délicat parfum était brutalement chassé par le vent.

— Ce qui m'inquiète, c'est que je n'ai absolument pas peur de la mort. Certainement parce que je n'ai pas eu de plaisir à vivre. Je me souviens des longs automnes passés avec ma grand-mère dans la montagne en Haute-Savoie. Je n'avais aucune ardeur à vivre, une propension vertigineuse à l'ennui, et j'ai toujours su, au fond de moi, que c'était là le signe d'un grand destin. Quitter tout cela ne me cause pas la moindre angoisse, même si je me suis habitué à vivre, je n'en disconviens pas. Ma réussite au plus haut niveau de l'État ne m'aveugle pas. Je sais que j'ai raté ma vie, complètement. Aucun amour, ni d'une femme, ni d'un enfant. La seule qui m'aimait s'est supprimée pour me punir de ne pas l'avoir aimée en retour. Je peux me l'avouer, maintenant que la comédie pourrait s'interrompre brutalement. Vous voyez, mon cher Stambouli, vos précieuses molécules ne sont pas miraculeuses au point que la perspective de ma propre disparition puisse m'affecter. Et puisque décidément je ne tiens pas vraiment à la vie, raison de plus pour ne rien lâcher, vous comprenez ?

Il éclata de rire.

— Je plains tous les gens victimes des afflictions normales pour un être humain. Cela doit être intolérable.

Ragaillardi, Launay se leva d'un coup.

— Je pensais faire un lapin chasseur ce midi, ça vous tente ?

Stambouli se leva à son tour.

— Excellente idée.

— Et vous savez quoi ? Avant de partir, j'ai trouvé à l'Élysée un santenay de l'année de ma naissance. Je crois que c'est le jour pour le boire. Après, on ne sait jamais, il sera peut-être trop tard.

64

Rendez-vous avait été pris dès le lendemain par le ministre des Finances. Launay s'attendait à une visite de Lubiak où il serait question de cuisine électorale. Les élections législatives approchaient et les sondages montraient les électeurs de moins en moins favorables à une coalition entre la droite radicale et l'extrême droite. À l'évidence, Lubiak allait négocier une alliance avec les forces du centre. Il n'était pas en position de devenir Premier ministre mais garder son poste ou briguer l'Intérieur était parfaitement envisageable. Launay reçut Lubiak assis derrière son vaste bureau présidentiel. Il avait pour l'occasion fait disposer en face de lui un fauteuil dont l'assise était anormalement basse. Lubiak ne s'en offusqua pas.

— Décidément, tu es prêt à tout pour me rabaisser, dit-il sur le ton de celui qui fait mine de comprendre la plaisanterie.

Launay lisait des papiers, ce qui lui donnait une raison de ne pas lever la tête.

— Qu'est-ce que je peux faire pour toi ?

Lubiak se racla la gorge.

— Rien, je suis simplement venu pour te féliciter. Cette fois, te voilà président pour de bon.

— On ne peut pas dire que ce soit grâce à toi.

Lubiak s'esclaffa.

— Allez... nous sommes faits du même bois, l'un et l'autre...

Launay leva subitement les yeux.

— Je t'arrête tout de suite. Je crois au contraire que nous sommes profondément différents. Je pense que, contrairement à moi, tu aimes surtout l'argent et que tu aimes le pouvoir mollement. Tu l'aimes mollement parce que dès le début de ta carrière politique tu ne t'en es servi que pour faire de l'argent en toute impunité. Tu aurais été quelqu'un de courageux, tu serais devenu un mafieux, un vrai, qui prend le risque de se faire descendre un petit matin à une terrasse de café d'une balle dans l'œil alors qu'il sirote tranquillement son expresso. Non, toi tu as pensé que la politique c'était moins dangereux pour s'enrichir. Il en résulte une soif du pouvoir intermittente et un peu brouillonne. Comme tu ne manques pas de qualités intellectuelles, d'une certaine opiniâtreté, d'une incontestable énergie, tu maintiens l'illusion que le pouvoir te hante mais ce n'est qu'un leurre. Tu ne seras jamais autre chose que ministre, je veux bien le parier.

Lubiak, qui commençait à trouver humiliante son assise en contrebas du regard de Launay, se leva et alla à la grande fenêtre du bureau qui donnait sur un jardin exagérément apprêté.

— Je ne suis pas venu pour attiser nos différends, Philippe.

Puis il se retourna d'un coup pour voir l'effet qu'allait produire sa prochaine phrase sur son interlocuteur.

— Je suis venu pour te dire que j'ai été désolé d'apprendre que tu as un cancer. Malgré tout, je ne te l'aurais jamais souhaité.

Launay répondit en souriant.

— D'où tiens-tu ta fable ?

— De fuites au CHU de Rennes. On t'y a vu. On a cherché le dossier. Faux nom, c'est désormais avéré puisque personne n'existe derrière Paul Vallandier. Et que dit le cancérologue ? Espérance de vie de dix-huit mois tout au plus.

— On a dû mal te renseigner.

— Je comprends que tu ne veuilles pas t'étendre sur le sujet. Sache seulement que je compatis et que je ne ferai rien pour que cela s'ébruite.

Launay se leva, contourna son bureau et s'approcha de Lubiak. Il lui tendit la main.

— Pardonne-moi, je dois te laisser. Désolé de contredire tes sources. Je ne sais pas si on aura l'occasion de se revoir. Je regrette que tu n'aies pas été un adversaire à ma taille, mais je dois reconnaître que par moments tu m'as donné du fil à retordre.

Lubiak eut un mouvement de recul.

— Tu veux dire que ta maladie est beaucoup plus avancée que...

— Pas du tout, pas du tout. Je ne suis pas malade. Tu comprendras...

Puis Launay raccompagna Lubiak interloqué jusqu'à la porte, où il le gratifia d'un dernier sourire.

65

En campagne pour les législatives, Lubiak n'avait pas croisé Edwige depuis son retour des Bahamas. Elle s'apprêtait à quitter Paris une nouvelle fois pour les Émirats, invitée par la princesse qui ne pouvait plus se passer d'elle. Un voyage de plusieurs semaines dont le terme n'était pas encore arrêté. À peine levé, Lubiak était survolté. Edwige, encore sous les effets du décalage horaire, se révéla moins alerte. Servis par leur domestique philippine, ils étaient assis chacun à un bout de la table de la salle à manger. Edwige la parcourait du regard comme si elle la voyait pour la dernière fois. Lubiak s'en étonna. Edwige ne répondit rien. Puis elle entama la conversation qu'elle préparait depuis un moment dans sa tête.

— Je n'ai pas encore eu le temps de te dire que j'ai croisé une de tes amies récemment.

Lubiak haussa les sourcils, étonné.

— Qui donc ?

— Une femme qui me ressemble beaucoup. Je l'ai découverte dans le miroir des toilettes pour dames d'un restaurant où je déjeunais avec la princesse. Elle a été un peu froide au début et puis on a sympathisé. Et j'ai fini par comprendre que je n'avais été là toutes ces années que pour te rassurer. J'ai été une doublure, une vulgaire doublure qui t'a permis de t'exonérer de ton crime, parce que c'était bien un crime. Tu m'as raconté que tu avais abusé d'une fille à moitié consentante sous l'effet de l'alcool et de la drogue mais tu as gardé le silence sur ton ignominie. Même ça, j'aurais pu te le pardonner. Mais m'épouser parce que je lui ressemblais et ainsi t'absoudre de tes fautes, c'est le comble. Non, le comble, c'est que tu as renoué avec elle durablement pour pouvoir la baiser légalement. Et cette relation ne s'est arrêtée que quand elle a parlé de me remplacer, ce dont elle n'avait pas la moindre intention, d'ailleurs. Tu es un champion. Ne dis rien, je ne le supporterai pas. Te rends-tu compte que non seulement tu ne m'as épousée que pour une ressemblance, mais qu'en plus tu as rompu notre pacte pour te livrer à des ébats répétés avec elle ? Pas un mot. On étudiera les modalités de notre séparation à mon retour.

La nuit qui suivit le départ d'Edwige pour les Émirats, Lubiak ramena chez lui une fille levée dans un meeting politique à Paris. Le mélange d'alcool et de cocaïne l'avait assommé, et quand, à cinq heures du matin, il vit la fille à côté de lui, il ne parvint pas à se souvenir des circonstances qui l'avaient conduite là. Lorsqu'on sonna à la porte un peu plus tard, son réflexe fut de cacher la fille avant de se trouver ridicule.

La perquisition dura deux bonnes heures, puis Lubiak fut emmené à la brigade financière sous escorte, où il resta en garde à vue vingt-quatre heures avant d'être déféré devant un juge financier, boulevard des Italiens. Le juge approchait de la retraite mais on pouvait lire dans ses yeux la passion pour son métier.

— Vous serez ma dernière affaire, monsieur le ministre, avant que je me retire à la campagne pour un repos mérité. J'aurais aimé hériter d'un dossier plus palpitant. Malheureusement, votre femme m'a mâché tout le travail. Des dossiers impeccables agrémentés de schémas, de post-it, de photocopies. Une merveilleuse experte des comptabilités occultes.

À aucun moment Lubiak n'imagina que cette longue procédure pourrait le conduire en prison. Il calcula seulement le temps qu'elle allait durer et le temps qu'il lui faudrait pour remonter la pente et revenir en politique. Il fut soulagé de constater que, si sa femme avait siphonné la quasi-totalité de l'argent, elle avait dissimulé au juge les opérations qui pouvaient l'impliquer directement, elle, comme complice. Mais il restait assez de faits pour interrompre la carrière de Lubiak, qui se contenta de nier et d'agiter inlassablement la théorie du complot politique.

La caution fixée par le juge étant considérable, il fit appel à ses amis des Émirats pour débloquer l'argent. Mais ni le prince ni le Premier ministre ne s'exécutèrent malgré ses demandes répétées. Edwige n'avait dévoilé que d'anciennes affaires, de sorte qu'ils n'apparaissaient pas dans le dossier. Lubiak assista depuis le quartier VIP de la prison de la Santé à la victoire du centre aux élections législatives. Le président refusa de commenter sa déchéance et prit soin de ne pas s'en montrer réjoui.

L'argent de la caution fut finalement avancé par Aroubi, le merveilleux intermédiaire de ses turpitudes. Lubiak rentra chez lui, fatigué et soulagé.

DU MÊME AUTEUR

Aux Éditions Gallimard

HEUREUX COMME DIEU EN FRANCE, 2002. Prix Terre de France – *La Vie* 2002 (Folio n° 4019).
LA MALÉDICTION D'EDGAR, 2005 (Folio n° 4417).
UNE EXÉCUTION ORDINAIRE, 2007 (Folio n° 4693).
L'INSOMNIE DES ÉTOILES, 2010 (Folio n° 5387).
AVENUE DES GÉANTS, 2012 (Folio n° 5647).
L'EMPRISE, Trilogie de L'emprise, I, 2014 (Folio n° 5925).
QUINQUENNAT, Trilogie de L'emprise, II, 2015 (Folio n° 6099).
ULTIME PARTIE, Trilogie de L'emprise, III, 2016 (Folio n° 6276).

Aux Éditions J.-C. Lattès et Presses Pocket

LA CHAMBRE DES OFFICIERS, 1998.
CAMPAGNE ANGLAISE, 2000.

Aux Éditions Flammarion

EN BAS, LES NUAGES, 2009 (Folio n° 5108).

Aux Éditions Plon

L'HOMME NU : LA DICTATURE INVISIBLE DU NUMÉRIQUE, avec Christophe Labbé, 2016.

321846

Composition Nord compo
Impression Maury Imprimeur
45330 Malesherbes
le 29 mars 2017.
Dépôt légal : mars 2017.
1ᵉʳ dépôt légal dans la collection : février 2017.
Numéro d'imprimeur : 216974.

ISBN 978-2-07-271393-4. / Imprimé en France.